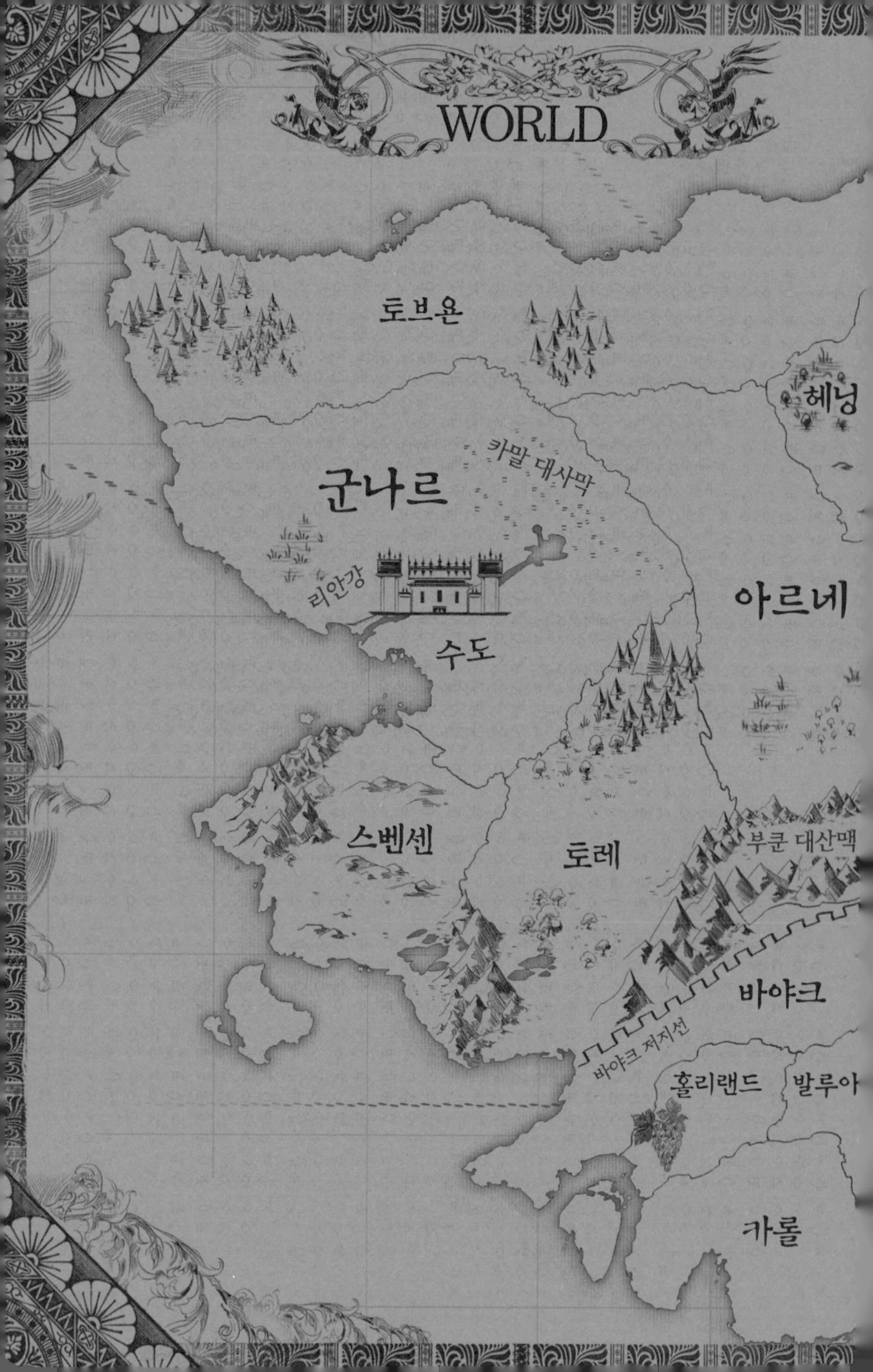
WORLD
토브욘
헤닝
카말 대사막
군나르
리안강
수도
아르네
스벤센
토레
부쿤 대산맥
바야크
바야크 저지선
홀리랜드
발루아
카롤

룬드
에룬
요르겐
맥클라우드
위그
마고
N

하라간

ORIGINAL FANTASY STORY & ADVENTURE

쥬논 판타지 장편소설

dream books
드림북스

하라간 11 요동치는 북부

초판 1쇄 인쇄 2018년 12월 21일
초판 1쇄 발행 2019년 1월 4일

지은이 쥬논
발행인 오영배
편집 편집부
일러스트 유진
본문편집 오정인
제작 조하늬

펴낸곳 (주)삼양출판사 · 드림북스
주소 서울시 강북구 도봉로 173
대표 전화 02-980-2112 팩스 02-983-0660
편집부 전화 02-987-9393 팩스 02-980-2115
블로그 blog.naver.com/dreambookss
출판등록 1999년 3월 11일 제9-00046호

ISBN 979-11-283-9364-8 (04810) / 979-11-313-0654-3 (세트)

+ 이 도서의 국립중앙도서관 출판시도서목록(CIP)은 서지정보유통지원시스템홈페이지(http://seoji.nl.go.kr)와 국가자료공동목록시스템(http://www.nl.go.kr/kolisnet)에서 이용하실 수 있습니다. (CIP제어번호: 2018041997)

하라간
쥬논 판타지 장편소설
ORIGINAL FANTASY STORY & ADVENTURE
11
요동치는 북부
dream books
드림북스

목차

사대신수

『성혈의 바하문트』

—신수: 날개 달린 사자

—상징: 공포

—속성: 흙(土), 피(血)

『둠 블러드 이탄』

—신수: 냉혹의 뱀

—상징: 파멸

—속성: 금속(金), 빛(光)

『불과 어둠의 지배자 샤피로』

—신수: 광기의 매

—상징: 탐욕

—속성: 불(火), 어둠(暗), 나무(木)

『포식자 하라간』

—신수: 투명 마수

—상징: 타락, 나태

—속성: 얼음(氷), 균(菌), 물(水)

영멸을 원하는 자여

검푸른 마해(魔海)를 들여다보라

끝을 가늠할 수 없는 그 깊은 심해저 밑바닥에

괴물이 산다

제1화

유인

Chapter 1

별빛이 엷게 비추는 새벽.

천계의 대원사가 여덟 쌍, 즉 열여섯 장의 새하얀 날개를 곱게 접어 구름 위로 내려섰다. 몽실몽실한 구름 위에는 돌을 쌓아서 만든 제단이 축조되어 있었다. 제단 옆에 쪼그리고 앉아 있던 좌원사와 우원사가 엉덩이를 툭툭 털고 일어나 대원사를 맞았다.

"대원사님, 오늘도 별다를 바 없지요? 휴우우우."

좌원사는 대원사의 대답을 듣기도 전에 한숨부터 내쉬었다. 이제 완전히 체념한 모양이었다.

대답을 하는 대원사의 표정도 어두웠다.

"어제와 다를 바 없지. 오늘도 천신의 은혜가 내려올 기미가 보이지 않아."

대원사가 고개를 절레절레 흔들었다.

"역시 그렇군요."

좌원사가 고개를 푹 떨궜다.

옆에서 우원사가 한탄을 했다.

"이제 틀렸나 봅니다. 천신의 은혜를 하염없이 기다리는 일도 이제 의미가 없는 듯합니다. 대원사님, 차라리 저희도 인간계로 내려가는 것이 어떻겠습니까? 여기서 시간을 허비하느니 여왕 폐하를 돕는 것이 차라리 낫지 않겠습니까?"

우원사가 구름 위의 제단을 버리고 인간계로 내려가자는 말을 입에 담았다.

좌원사가 시꺼먼 눈썹을 꿈틀거렸다.

"인간계? 천신을 섬기는 우리가 이 성스러운 제단을 버리고 그 조잡한 세계에 내려가자고?"

좌원사는 우원사의 의견이 못마땅했다.

우원사가 그런 좌원사를 비웃었다.

"거참 말이 안 통하는군. 이곳은 성스럽고 인간계는 조잡하다고? 허어, 이런 고집불통에 꽉 막힌 인사 같으니."

"뭐? 고집불통?"

"그래. 고집불통."

"우원사, 자네 말 다했나? 나더러 고집불통이라고?"

좌원사가 콧김을 내뿜었다.

친구가 화를 내건만 우원사는 물러서지 않았다.

"그럼 고집불통이 아니란 말인가? 지금 자네는 과거의 환상에 사로잡혀서 현실을 제대로 직시하지 못하고 있어."

"뭐라고? 이게 보자 보자 하니까."

좌원사가 우원사의 멱살을 잡으려고 달려들었다.

그래도 우원사는 주장을 굽힐 줄 몰랐다.

"눈이 있으면 똑똑히 보게. 자네가 이 제단을 성스럽다고 표현했지? 하지만 내 생각은 다르네. 천신의 총애를 잃어버린 이상 이 제단은 예전처럼 성스럽지 않아. 과거에는 성스러웠을지 몰라도 지금은 그 성스러움을 잃어버렸다고."

"큭."

우원사의 말이 아주 틀린 것은 아니라 좌원사는 말문이 막혔다.

우원사가 거듭 혀를 놀렸다.

"우리 천족이 천신의 총애를 되찾는 방법은 이제 하나밖에 없다네. 인간계를 거쳐 저 더러운 마해로 내려가서 마물들을 무찌르고 마신을 징벌하는 것. 오직 이것만이 우리 천족이 천신의 은혜를 다시 받을 수 있는 길이라네. 자네는 그걸 모르나?"

"모르긴 뭘 몰라. 나도 알아. 그래서 여왕 폐하와 육대신장이 인간계에 강림한 거잖아. 그럼 여왕 폐하를 믿고 기다려야지, 제사장인 우리까지 제단을 버리고 인간계로 내려가자고? 허어, 자네 미쳤구먼, 미쳤어."

좌원사가 머리에 검지를 대고 빙글빙글 돌리는 시늉을 했다.

"크윽, 내가 미쳤다고?"

이번엔 우원사가 발끈했다.

좌원사가 우원사의 멱살을 잡았다.

"이게 감히."

우원사는 좌원사의 시커먼 머리카락을 두 손에 움켜쥐었다. 두 원사의 등에서 날개가 퍼덕거리고 깃털이 휘날렸다.

둘 사이 언쟁이 몸싸움으로 커지자 대원사가 버럭 호통을 쳤다.

"어허, 그만!"

대원사의 불호령에 좌원사와 우원사가 스르륵 손에서 힘을 풀었다.

"다들 그만하시게. 그만들 해."

대원사가 한 번 더 짜증 섞인 노여움을 토했다.

좌원사와 우원사가 찔끔 놀라 목을 움츠렸다.

"송구합니다, 대원사님."

"험험. 죄송합니다."

대원사는 송구스러워하는 두 원사들을 둘러보면서 콧구멍을 벌렁거렸다.

"이 사람들이 정말. 이런 위기 상황에서 자네들까지 툭탁거리면 어쩌자는 겐가? 이 늙은이 보기가 부끄럽지도 않은가?"

"죄송합니다."

"저희가 잘못했습니다."

좌원사와 우원사는 더욱 꾸부정하게 목을 굽혔다.

대원사는 한동안 그들을 노엽게 노려보다가 제단이 꺼져라 한숨을 쉬었다.

"하아아아."

기운이 빠진 대원사가 두 손으로 얼굴을 가리고 제단에 철퍽 주저앉았다. 대원사의 어깨가 희미하게 들썩이기 시작했다.

그 안쓰러운 모습에 좌원사와 우원사의 가슴이 덜컥 내려앉았다.

"앗! 대원사님. 이러지 마십시오."

"저희가 잘못했다고 빌지 않았습니까? 그러니 이런 기운

빠진 모습을 저희에게 보여주지 마십시오. 저희의 가슴이 찢어집니다."

좌원사와 우원사는 대원사 양옆에 무릎을 꿇고 앉아 싹싹 빌었다.

그래도 대원사는 기운을 차리지 못했다. 얼굴을 가린 대원사의 손 틈새에서 울먹이는 음성이 흘러나왔다.

"크흐흑, 모두가 나의 부덕일세."

"대원사님."

"대원사님께서 어찌 부덕하다고 이러십니까?"

둘이 달랬지만 대원사의 흐느낌은 멈추지 않았다.

"아니야. 천신께 버림을 받은 내가 무슨 자격으로 자네들을 꾸짖겠는가? 크흐흐흑. 나 같은 늙은이는 그냥 이 제단에 머리를 콱 처박고 죽어야 해. 흐흐흐흑."

"아이고, 대원사님. 그런 참담한 말씀 마십시오."

"대원사님. 아이고, 아이고. 허어어엉."

좌원사와 우원사가 두 팔을 벌려 대원사를 끌어안았다. 어느새 그들의 볼에도 눈물이 주르륵 흘렀다. 천계의 세 울보는 그렇게 서로를 얼싸안고 펑펑 울면서 하루를 시작했다.

Chapter 2

먼동이 텄다. 하늘에 뜬 별들이 희미하게 자취를 감춰 갔다. 수줍은 새벽여신은 태양이 그 온전한 모습을 드러내기도 전에 서쪽 하늘로 사라졌다. 밝은 빛은 동쪽에서 시작하여 온 하늘을 물들였다. 떠오르는 태양이 사방으로 따가운 빛살을 내뿜었다.

토레의 궁전에서 조금 떨어진 뾰족한 절벽.

깎아지른 단애가 아침 햇살을 받아 붉게 물들었다. 절벽 위에는 2명의 사내가 서 있었다. 두 사내는 이글거리는 태양광을 정면으로 받으며 대화를 나누었다.

이 가운데 한 명은 150 센티미터의 조그만 키에 금발을 가닥가닥을 꼬아서 길게 늘어뜨린 노인이었다.

나머지 한 명은 뿔 달린 가면을 쓴 장신의 사내였다.

노인의 정체는 골드 라이온(Gold Lion: 황금 사자). 그는 벨커스의 추종자 7명 가운데 우두머리이자 은둔의 수호자 8인 가운데 서열 2위였다.

뿔 달린 가면을 쓴 사내는 마운틴 고우트(Mountain Goat: 산양). 그 또한 벨커스의 추종자들 가운데 한 명이었다,

골드 라이온이 마운틴 고우트를 힐끗 쳐다보았다.

"군나르와 토레가 많이 다쳤다고 했나?"

마운틴 고우트가 공손히 대답했다.

"샤샴이 그리 말했습니다."

이틀 전 마운틴 고우트는 바로 이 절벽에서 샤샴을 만났다. 그 자리에서 샤샴은 "군나르와 토레가 서로 싸워 큰 부상을 입은 상태이니 이 기회를 노려 큰일을 도모해야 한다."고 마운틴 고우트를 부추겼다. 또한 샤샴은 "천계의 육대신장님들 가운데 서신장님이 토레를 맡을 것이니 벨커스의 추종자들이 군나르를 상대하는 것이 좋겠다."라고 권했다.

벨커스의 추종자들 가운데 한 명인 마운틴 고우트는 즉각 이 이야기를 골드 라이온에게 전달했다. 그 결과 골드 라이온이 이 자리에 나타난 것이다.

골드 라이온뿐 아니라 벨커스의 추종자들 가운데 상당수가 토레 왕국에 집결했다. 군주를 잡을 기회라는 말에 추종자들은 잔뜩 흥분한 상태였다.

골드 라이온이 스쳐 지나가는 듯한 말투로 중얼거렸다.

"과연 샤샴의 말을 믿을 수 있을까?"

"샤샴은 믿을 수 없는 자입니다."

마운틴 고우트는 부정적인 대답을 했다.

"엉?"

골드 라이온이 마운틴 고우트에게 고개를 돌렸다. 골드 라이온의 눈은 '샤샴이 믿을 수 없다면, 왜 우리 추종자들을 이 자리에 모았나?' 라고 묻고 있었다.

마운틴 고우트는 침착하게 뒷말을 이었다.

"하지만 지금 이 시점에서 그가 우리를 속일 이유가 없다고 생각합니다. 샤샴은 천계의 책사입니다. 군나르나 토레와 같은 거물급 마물들을 유인하여 함정에 빠트리는 것이 책사의 주된 임무가 아닙니까? 저는 샤샴이 자신의 본분을 다했다고 생각했습니다."

"그건 그렇지. 자네 말이 맞네."

골드 라이온이 다시 태양을 향해 눈을 돌렸다. 놀랍게도 골드 라이온은 이글이글 타오르는 태양 빛을 정면에서 받고도 눈 한 번 깜빡이지 않았다.

둘 사이에 잠시 침묵이 흘렀다.

그 침묵을 깬 것은 이번에도 골드 라이온이었다.

"서신장 도릭스가 토레의 궁전에 올 거라고 했지?"

"샤샴이 그리 전했습니다."

마운틴 고우트가 짧게 고개를 끄덕였다.

골드 라이온은 검지로 자신의 관자놀이를 긁었다.

"흐으음. 서신장이 직접 움직인다면 승산이 높은 편이야. 설령 적들이 키르샤로 진화했다고 하더라도 천계의 신장을 이길 수는 없는 법. 서신장 혼자서도 그 둘을 충분히 거꾸러뜨릴 수 있지. 더군다나 그들이 심각한 부상까지 입었다면 더 말할 나위가 없지."

"그럼 망설일 필요가 있겠습니까? 이건 북부의 군주 2명을 동시에 해치울 좋은 기회입니다."

마운틴 고우트의 두 눈이 횃불처럼 타올랐다. 벨커스의 추종자들이 대부분 그렇지만, 마운틴 고우트도 북부의 솔샤르들에게 원한이 깊었다. 마운틴 고우트의 부모와 형제, 자식들이 모두 솔샤르들과 싸우다 죽었기 때문이다.

그런데도 골드 라이온은 결정을 머뭇거렸다.

"그래서 더욱 마음에 걸려."

"뭐가 마음에 걸리십니까?"

"서신장 혼자서도 충분히 군나르와 토레를 해치울 수 있거든. 그런데 굳이 우리를 이번 작전에 끌어들이는 이유가 뭘까? 나는 샤샴의 의도가 궁금하다네."

골드 라이온이 의구심을 품었다.

마운틴 고우트가 기다렸다는 듯이 말을 받았다.

"샤샴이 제게 이런 말을 했습니다."

"어떤 말?"

"영역 존중의 법칙."

"뭐?"

골드 라이온의 시선이 마운틴 고우트에게 다시 못 박혔다.

마운틴 고우트는 샤샴에게 들은 이야기를 그대로 읊었다.

"천계에는 영역 존중의 법칙이 있다고 합니다. 토레 왕국은 서신장의 몫이지만, 군나르 왕국은 현자 중의 현자이자 선지자 중의 선지자이신 벨커스 님의 몫이니, 우리에게 먼저 알리는 것이 천계의 법도라고 하더군요."

"흐음."

골드 라이온이 짤막한 손가락으로 턱을 조몰락거렸다. 그러면서 고개를 살짝 숙여 생각에 잠겼다.

마운틴 고우트는 골드 라이온의 사색을 방해하지 않았다. 그가 결정을 내릴 때까지 옆에서 묵묵히 기다렸다.

한참 만에 골드 라이온이 고개를 들었다.

"아무래도 우리는 이번 일에서 발을 빼는 것이 좋겠네."

이건 당황스러운 답변이었다. 지금 벨커스의 추종자들은 토레 왕국에 전력을 모아 놓은 상태였다. 게다가 마운틴 고우트는 천계의 책사 샤샴과 공동전선을 만들기로 약속까지 했다. 전투가 코앞인데 이제 와서 발을 빼자는 것은 마운틴 고우트의 체면을 완전히 무시하는 처사였다. 마운틴 고우트의 눈이 곤혹스럽게 물들었다.

"발을 뺀다고 하셨습니까? 그러면 앞으로 우리 추종자들과 천계의 전사들 사이에 공조가 흐트러질 수 있습니다. 분명히 크나큰 항의를 받을 것입니다."

"나도 아네."

골드 라이온이 무겁게 고개를 주억거렸다.

마운틴 고우트가 다시 물었다.

“그런데도 발을 빼기로 결정하셨습니까?”

마운틴 고우트는 원래 이렇게 집요하게 물고 늘어지는 성격이 아니었다. 그는 골드 라이온이 한번 결정을 내리면 아무런 반문도 없이 뜻을 받들어 왔다. 그런 마운틴 고우트가 계속 반문을 할 만큼 골드 라이온의 철수 결정은 파격적이었다. 솔직히 말해서 마운틴 고우트는 전투에서 발을 빼겠다는 골드 라이온의 결정이 마음에 들지 않았다.

골드 라이온도 마운틴 고우트의 부글거리는 속을 짐작했다.

그래도 어쩔 수 없었다. 골드 라이온은 지금 토레의 궁전에 벨커스의 추종자들을 투입하는 것이 위험할 것 같다는 예감을 느꼈다.

설령 이 예감이 틀린다고 해도 벨커스의 추종자들이 손해 볼 것은 없었다. 골드 라이온은 ‘서신장 도릭스가 나선다면 군나르와 토레를 모두 잡을 수 있을 게야.’라고 확신했다. 굳이 벨커스의 추종자들이 끼어들지 않더라도 말이다.

‘다만 마운틴 고우트의 우려처럼 앞으로 천계와 우리 추종자들의 사이가 멀어지겠지. 이번 일을 계기로 우리에 대한 신뢰도가 0이 될 테니까 말이야. 그건 안타까워. 쯧쯧쯧.’

골드 라이온이 속으로 혀를 찼다.

그사이 마운틴 고우트는 생각을 고쳐먹었다. 벨커스의 추종자들을 이끄는 우두머리는 어디까지나 골드 라이온이었다. 마운틴 고우트는 우두머리의 결정을 따르는 것이 현명하다고 믿었다.

"알겠습니다. 그럼 이곳에 모았던 아군 병력들을 다시 돌려보내겠습니다. 그리고 저만 이곳에 남아서 토레의 궁전에서 벌어지는 일들을 지켜보겠습니다."

"그렇게 해 주게. 이제 와서 판을 뒤집어서 미안하이. 허허."

골드 라이온이 주름진 손으로 마운틴 고우트의 손등을 덮었다. 마주 잡은 손을 통해 따뜻한 온기가 전달되었다. 마운틴 고우트가 가면 속에서 희미하게 미소를 지었다. 그리고 대답했다.

"아닙니다. 저는 골드 라이온께서 현명한 결정을 내리셨을 거라고 믿습니다."

"그래. 그래. 이 늙은이에게 그렇게 전폭적인 신뢰를 보내 주어서 고맙네."

골드 라이온이 마운틴 고우트의 손등을 토닥거렸다.

Chapter 3

한 시간 뒤.

토레의 궁전 근처에 집결했던 벨커스의 추종자들이 썰물처럼 철수했다. 골드 라이온도 다른 추종자들과 함께 몸을 뺐다.

토레 왕국엔 오직 마운틴 고우트만 남았다.

마운틴 고우트는 천계의 신장과 북부의 두 군주 사이에 벌어질 싸움을 관찰한 다음, 그 결과를 골드 라이온에게 보고하는 역할을 맡았다. 골드 라이온이 그에게 맡긴 임무였다.

하지만 마운틴 고우트의 속마음은 달랐다. 그는 단순한 관찰자로만 남고 싶은 생각이 없었다.

"골드 라이온의 말씀처럼 이번 작전의 관찰자로 남을 수도 있겠지. 상황이 어쩔 수 없이 그렇게 흘러간다면 말이야. 하지만!"

마운틴 고우트가 말을 중간에 끊고 어금니를 꽉 깨물었다. 그의 잇새로 으르렁거리는 짐승의 소리가 울려 나왔다.

"만약 오늘 밤 내게 기회가 주어진다면! 여신께서 내게 그런 기회를 주신다면 반드시 이 손으로 적들의 목을 딸 것이다. 저 찢어 죽일 솔샤르 놈들의 정점! 북부의 군주들을 이 손으로 죽일 기회가 온다면 나는 결코 그 기회를 놓치지 않을 게야."

뿌드득.

마운틴 고우트는 오른손을 갈고리 모양으로 구부렸다. 그의 손가락 뼈마디 사이에서 끔찍한 소리가 들렸다. 가면 속 마운틴 고우트의 눈동자 표면엔 시뻘건 화마가 얼비쳤다. 지난 수십 년에 걸쳐서 마운틴 고우트의 부모를 죽이고, 형제를 도륙하고, 자식들마저 집어삼킨 북부의 마물들이 그 화마 속에서 춤을 추었다.

마운틴 고우트가 벨커스의 추종자가 된 이유는 바로 이 타오르는 원한 때문이었다. 그 원한을 식힐 기회가 코앞에 왔는데 이를 외면하기란 쉽지 않았다. 바위처럼 묵직하고 자제력이 남다른 마운틴 고우트였지만 이번만큼은 마음이 요동쳤다.

머리가 복잡한 사람은 비단 마운틴 고우트만이 아니었다.

데스 로즈(Death Rose: 죽음의 장미).

결혼 전에는 마법으로 유명한 마고 왕국의 왕녀였고, 카롤 왕국 드뷔시 백작가에 시집을 온 이후에는 드뷔시 백작부인이라 불렸으며, 기사 중의 기사 카일 드뷔시를 낳아 왕국에 헌신한 그 데스 로즈가 지금 심각한 고민에 빠졌다.

"철수한다고? 갑자기 왜?"

사실 데스 로즈는 이번 작전에 동원되지 않았다. 그녀는 지금 '페리쿨라' 라는 이름으로 오드 아르네 솔샤르의 곁에 침투해 있기에 작전에 직접 투입되기란 불가능했다.

그래도 벨커스의 추종자들은 모든 작전 내용을 데스 로즈에게 알려서 점검을 받았다. 왜냐하면 데스 로즈야말로 이곳 북부에서 가장 고급 정보를 움켜쥔 여인이기 때문이다. 벨커스의 추종자들이 어떤 작전 계획을 세우면, 먼저 데스 로즈가 그 계획을 검토하여 위험 여부를 판정하고, 마지막으로 골드 라이온이 승인을 내리는 것이 큰 틀이었다.

그리고 이번 계획도 그 큰 틀 안에서 돌아갔다.

작전이 시작된 것은 지난 11월 중순경.

당시 데스 로즈는 오드를 부추겨서 감히 신인을 사칭한 군나르를 징계하도록 유도했다.

11월 22일.

오드가 마왕 스벤센, 구루, 토레를 움직여 군나르를 공격했다.

처음엔 그 공격이 제대로 먹히는 것 같았다. 3대 1의 싸움이니 군나르에게는 도저히 승산이 없어 보였다.

그런데 웬걸?

군나르는 멀쩡했다. 오히려 스벤센과 구루, 토레가 소식이 끊겼다. 오드는 왜 이런 일이 벌어졌는지 영문을 몰라 무척 곤혹스러워했다.

하지만 데스 로즈의 작전은 거기서 끝나지 않았다. 토레가 군나르 왕국으로 쳐들어간 사이, 천계의 전사들이 토레의 궁전을 공격한 것이다.

토레의 동생 카프레.

그의 두 아들 나카다와 아비도스.

서신장 도릭스에 의해 천계의 전사로 거듭난 이들 삼부자는 수인족의 궁전 전체를 봉인한 다음, 토레의 자식들을 죽이고 궁전을 불태우기 시작했다. 토레가 되돌아오지 않는 이상 카프레 부자를 막을 방법은 없어 보였다.

그런데 카프레 부자가 눈 깜짝할 사이에 제압당했다.

데스 로즈는 정말 어이가 없었다.

나중에 샤샴을 통해 들은 바에 따르면, 군나르와 토레가 나란히 나타나 카프레와 나카다, 아비도스를 죽였다고 한다.

"토레가 다시 군나르와 손을 잡았다고? 군나르 왕국에서 벌인 작전도 그것 때문에 실패했나? 토레의 이중 배신 때문에?"

데스 로즈는 이렇게 생각할 수밖에 없었다.

그보다 한발 앞서 마운틴 고우트로부터 연락이 왔다. 천계에서 토레의 궁전을 다시 공격할 것이니 벨커스의 추종자들도 한 팔 거들자는 연락이었다.

데스 로즈는 당장 승인했다.

최근 북부에서 벌어지는 일들 —예를 들어 군나르 왕국이 토브욘 왕국을 집어삼켰다든가, 혹은 신인이 재림했다는 소문이 돈다든가 하는 일들— 은 데스 로즈의 계획에 없던 것들이었다.

"내가 북부의 힘을 과소평가하고 있었나?"

데스 로즈는 북부의 잠재력을 다시 판단해야 한다고 생각했다. 최근 군나르 왕국과 토레 왕국에서 펼쳤던 두 번의 작전이 연달아 실패하면서 데스 로즈는 큰 경각심을 느꼈다.

"이번 전투의 결과를 보면 좀 더 명확해질 게야. 북부의 마물들이 더 강한지, 아니면 천계가 더 강한지 가늠이 될 거라고."

데스 로즈는 이렇게 중얼거렸다.

그런데 이틀 전에 상황이 또 바뀌었다.

"뭐? 토레의 궁전에 군나르와 토레가 함께 머무르고 있다고? 그리고 서신장 도릭스가 직접 나설 거란 말이지?"

데스 로즈의 의도와 달리 판이 커졌다.

데스 로즈에게 이건 두 마리 토끼를 동시에 잡을 기회였다.

마해 VS 천계

어느 쪽이 더 우세한지 가늠해 볼 좋은 기회!

또한 벨커스의 추종자들, 특히 골드 라이온의 힘을 약화

시킬 기회!

데스 로즈는 그 즉시 골드 라이온에게 연락을 보냈다.

"우리에게 큰 기회가 왔어요. 제가 아르네 왕국 정보망을 통해 알아보았는데, 이건 정말 확실한 기회예요. 현명한 골드 라이온께서 부디 이 기회를 놓치지 않기를 바랍니다."

이 연락을 받은 사람은 골드 라이온만이 아니었다. 데스 로즈는 벨커스의 추종자들 전원에게 이 이야기를 전달했다.

흥분한 추종자들 대부분이 직접 몸을 움직여 토레 왕국으로 집결했다.

이상이 어젯밤에 이루어진 일이었다.

그런데 오늘 새벽에 갑자기 판이 뒤집혔다.

"철수라니? 군주를 사냥할 좋은 기회가 왔건만, 이 큼지막한 먹이를 눈앞에 두고 철수한다니? 도대체 왜?"

데스 로즈는 신경질적으로 손톱을 물어뜯었다.

"설마 골드 라이온이 나를 의심하나?"

그럴 리는 없었다. 데스 로즈는 골드 라이온에게 의심받을 만한 행동을 전혀 하지 않았다. 아직까지는 말이다.

"그건 아니야. 아직까지 내가 의심을 받고 있지는 않아. 그리고 설령 이번 일 때문에 내가 의심을 받아도 괜찮아. 나는 이번 기회에 반드시 골드 라이온의 세력에 타격을 입히고야 말 것이야.”

이렇게 중얼거리는 순간, 데스 로즈의 두 눈이 표독한 살기를 띠었다.

“그 빌어먹을 메로베 녀석이 내 아들 카일을 죽였다고. 내 며느리와 배꼽을 맞추고 내 아들을 독살했단 말이야. 그럼 당연히 그 어미인 내게 복수할 의무와 권리가 있는 것 아냐? 그래서 내가 복수 좀 하겠다는데, 메로베가 남긴 카롤 왕국을 불바다로 만들어 버리고 메로베의 자손들과 그 가증스러운 미아 년을 갈가리 찢어 죽이겠다는데, 그것도 하지 못하게 나를 방해해? 끄으으읏! 골드 라이온 당신이 감히?”

데스 로즈는 빠른 걸음으로 신전 안을 서성거리다가 입술을 꽉 깨물었다.

“철수는 없어. 벨커스의 추종자들은 이번 전투에 투입될 게야. 반드시. 반드시. 내가 그렇게 만들고야 말겠어.”

벨커스의 추종자 7명은 천계와 직접 연락을 주고받을 수단을 가지고 있었다. 침실로 돌아온 데스 로즈는 보석함 깊은 곳에 처박아 두었던 둥그런 손거울을 꺼냈다. 데스 로즈가 손거울을 슥슥 문지르고 거울 뒷면에 마나를 불어 넣자 손거울에 새하얀 빛이 감돌았다.

[샤샴.]

데스 로즈는 마법 거울이 완전히 동작하기도 전에 샤샴을 불렀다.

[샤샴, 빨리 응답해요. 급한 일이에요.]

아들의 복수에 눈이 뒤집힌 여자의 음성엔 한 마디 한 마디마다 섬뜩한 한이 서려 있었다.

Chapter 4

절벽 위.

마운틴 고우트가 곤혹스레 얼굴을 찌푸렸다. 비록 가면에 가려 그 표정이 드러나지는 않았지만 마운틴 고우트의 얼굴은 지금 잔뜩 구겨진 상태였다.

마운틴 고우트의 바로 앞.

여우 두개골에 사람의 뼈, 새하얀 날개를 가진 천계의 책사가 팔짱을 끼고 마주했다.

[이번 작전이 취소되었다니, 그게 갑자기 무슨 소리요?]

마운틴 고우트가 다시 물었다.

샤샴의 두개골 눈구멍 안쪽에서 푸른빛이 번뜩였다.

[무슨 소리인지 나에게 물어서 뭐해? 이유는 그쪽이 더 잘 알잖아.]

[내, 내가 뭘 안단 말이오?]

당황한 마운틴 고우트가 말을 더듬었다.

샤샤이 싸늘하게 뇌파를 보냈다.

[시치미를 뗄 셈인가? 골드 라이온이 이번 연합작전에서 발을 빼고 철수 중이라는 보고를 받았는데, 그게 거짓이란 말이지? 그럼 골드 라이온은 지금 어디 있는데?]

[아니, 그걸 어떻게 알았소? 설마 천계에서 우리를 감시 중이오?]

마운틴 고우트가 자신도 모르게 이렇게 되물었다.

샤샤이 콧방귀를 끼었다.

[흥! 감시는 무슨. 단지 우리 신장님의 권능에 골드 라이온의 위치가 파악되었을 뿐이지. 지금 내 입장이 얼마나 곤란한지 아나? 서신장님께서 노발대발하신 것은 알고 있나? 이러고도 벨커스와 그 졸개들이 우리 천계의 친구라고 할 수 있어?]

[헉! 서신장님께서 노발대발하셨소?]

마운틴 고우트는 가슴이 철렁 내려앉았다.

샤샤이 싸늘하게 쏘아붙였다.

[당연히 노발대발하시지. 우리 천계가 왜 이 보잘것없는 땅에 내려왔는데? 벨커스가 여왕 폐하께 간곡히 부탁해서 온 거야. 마물들로부터 고통을 받는 너희 인간들을 구원

해 주려고 힘들게 하강한 거라고. 그런데 이 얍삽한 쥐새끼들이 하는 짓 좀 보라지. 마물들과 전투가 코앞인데 지들은 연합 작전에서 몰래 발을 빼? 야, 야. 다 때려치워라. 우리 신장님께서 오늘 새벽 토레의 궁전 인근 수십 킬로미터 영역을 권능으로 스캔하시다가 뭘 발견하셨는 줄 알아? 골드라이온과 몇몇 쥐새끼들이 꼬리를 말고 몰래 도망치는 꼴을 목격하셨단 말이지.]

[헉!]

[우리가 그것도 모를 줄 알았냐? 우리 신장님께선 앉은 자리에서 수십 킬로미터 안을 샅샅이 훑어보시는 분이시다. 그분께서 오늘 새벽에 기가 막혀서 목이 막히셨단다. 이제 전투는 없어. 군나르와 토레, 두 키르샤는 조금 있으면 상처가 회복될 것이니 너희가 알아서 상대해. 우린 철수다. 서신장님께서 이 빌어먹을 인간계에서 얼른 손을 떼고 싶어 하신다고.]

[철수라니? 그건 절대 안 되오.]

마운틴 고우트가 펄쩍 뛰었다.

샤샴이 날개를 활짝 펴고 1 미터 높이로 붕 떠올랐다.

[안 되긴 뭐가 안 돼? 너희는 철수해도 되고, 우리는 철수하면 안 돼? 세상에 그런 법이 어디 있어? 우린 이 빌어먹을 인간계에서 발을 뺄 거야.]

[그건 안 되오. 우리 함께 사악한 마물들을 물리치기로

약조하지 않았소?]

샤샴이 날개를 펄럭여 다시 착지했다.

[그래. 말 잘했다. 우리 함께 사악한 마물들을 물리치기로 약조했지. 우리 함께! 천족과 벨커스가 함께! 다 같이! 힘을 합쳐서! 동료만 적진에 남겨 놓고 몰래 도망치는 일 따위는 하지 않고! 이 쥐새끼 같은 놈들아.]

샤샴은 마운틴 고우트에게 두개골을 바짝 들이밀며 쏘아붙였다.

가면 속 마운틴 고우트의 얼굴이 가을 홍시처럼 붉어졌다.

틀린 지적이 아니기 때문이다. 아군을 먼저 배신한 것은 분명 골드 라이온이었다. 마운틴 고우트는 난생처음 골드 라이온에게 큰 실망감을 느꼈다.

샤샴이 다시 공중으로 떠올랐다.

[내가 인간이었으면 네 얼굴에 침이라도 퉤 뱉어 주었을 텐데, 이럴 땐 침이 나오지 않는 것이 아쉽군. 어쨌거나 앞으로 너희들 인간끼리 잘해 봐라. 나는 여왕 폐하와 신장님들을 모시고 완전히 철수할 것이니.]

[잠깐만.]

마운틴 고우트가 샤샴을 붙잡았다.

샤샴은 듣지 않았다. 귀를 막고 한층 더 높이 떠올랐다.

마운틴 고우트가 피를 토하는 심정으로 외쳤다.

[잠깐만. 제발 잠깐만 기다려 주시오. 오해가 있었소.]

샤샴이 허공에서 반응했다.

[흥. 오해는 무슨. 서신장님께서 권능으로 다 보셨거늘.]

[그게 오해란 말이오. 골드 라이온께서 후방에서 투입 중인 병력을 확인하시러 가신 것일 뿐, 결코 퇴각한 것이 아니외다.]

[이건 또 무슨 개가 풀 뜯어 먹는 소리야? 후방 병력 점검을 하러 전 병력이 우르르 다 후퇴한다는 것이 말이나 돼? 지금 나를 바보 멍청이로 아나?]

샤샴이 날아가다 말고 등을 돌려 빽 소리를 질렀다.

마운틴 고우트가 안타깝게 손을 뻗었다.

[진짜요. 오해를 하게 해서 미안하지만, 결코 우리가 발을 빼려던 것은 아니었소. 조금만 기다려 보시오. 골드 라이온께서 우리 추종자들 전 병력을 이끌고 다시 오실 것이니.]

[아, 그러니까 그렇게 전 병력을 모아서 너희끼리 키르샤를 상대하라니까. 서신장님은 이미 너희 인간들을 도와줄 마음이 없으시다니까.]

샤샴이 한 번 더 튕겼다.

사실 샤샴은 속이 벌렁벌렁했다.

'이 거지발싸개 같은 것들. 이번 일이 틀어지면 나는 하라간에게 꼼짝없이 잡아먹힌단 말이다. 그런데 네놈들이 감히 내 뒤통수를 쳐? 데스 로즈로부터 긴급 연락을 받지 못했으면 큰일 날 뻔했잖아. 휴우우우우.'

그렇지 않아도 요새 두개골에 뚫린 2개의 구멍이 자꾸 시리게 느껴지는 샤샵이었다. 만약 이번 일이 삐끗하기라도 한다면 두개골에 몇 개의 구멍이 더 뚫릴지 알 수 없었다.

'하라간은 결코 나를 편하게 죽이지 않을 거야. 내 두개골에 구멍을 숭숭 뚫고 괴롭히다가 마지막에 내 척추를 열고 골수를 휘리릭 해 버릴 거라고. 으으읏!'

그런 상상만 해도 뼈가 떨리고 몸이 오그라들었다. 샤샵은 부르르 몸서리를 쳤다.

마운틴 고우트가 샤샵을 물고 늘어졌다.

[아, 오해라니까 왜 자꾸 그러시오. 제발 서신장님께 한 시간만 더 지켜보시라고 전해 주시오. 골드 라이온께서 후방 병력을 이끌고 다시 오시는 모습을 볼 수 있을 테니, 한 시간만 더 기다려 주시오. 어차피 공격은 오늘 밤에 할 것 아니오?]

[흥. 공격은 무슨. 한 시간 뒤건, 오늘 밤이건, 그딴 건 너희들이 알아서 하고. 난 모르겠어.]

샤샵이 날개를 쫙 펴고 높이 날아올랐다.

[안 돼. 가지 마.]

다급해진 마운틴 고우트가 샤샵을 향해 돌을 던졌다.

Chapter 5

휘잉—

쏜살같이 날아온 돌이 샤샤의 바로 옆을 스쳐 지나갔다.

[이 새끼가 진짜!]

샤샤이 방향을 확 틀어 마운틴 고우트를 덮쳤다.

그 순간 마운틴 고우트가 무릎을 꿇었다.

[제발. 제에발.]

[뭐야? 너 갑자기 왜 그래?]

벨커스의 추종자들은 하나같이 자존심이 강했다. 그들은 천족을 만나도 결코 무릎을 꿇지 않았다. 그렇게 뻣뻣하던 자가 갑자기 무릎을 꿇고 머리를 숙이자 샤샤이 고개를 갸웃했다.

마운틴 고우트가 땅에 엎드려 악을 썼다.

[제발 부탁이오. 딱 한 시간만 기다려 주시오. 서신장님께서 분명 다른 모습을 보시게 될 것이니 딱 한 시간만 기다려 달란 말이오.]

[야야. 너 갑자기 왜 이래?]

[이렇게 무릎을 꿇고 간청하겠소. 제발 한 시간만. 한 시

간만. 크흐윽.]

마운틴 고우트는 정말 간절했다.

그 행동이 샤샴의 마음을 움직인 것 같았다.

[분명 한 시간이라고 했지?]

희망을 발견한 마운틴 고우트가 무릎걸음으로 다가가 샤샴의 발목뼈를 붙잡았다.

[그렇소. 딱 한 시간이면 되오. 한 시간 안에 반드시 서신장님의 오해를 풀겠소.]

[으으음. 으으으음.]

샤샴이 손바닥뼈 위에 턱을 괴고 생각에 잠겼다. 그러다 고개를 번쩍 들었다.

[에랏. 나도 모르겠다. 일단 내가 나서서 서신장님께서 천계로 돌아가시는 것은 막아 보지. 하지만 신장님께서 네 말을 납득하실지 여부는 나도 몰라. 그리고 설령 납득하신다고 해도 한 시간 이상은 절대 기다리지 못해.]

[고맙소. 정말 고맙소. 한 시간이면 충분하오. 내 목을 걸고 장담하겠소. 한 시간이면 모든 오해를 풀 수 있소.]

마운틴 고우트가 거듭 고맙다며 머리를 숙였다.

샤샴은 마뜩잖은 듯 고개를 좌우로 흔들다가 다시 하늘로 날아올랐다.

이번엔 마운틴 고우트도 샤샴을 붙잡지 않았다. 대신 그는 골드 라이온에게 연락을 취하기 위해 정신없이 절벽을 내려갔다.

샤샴이 하늘에서 그 모습을 내려다보며 씨익 웃었다.

[이히히. 병신 같은 놈.]

그렇게 마운틴 고우트를 비웃다가 문득 샤샴도 우울해졌다.

[하긴, 네가 아니라 내가 더 병신 같지. 너희 벨커스의 추종자들이 내 손바닥 위에서 놀아나는 것처럼 나도 하라간의 손바닥 위에서 놀아나고 있으니까 내가 어찌 너희들을 비웃을 자격이 있겠느냐? 하아아아.]

샤샴은 허공에서 긴 한숨을 내쉬었다. 이제 다시 하라간에게 불려 갈 것을 생각하니 가슴이 절로 먹먹했다.

까딱까딱

새하얀 손가락 2개가 허공에서 움직였다. 여자의 것보다 더 매끈하고 아름다운 이 손가락의 주인공은 하라간이었다.

[넵.]

샤샴이 무릎걸음으로 다가갔다.

하라간이 까딱거리던 손가락을 살짝 벌렸다.

[넵.]

샤샴은 그 벌어진 손가락에 자신의 두개골에 뚫린 2개의 구멍을 조심스럽게 끼워 넣었다.

하라간은 자신이 뚫어 놓은 2개의 구멍을 이용해 샤샴의 두개골을 붙잡고 슬금슬금 흔들었다. 샤샴은 하라간이 흔드는 대로 그냥 자신의 두개골을 내맡겼다.

[좋지?]

하라간이 뜬금없이 물었다.

샤샴이 반문했다.

[네?]

[내가 이렇게 예뻐해 주니까 좋지?]

[아아, 네에에. 좋습니다.]

샤샴은 마음속으로 하라간에게 쌍욕을 퍼부었지만, 겉으로는 온순하게 굴었다. 하라간이 샤샴의 두개골을 다시 앞뒤로 흔들었다. 그러다 좌우로도 끄덕거리고 뱅글뱅글 돌리기도 했다.

'이런 썅, 내가 무슨 장난감이냐?'

샤샴은 속에서 솟구치는 열불을 억지로 억눌렀다. 그러곤 목뼈에 힘을 쭉 빼고 하라간이 이끄는 대로 머리통을 내맡겼다.

하라간이 다시 말을 걸었다.

[저녁 만찬이 기대되네.]

[네?]

[도릭스가 오늘 저녁에 온다며? 그게 기대된다고.]

하라간이 군침을 꿀꺽 삼켰다.

[아아!]

샤샴은 부르르 몸서리를 쳤다.

하라간이 말을 덧붙였다.

[신장이니까 그냥 천족과는 좀 다르잖아. 척추가 바닷가재보다 더 두툼하고 불룩 솟구쳤을 테지? 마치 날개가 달린 것처럼 옆으로도 넓적하고. 그걸 반으로 쩍 쪼개면 그 안에서 싱싱한 속살이…… 캬아아!]

묘사를 하면서 하라간의 입 안에 침이 잔뜩 고였다.

'으헉!'

샤샴은 해머로 뒤통수를 얻어맞은 기분이었다.

'어떻게 알지? 신장님들의 척추가 일반 천족과 달리 두툼하고, 불룩하고, 옆으로도 넓적해서 그 모습이 마치 커다란 대형 랍스터를 연상시킨다는 사실을 이 괴물이 어떻게 아냐고? 설마……?'

하라간은 분명 천족 신장들을 만나 본 적이 없었다. 샤샴의 정보에 따르면 분명히 그러했다.

'하지만 하라간과 결합한 마물은 천계의 신장님들을 만난 적이 있을지도 몰라. 마해 깊숙한 곳에 웅크리고 있던 초거대 마물이라면 오래전, 까마득한 과거에 전대 신장님

들을 만났을지도 모른다고. 으으읏.'

지금 천계의 육대신장들은 전대의 신장들에 비해서 경험이 미천했다. 신장들 가운데 그 누구도 마해의 초거대 마물과 직접 맞서 싸워 본 이가 없을 정도였다.

그렇다면 하라간의 마물이 맞닥뜨린 상대는 전대의 신장, 혹은 전전대의 신장일 것이 분명했다.

'빨리 생각해라. 빨리 생각해. 천계와 마해가 직접 맞부딪쳐 싸운 것이 언제였더라? 아주 오래전, 까마득한 옛날, 그러니까 3대 전의 신장님들이 마해의 초거대 마물과 맞서 싸우다가 영멸의 법진으로 초거대 마물 두 마리를 잡고 신장님 셋이 죽은 적이 있다고 들었는데? 우힉? 그렇다면 설마!'

샤샴은 눈앞이 캄캄했다.

'이런 쌍! 하라간이 결합한 마물은 그 까마득한 과거에 이전 신장님들을 잡아먹었던 늙은 마물인가 보구나. 그렇다면 하라간의 마물은 심해저 2층 수준이 아니야. 심해저 3층에서도 아래쪽, 마해 깊숙한 곳에서 무려 수 천 년을 웅크리고 있었던 고대의 마물이라고. 젠장. 젠장. 젠자아아앙—!'

만약 이 추측이 사실이라면 서신장 도릭스가 위험할 것이다. 샤샴의 뇌리에 빨간 등이 켜졌다.

'어서 서신장님께 알려야 해. 이곳에 오면 안 된다고 알

려드려야 한다고.'

샤샾의 양심이 이렇게 소리쳤다.

하지만 샤샾의 몸이 말을 듣지 않았다.

'그래서 만약 서신장님이 이곳에 오지 않으시면?'

그럼 샤샾이 잡아먹힌다. 까마득한 옛날부터 마해 깊숙한 곳에 웅크리고 있던 이 초거대 마물에게 샤샾이 서신장 대신 잡아먹힐 것이 뻔했다.

'안 돼. 그럼 천계에서 가장 두뇌가 섹시한 이 샤샾이 늙은 마물의 먹이가 되어 영원히 천신의 곁에서 멀어지게 된다고. 크흑. 그건 싫어. 난 그렇게 비참한 최후를 맞기 싫다고. 으흐흐흑.'

샤샾이 속으로 펑펑 울었다.

그러다 갑자기 부글부글 화가 끓어올랐다.

'크으윽. 이게 모두 벨커스와 그 추종자들 때문이야. 놈들이 나를 속여서 군나르 왕국으로 보냈어. 이 늙은 마물이 아가리를 쩍 벌리고 있는 지옥의 구렁텅이에 나를 집어 처넣었다고.'

순간적으로 샤샾의 눈구멍이 섬뜩한 빛을 내뿜었다.

'그래. 캬캬캬. 도릭스 님만 당하면 억울하지. 벨커스의 졸개 녀석들. 이 기회에 네놈들도 지옥을 맛보아라. 캬캬캬캬캬.'

샤샤이 속으로 웃음을 터뜨렸다. 그러다 다시 두려움에 눈물을 쥐어짰다. 그렇게 샤샤은 울다가 웃다가를 반복했다.

하라간은 그런 샤샤의 머리통을 손가락에 끼우고는 뱅글뱅글 돌렸다.

Chapter 6

마운틴 고우트는 벨커스의 추종자들 가운데 가장 몸이 빠르기로 유명했다. 그는 채 20분도 걸리지 않아 퇴각하는 동료들을 따라잡았다.

골드 라이온이 걸음을 멈췄다.

"어쩐 일인가? 토레 왕국에 남아서 전투 결과를 지켜보겠다더니?"

"골드 라이온, 죄송하지만 상황이 바뀌었습니다."

"상황이 바뀌다니? 그게 무슨 말인가?"

골드 라이온이 눈매를 가늘게 좁혀 마운틴 고우트를 바라보았다. 잠시 후, 골드 라이온의 이마에 깊은 고랑이 팼다.

마운틴 고우트의 설명은 그리 길지 않았다. 하지만 그 설명을 들은 벨커스의 추종자들은 꽤 오랫동안 침묵해야 했다.

한참 만에 침묵을 깬 사람은 다름 아닌 화이트였다. 눈처럼 새하얀 로브를 입은 노마법사 화이트가 골드 라이온을 돌아보았다.

"이 산양 녀석의 말이 사실입니까? 정말 서신장이 수십 킬로미터 영역을 지속적으로 스캔할 수 있는 그런 엄청난 권능을 가지고 있느냔 말입니다."

"그런 이야기는 들은 바가 없네."

골드 라이온이 딱 잘라 말했다.

화이트는 그럴 줄 알았다는 듯 마운틴 고우트에게 고개를 돌렸다.

"들었지? 샤샵, 그 여우 같은 책사 녀석이 거짓말을 한 게야."

마운틴 고우트가 막 대답을 하려고 할 때 골드 라이온이 끼어들었다.

"서신장 도릭스가 그런 권능을 지녔다고 들은 적은 없지만 말일세, 어둠 신장 막센이 100개의 눈으로 100 킬로미터 이내를 샅샅이 훑어본다는 이야기는 들어 보았다네. 벨커스 님께서 내게 직접 해 주신 이야기지."

"억!"

"그게 참말입니까?"

화이트뿐 아니라 크레슨트까지 깜짝 놀랐다. 초승달 모양의 가면을 쓴 크레슨트는 어쌔신들을 키워 낸 장본인이었다.

"그럼 우리가 몰래 퇴각하는 장면을 막센이 본 것일까요?"

화이트의 얼굴에 걱정이 어렸다.

골드 라이온의 표정도 심각하게 굳었다.

"그럴 가능성도 배제할 순 없지. 끄으으음. 이거 괜한 짓을 했구먼. 이 늙은이가 막센의 능력을 잠시 잊어버리고 그릇된 판단을 했어."

골드 라이온이 자책을 했다.

다들 안타까운 표정으로 골드 라이온을 바라보고 있을 때, 마운틴 고우트가 끼어들었다.

"골드 라이온, 서두르셔야 합니다. 천족들이 오해하지 않도록 다시 병력을 돌리셔야 합니다. 그렇지 않으면 천족들이 마물들과의 전쟁에서 발을 빼고 천계로 돌아갈 우려가 있습니다."

"그러진 않을 걸세."

골드 라이온이 고개를 가로저었다.

"그러진 않다니요? 그게 무슨 뜻이십니까?"

마운틴 고우트가 고개를 갸웃했다.

골드 라이온이 천천히 대답했다.

"어떠한 일이 있어도 천족들이 이 전쟁에서 발을 빼지는 않을 거란 말일세. 정확한 이유는 나도 모르겠네만 천족들이 이번에 마해의 마물들과 크게 한번 싸우게 되어 있다고 들었네. 이 또한 벨커스 님께서 직접 해 주신 말씀이야."

가만히 듣고 있던 화이트가 무릎을 쳤다.

"오호라, 그거 반가운 소식이군요. 그럼 우리가 굳이 나서지 않아도 서신장 도릭스가 북부의 두 군주와 싸울 것 아닙니까?"

"후우, 그건 또 모르지."

골드 라이온이 고개를 가로저었다.

이번엔 화이트가 고개를 갸우뚱했다.

"모르다니요? 또 다른 무언가가 있습니까?"

"천계의 신장들끼리 서로 생각이 다르다네. 6명의 신장들 가운데 4명은 마해와 싸우는 것을 찬성한 반면, 나머지 2명은 반대했다고 들었네. 천계의 여왕이 직접 강림하니까 어쩔 수 없이 인간계에 함께 내려왔지만, 그 2명의 신장은 아직도 마해와의 전쟁을 꺼리고 있다더라고. 후우우, 어쩌면 서신장 도릭스가 그 2명 가운데 하나일 수도 있지 않나?"

"그 이야기도 벨커스 님께 들으신 정보입니까?"

화이트가 물었다.

골드 라이온은 입을 꾹 다물고 고개만 끄덕였다.

화이트가 한숨을 쉬었다.

"에효오, 그렇다면 서신장이 발을 뺄 수도 있겠군요. 애꿎은 우리 핑계를 대면서 말입니다."

만약 서신장이 호전적인 성격이라면 혼자서라도 두 키르샤와 싸울 것이다. 그러나 만약 서신장이 마해와 전쟁을 꺼리는 편이라면? 그럼 이게 기회다 생각하고 싸움터에서 물러날 가능성이 있었다. 그다음, "벨커스의 추종자들이 약속을 깨뜨리고 먼저 도망치는 바람에 작전이 무산되었다."라고 주장하며 모든 잘못을 뒤집어씌울 가능성도 다분했다.

"골드 라이온, 아무래도 말머리를 돌리는 것이 좋지 않겠습니까? 이번 후퇴로 인해 천족들에게 오해를 살 수도 있습니다. 마치 우리들이 천족을 이용만 하려는 것으로 비칠 수도 있단 말씀입니다."

크레슨트가 조심스레 의견을 내었다.

회이트도 그 말에 동조했다.

"저도 크레슨트의 말에 동의합니다. 이 상황에서 퇴각하는 것은 득보다 실이 많습니다."

"으으으음."

골드 라이온이 이마를 깊게 찌푸렸다.

'어둠 신장 막센 때문에 일이 꼬였군. 으으음. 이건 좋지 않아.'

골드 라이온은 마음속으로 이렇게 중얼거렸다. 그다음

고개를 번쩍 들었다.

다들 침을 꿀꺽 삼키고 골드 라이온의 입술을 주목했다.

"결정하셨습니까?"

마운틴 고우트가 대표로 물었다.

골드 라이온이 고개를 주억거렸다.

"했네."

이번엔 화이트가 답을 재촉했다.

"어떤 결정을 내리셨습니까? 다시 토레의 궁전으로 되돌아갑니까? 아니면 그냥 후퇴합니까?"

"다시 진격함세."

마침내 골드 라이온이 전쟁을 선포했다.

화이트가 거듭 그 대답을 확인했다.

"수인족의 궁전으로 쳐들어가잔 말씀이십니까?"

"후우우, 어쩔 수 없지 않나. 외통수에 걸렸으니 다시 가서 전투를 치를 수밖에."

골드 라이온이 한숨을 내뱉었다.

Chapter 7

퇴각 중단.

다시 토레의 궁전으로.

이것이 골드 라이온이 내린 최종 결정이었다.

솔직히 골드 라이온은 이 결정이 내키지 않았다. 하지만 다른 추종자들의 생각은 달랐다. 우선 마운틴 고우트가 안도의 한숨을 내쉬었다.

"후우우, 옳은 결정을 내리셨습니다. 저는 퇴각 결정이 날까 봐 속으로 가슴을 졸였습니다."

마운틴 고우트의 말에 골드 라이온은 입술을 꾹 다물었다.

크레슨트는 클러(Claw: 주먹에 착용하는 발톱 모양의 칼날)를 꺼내 슥슥 바지에 문질렀다.

"크흐흐, 결국 피를 봐야겠구먼. 마물들의 피 말이야."

내심 전투를 기다렸다는 듯 가면 속 크레슨트의 눈이 표독하게 빛났다. 그 모습을 본 골드 라이온은 속으로 침음을 삼켰다.

"봐야지. 그 더러운 족속들의 피를 봐야지. 암. 그렇고말고."

노마법사 화이트도 전투를 기다리기는 매한가지였다. 화이트는 떡갈나무 지팡이를 번쩍 들었다가 땅바닥에 쾅 내리찍었다. 결의를 다지기 위한 동작이었다.

"……."

얼굴에 검은 가면을 쓴 다크 블랙은 여전히 말이 없었다.

하지만 다크 블랙도 퇴각하자고 주장하지는 않았다.

'모두의 뜻이 이렇다면 어쩔 수 없지.'

결국 골드 라이온도 마음을 다잡았다.

"이왕 참전하기로 결정을 내린 터, 늦지 않게 서두르세."

골드 라이온은 턱 끝으로 서북쪽 방향을 가리켰다. 토레의 궁전이 있는 방향이었다.

"제가 길을 열겠습니다."

마운틴 고우트가 앞장섰다.

크레슨트는 목을 좌우로 한 번씩 꺾어 우두둑 소리를 냈다.

화이트는 등에 멘 배낭끈을 단단히 조였다.

다크 블랙도 주먹을 한 번 꽉 쥐었다가 풀었다.

토레의 궁전으로부터 멀어져 가던 벨커스의 추종자들은 그렇게 다시 서북쪽으로 말머리를 돌렸다. 이때가 12월 13일 아침 10시 무렵이었다. 우중충한 초겨울 하늘에선 빗방울이 조금씩 떨어지기 시작했다.

쏴아아아아—

오전에 시작된 비는 오후가 되어 본격적으로 힘을 발휘했다. 굵은 장대비가 초원을 흠뻑 적셨다. 빗줄기에 얻어맞은 풀잎들이 초록색 즙을 토해 놓는 것처럼 빗방울을 튕겨

냈다. 그렇게 튕겨진 물기가 뿌연 물안개가 되어 온 숲을 뒤덮었다.

나무 군락 위에 건축된 토레의 궁전도 폭우를 피하지 못했다. 수인족들은 건물 안에 들어가 쏟아지는 비를 구경했다.

하라간도 창문 너머로 눈길을 주었다.

"비 한번 시원하게 오는군."

후두둑 떨어지는 빗소리를 들으면서 하라간은 문득 예전에 벌였던 전투를 떠올렸다.

루잉 백작이던 시절 그는 인생의 상당 부분을 바야크 대장벽을 지키며 보냈다. 그곳에서 하라간은 북부의 솔샤르들과 끊임없는 전투를 치러야 했다.

그 전투들 가운데 다섯 손가락 안에 꼽을 정도로 지독했던 수중전이 지금 하라간의 머릿속에서 되살아났다.

'그때도 이렇게 폭우가 쏟아졌었지.'

그날 루잉은 퍼붓는 비를 온몸으로 맞으며 북부의 마물들과 혈투를 벌였다. 토레 왕국에서 파견 나온 수인족 솔샤르들이 무서운 기세로 달려와 바야크 대장벽을 강타했다.

콰아앙!

거친 폭음이 사람들의 귀청을 찢었다. 철로 만든 벽돌이 적의 기세를 이기지 못하고 와르르 함몰되었다. 단단하던 장벽에 구멍이 뚫리자 사람들이 기겁했다.

"안 돼!"

하라간, 아니 루잉이 악을 썼다.

이 뚫린 구멍으로 솔샤르들이 난입하면 남부 연합은 끝장이었다. 하라간은 옷을 찢어 검과 손을 하나로 묶었다. 그다음 붕괴한 성벽 사이에 떡 버티고 서서 죽기를 각오하고 싸웠다. 그때는 무슨 생각으로 그렇게 무모하게 싸웠는지 알 수 없었다. 그저 이 구멍이 뚫리면 모두가 죽는다는 생각밖에 없었다. 하라간은 미친 듯이 달려드는 솔샤르들을 향해 검을 휘두르고 또 휘둘렀다. 손바닥이 벗겨져 핏물이 질퍽하게 흘렀다. 하라간의 신체를 타고 줄줄 흐르는 빗물에 핏물이 섞여 몸뚱어리 전체가 온통 벌겋게 칠해졌다.

"헉. 헉. 헉."

숨이 턱까지 차올랐다.

"우욱. 우웨에엑."

목구멍에서 구역질이 치밀었다.

그래도 하라간은 포기하지 않았다. 그는 지독할 정도로 버티고 또 버텼다. 쏟아지는 폭우 속에서 토레 왕국의 수인족 솔샤르들을 악착같이 막아 냈다.

그렇게 버틴 것이 무려 10시간.

소식을 듣고 달려온 카일 백작이 바야크 대장벽에 도착

했을 때, 하라간은 붕괴한 성벽 구멍을 홀로 막고서 우뚝 선 채로 기절해 있었다.

"루잉, 이 자식…… 장하다. 장해."

카일은 그런 제자를 끌어안고 눈물을 흘렸다. 무뚝뚝하고 엄격하던 스승의 눈에서 떨어진 눈물이 루잉의 얼굴을 적셨다.

루잉은 스승이 우는 모습을 똑똑하게 기억했다. 당시 그는 기절한 상태였는데, 희한하게도 스승의 눈물은 기억이 났다.

'카일 스승님.'

하라간이 입 안에서 스승의 이름을 되뇌었다.

그러자 과거의 회상이 물거품처럼 사라지고 현재로 되돌아왔다.

"이런. 내가 너무 감상적이 되었군."

자리를 털고 일어난 하라간이 창가로 다가섰다.

쏴아아아—

무섭게 쏟아지는 장대비 소리가 하라간의 귀를 간지럽혔다.

"지금쯤 저 물안개 너머에서 다가오고 있겠지? 서신장 도릭스가 말이야."

도릭스를 떠올리자 무겁게 가라앉았던 기분이 밝게 전환되었다. 입 안엔 군침이 돌았다.

"어서 와라."

싸악

하라간의 혀가 분홍빛 입술을 빠르게 핥고 지나갔다.

Chapter 8

비가 내리는 중에 날이 저물었다. 저녁이 되어도 빗발은 줄어들 줄 몰랐다. 토레 왕국의 왕비 호텝은 궁전 수비대장을 불러 은밀한 명령을 내렸다.

[지금부터 여섯 시간 동안 남쪽 수비대의 경계를 해제하라.]

궁전의 수비를 해제하라는 것은 정말 뜻밖의 명령이었다. 수비대장은 깜짝 놀라 반문했다.

[경계를 해제하라니, 그게 무슨 말씀이십니까?]

[씁!]

호텝이 눈을 깊게 찌푸렸다.

토레가 자리를 비운 지금, 이곳의 권력자는 바로 호텝이었다. 궁전 수비대장은 등골이 싸늘해져서 부르르 몸서리를 쳤다.

[송구하옵니다. 곧바로 왕비마마의 명을 따르겠나이다.]

궁전 수비대장이 바닥에 코를 처박았다.

호텝은 그제야 날카로운 눈빛을 풀었다.

왕비의 명령은 곧장 이행되었다. 토레의 궁전 남쪽 경계망이 무방비 상태로 해제되었다. 물론 이 사실을 아는 수인족은 거의 없었다. 입이 무거운 궁전 수비대장은 남쪽 수비대원들을 제외한 그 누구에게도 호텝의 지시에 대해 발설하지 않았다.

쏴아아아—

쏟아지는 빗줄기가 초원을 흠뻑 적셨다. 거대한 나무 군락 위에 세워진 토레의 궁전도 쏟아지는 비를 피하지 못했다.

수인족들의 성지라 불리는 이 특별한 궁전은 성벽이 따로 없었다. 대신 12 미터 높이의 나무 군락 위에 축성되어 있기에 적의 침입이 어려웠다. 어지간히 높은 사다리를 세우지 않으면 나무 군락 위 궁전으로 들어오는 것이 불가능하다 보니 나무 군락이 성벽 역할을 하는 셈이었다. 여기에 더해서 수인족들은 나뭇가지 곳곳에 초소를 만들어 수비병들을 매복시켰다. 나무를 기어오르는 적들을 요격하기 위함이었다.

그런데 오늘은 남쪽 초소들이 텅 비워졌다.

호텝의 지시가 효과를 발휘했다.

“뭔가 이상합니다. 제가 나무에 슬쩍 기어 올라가 보았는데 반응이 전혀 없었습니다.”

어쌔신 한 명이 토레의 궁전에 접근했다가 돌아와서는 크레슨트에게 이렇게 보고했다.

크레슨트가 눈을 찌푸렸다.

“반응이 없다고? 그럴 리가 있나?”

어쌔신을 노려보는 크레슨트의 눈에는 불신의 빛이 가득했다.

척후를 다녀온 어쌔신이 억울한 듯 항변했다.

“정말입니다. 나무의 3분의 1 지점까지 올라가 보았는데 반응이 전혀 없었습니다.”

옆에서 화이트가 끼어들었다.

“그럴 수도 있겠네.”

“뭐가 그럴 수도 있어?”

크레슨트가 신경질적으로 화이트를 돌아보았다.

화이트는 턱으로 궁전 중심부를 가리켰다.

“이달 초에 카프레와 그의 아들들이 토레의 궁전을 한번 발칵 뒤집어 놓았잖아. 비록 토레와 군나르가 달려와 반역을 진압하기는 했다지만, 피해가 제법 컸을 수도 있어. 자네도 알다시피 마물이 봉인된 솔샤르들은 일반 병사들보다 더 허무하게 무너지기도 하잖아? 병사들이 많이 죽어서 수비병이 부족한 게지."

"물론 그럴 수도 있겠지만……."

크레슨트가 말꼬리를 흐렸다.

이번엔 마운틴 고우트가 끼어들었다.

"어디 내가 한번 가서 적진을 정찰하고 오지."

말이 끝나기도 전, 마운틴 고우트는 가젤처럼 풀쩍 뛰어 토레의 궁전으로 접근했다.

벨커스의 추종자들이 몸을 숨긴 지점으로부터 토레의 궁전까지는 성인의 키 높이의 수풀이 우거져 있었다. 마운틴 고우트는 무성하게 우거진 수풀 사이를 지그재그로 가로지르며 달려갔다. 그 모습이 마치 번개와 같았다.

불과 몇 초도 되지 않아 마운틴 고우트의 모습이 나무 군락 밑동에서 보였다. 그다음 몇 초가 지난 뒤에는 어느새 나무 꼭대기까지 올라가 토레의 궁전 입구에서 모습을 드러냈다.

"허, 빠르네."

화이트가 탄성을 흘렸다.

마운틴 고우트를 질투라도 하는지 크레슨트는 입술을 꾹 깨물었다.

그러는 사이 마운틴 고우트는 토레의 궁전 남쪽 일대를 쭉 훑었다. 그러곤 12 미터 아래 지상으로 풀쩍 뛰어내려 출발점으로 다시 돌아왔다.

"어떻던가?"

화이트가 물었다.

뿔 달린 가면을 쓴 마운틴 고우트가 고개를 가로저었다.

"없어."

"뭐가?"

"적 수비병들이 없다고."

"그럴 리가? 혹시 자네가 정찰을 허술하게 한 것 아냐?"

크레슨트가 기다렸다는 듯이 쏘아붙였다.

마운틴 고우트가 불덩이 같은 눈으로 크레슨트를 노려보았다.

"내 정찰이 허술했다고? 흥! 어림도 없는 소리. 내 솜씨는 자네의 그 같잖은 클러보다 두 배는 더 철저해."

"뭐랏?"

크레슨트가 노기를 내뿜었다. 그의 손등에는 어느새 시퍼런 빛을 뿌리는 클러가 드러났다.

마운틴 고우트도 물러서지 않았다. 그는 크레슨트를 향해 '어디 한번 덤벼 볼 테면 덤벼 봐라.' 라는 식으로 가슴을 내밀었다.

결국 골드 라이온이 중재에 나섰다.

"그만들 자중하시게."

골드 라이온의 이 말 한마디가 분란을 종식시켰다.

"죄송합니다. 저 산양 녀석이 제 애병을 걸고넘어지는 바람에 제가 그만 흥분을 했습니다."

크레슨트가 한발 물러섰다.

마운틴 고우트도 골드 라이온에게 고개를 숙였다.

"쓸데없는 분란을 벌여서 송구합니다."

골드 라이온이 두 사람을 가볍게 나무랐다.

"강적을 앞에 둔 상황이야. 이 상황에서 우리끼리 에너지 낭비를 하지는 마세나."

"명심하겠습니다."

"거듭 사죄의 말씀을 드립니다."

크레슨트와 마운틴 고우트가 다시 한 번 골드 라이온에게 용서를 빌었다.

골드 라이온은 그제야 얼굴을 풀었다. 그다음 뭉툭한 손가락으로 토레의 궁전을 지목했다.

"그나저나 그 말이 사실인가? 저 나무 위까지 텅 비었다고?"

"네. 중간에 초소 몇 곳을 발견했는데, 모두 비어 있었습니다."

마운틴 고우트가 기다렸다는 듯이 대답했다.

골드 라이온은 손가락으로 턱을 조몰락거렸다.

"흠. 이유가 뭘까? 놈들이 왜 초소를 비웠지?"

화이트가 자신의 주장을 거듭 펼쳤다.

"제 분석이 맞을 겁니다. 카프레의 반란을 진압하는 과정에서 수비병들이 대거 죽었겠지요. 그래서 초소가 빈 것 아니겠습니까?"

골드 라이온의 의견은 달랐다.

"그렇게 피해가 클수록 어떻게든 수비에 신경을 쓰지 않겠나?"

매사에 의심이 많고 신중한 골드 라이온의 성격이 드러나는 대목이었다.

화이트가 막 뭐라고 반박을 하려고 할 때였다. 궁전 안쪽에서 장대비를 뚫고 노란 램프가 번쩍였다.

번쩍, 번쩍, 번쩍.

세 번 연달아 깜빡인 불빛에 벨커스의 추종자들이 반응을 보였다.

"응?"

마운틴 고우트가 허리를 쭉 펴고 궁전을 노려보았다. 그 다음 골드 라이온을 돌아보았다.

"골드 라이온, 제가 한 번만 더 다녀오겠습니다."

뭐가 그리 급했던지 마운틴 고우트는 골드 라이온의 허락이 떨어지기도 전에 다시 수풀로 뛰어들어 지그재그로 뛰었다. 눈 깜짝할 사이에 궁전 위까지 올라간 마운틴 고우트가 다시 아군 진영으로 돌아온 것은 10분쯤 뒤였다.

제2화

덫에 갇힌 생쥐

Chapter 1

"무슨 불빛이던가?"

골드 라이온이 물었다.

마운틴 고우트는 한결 밝은 기색으로 답했다.

"샤샴이 보낸 신호였습니다. 서신장 도릭스 님의 척후 부대가 이미 궁전 남쪽을 정리했다고 합니다."

"뭐? 서신장이 벌써 움직였다고?"

화이트가 눈을 동그랗게 떴다.

크레슨트는 무릎을 쳤다.

"그래서 남쪽 초소가 텅 빈 게로구나. 이미 길목 정리가 끝난 게였어. 흘흘흘."

마운틴 고우트가 골드 라이온을 재촉했다.

"골드 라이온, 서두르셔야 할 것 같습니다. 길이 활짝 열렸는데도 저희가 꾸물거리면 천족의 의심을 받을 것입니다."

화이트가 맞장구를 쳤다.

"크흠. 그렇습니다. 혹은 천족들이 우리를 겁쟁이로 평가할 수도 있습니다."

"우린 겁쟁이가 아니야."

크레슨트가 못마땅한 표정으로 이렇게 중얼거렸다.

모두가 압박하듯 골드 라이온을 쳐다보았다.

솔직히 골드 라이온은 계속해서 뭔가가 마음에 걸렸다. 이런 찜찜한 기분으로는 전투를 치르고 싶지 않았다.

하지만 상황이 그를 막다른 골목으로 몰았다. 수하들에게 등이 떠밀린 골드 라이온은 결국 진격 명령을 내렸다.

"크레슨트."

"말씀하시지요."

크레슨트가 양손에 착용한 클러를 들어 가슴께에서 X자로 교차시켰다.

골드 라이온이 크레슨트에게 명을 하달했다.

"자네가 앞장서시게."

"알겠습니다. 우선 제 아이들을 선봉에 세워서 적의 궁전에 봉인석부터 설치하겠습니다."

크레슨트가 즉각 명을 받들었다.

이번엔 골드 라이온의 시선이 화이트에게 향했다.

"화이트."

"네."

"자네와 자네 제자들이 후방을 맡아 주시게."

"명을 따르겠습니다."

화이트가 머리를 까딱 숙여 명을 받들었다.

다음은 마운틴 고우트의 차례였다.

"마운틴 고우트는 샤샴과 연락을 하시게. 천족과 보조를 맞춰야지."

"그리하겠습니다."

마운틴 고우트가 주먹으로 가슴을 탕탕 두드렸다.

마지막으로 골드 라이온의 시선이 다크 블랙에게 머물렀다.

골드 라이온이 뭐라고 운을 떼기도 전에 다크 블랙이 먼저 움직였다. 유령처럼 땅 위를 미끄러져 골드 라이온의 등 뒤에 자리를 잡은 다크 블랙의 행동은 마치 "저만 믿으십시오. 제가 골드 라이온의 안전을 책임지겠습니다."라고 웅변하는 듯했다.

골드 라이온의 입가에 희미하게 미소가 걸렸다.

"고맙네."

그 말을 끝으로 골드 라이온이 먼저 나섰다. 150 센티미터의 조그만 체구의 골드 라이온이 바람처럼 움직여 비가 쏟아지는 수풀 속으로 뛰어들었다.

다크 블랙이 그림자처럼 그 뒤를 쫓았다.

크레슨트가 손가락으로 전방을 가리켰다.

"우리가 뒤처져선 안 된다. 선두는 우리 차지야."

"넵."

크레슨트가 키워 낸 어쌔신 수십 명이 땅속에서 불쑥불쑥 튀어나와 토레의 궁전을 향해 치달렸다.

"우리도 가자. 플라이(Fly)."

화이트가 시동어를 입에 담았다. 비행 마법으로 살짝 몸을 띄운 노마법사는 수풀 속에 몸을 숨긴 채 저공비행했다.

"플라이."

화이트의 제자들이 일제히 날아올라 스승의 뒤를 쫓았다.

드디어 본격적인 전쟁의 서막이 올랐다.

'응?'

나무로 만든 욕조에 몸을 담그고 있던 하라간이 두 눈을 번쩍 떴다.

촤악

하라간이 욕조에서 일어서자 라티파와 레다가 보드라운 천으로 물기를 닦아 주었다.

하라간은 두 자매에게 몸을 맡긴 채 샤샴을 내려다보았다.

천계의 책사 샤샴은 욕조 옆에 납죽 엎드려 대기 중이었다. 그러다 하라간이 갑자기 벌떡 일어나 자신을 쳐다보자 부르르 몸서리를 쳤다.

[왜, 왜 그러시는지……?]

샤샴이 말을 더듬었다.

하라간은 욕조 밖으로 나와 샤샴의 두개골을 슥슥 쓰다듬었다.

[요 기특한 녀석.]

[네?]

뜬금없는 칭찬에 샤샴이 어리둥절했다.

하라간이 빙그레 웃었다.

[서신장 도릭스를 유인하라고 시켰더니 엉뚱한 자들도 함께 끌어들였구나? 봉인석을 다루는 수상쩍은 녀석들 말이야.]

[네넷? 네에엣?]

샤샴은 가슴이 철렁했다.

'허억? 내가 벨커스의 추종자들을 이곳으로 불러들인 것을 어찌 알았지?'

하라간은 당황하는 샤샴을 향해 거듭 칭찬을 던졌다.

[잘했어. 이참에 그 녀석들도 정리를 해 버려야지. 후훗.]

환하게 웃는 하라간을 올려다보면서 샤샴은 다시 한 번 진저리를 쳤다.

하라간이 샤샴에게 물었다.

[물론 도릭스도 이곳에 나타나겠지? 너 설마 저 떨거지들만 부른 것은 아니겠지?]

질문을 던지면서 하라간은 분홍빛 혀로 입술을 싹 핥았다.

[아닙니다. 도릭스 님도 오십니다. 네. 오시고말고요.]

샤샴이 반사적으로 이렇게 소리쳤다.

하라간의 입가에 걸린 미소가 더욱 짙어졌다.

[그래. 당연히 그래야지.]

하라간이 욕실 밖으로 나가기 위해 발걸음을 옮겼다.

레다가 부랴부랴 로인클로스(하체를 가리는 장방형의 천)를 가져와 하라간의 허리에 둘러 주었다. 라티파는 숄을 들어 하라간의 어깨에 걸쳐 주었다.

하라간의 의복 시중을 마친 뒤, 레다는 벽에 세워 놓았던 창을 움켜잡았다.

하라간이 레다에게 주의를 주었다.

"섣부르게 나서지는 마."

"하오나 하라간 님……."

레다가 뭐하고 항변을 하려고 했다.

하라간이 중간에 끊었다.

"내 말 들어. 이번에 올 녀석은 네가 상대하기엔 아직 버거워."

"알겠습니다, 하라간 님."

레다가 침울하게 고개를 떨어뜨렸다.

하라간이 그런 레다의 어깨를 툭 두드렸다.

"대신 싸움이 시작되거든 친위대원들과 함께 적당한 지점에 매복을 하고 있어. 그러다 도주하는 적을 발견하면 단 한 놈도 놓치지 말고 잡으라고."

"넷. 후방 차단은 제게 맡겨 주십시오."

하라간으로부터 임무를 받은 것이 기쁜 듯 레다의 얼굴에 화색이 돌았다. 레다는 주먹을 가슴에 붙이고 고개를 푹 숙였다.

그런 레다를 향해 하라간이 빙그레 웃었다.

Chapter 2

호텝의 방은 인간족 왕비들의 거처에 비해 화려함이 떨어졌다. 대신 방이 무척 넓고 활기가 넘쳤다. 살짝 열린 창문 밖에서는 연신 빗소리가 들렸다. 벽난로 속에서 타오르는 불빛은 바람에 춤을 추었다. 나무 장작이 타닥타닥 타들어 가는 소리와 후두둑 떨어지는 빗소리가 절묘한 하모니를 이루었다.

호텝은 털가죽으로 뒤덮인 의자에 앉아 한쪽 팔로 턱을 괴었다. 호텝의 발목에 걸린 금빛 팔찌가 불빛을 받아 반짝거렸다.

호텝의 앞에는 중갑옷으로 무장한 사자형 수인족 한 명이 무릎을 꿇은 상태였다.

호텝이 입을 열었다.

[파악은 되었나?]

[옙.]

[그래서, 적들이 궁전에 들어왔어?]

적을 언급하면서 호텝의 두 눈을 날카롭게 부라렸다.

사자형 수인족이 냉큼 아뢰었다.

[옙. 마마께서 말씀하신 바와 같이 적들이 침입했나이다.]

[놈들이 몇 명이나 되지?]

[궁전 아래 나무 군락에 매복시킨 아이들이 적의 발걸음 소리로 파악을 했사온데, 그 수가 60명은 넘고 70명은 되지 않는 것 같사옵니다.]

[60명에서 70명 사이라고? 생각보다 많군. 발걸음 소리가 그 정도라면, 하늘을 날아서 접근하는 적들은 또 얼마나 많을까?]

호텝의 두 눈이 곤혹스럽게 물들었다.

사자형 수인족, 즉 궁전 수비대장이 단호하게 고개를 가로저었다.

[아니옵니다. 부엉이 부대를 동원해서 밤하늘을 감시 중이온데, 뼈다귀만 남은 괴물들은 보이지 않았사옵니다.]

[어엉? 그래? 이상하다. 하라간 님께서 분명 그 날개 달린 스켈레톤들이 쳐들어올 거라고 했는데?]

호텝이 머리를 갸웃했다. 그러곤 다시 물었다.

[그럼 발걸음 소리는 뭔데? 침입한 적의 정체가 날개 달린 스켈레톤들이 아닌가?]

궁전 수비대장이 기다렸다는 듯이 답했다.

[적들에게 가까이 접근하지 말라고 말씀하셔서 정확히 파악하지는 못했나이다. 하지만 먼발치에서 목격한 바로는 날개 달린 스켈레톤들은 분명 아니었습니다.]

호텝이 다시 물었다.

[그럼 수인족 반란군인가?]

궁전 수비대장은 이번에도 고개를 가로저었다.

[그것도 아닌 듯하옵니다. 궁전에 침투한 적들이 모두 인간인 것 같다는 첩보이옵니다.]

[뭣?]

적이 인간이라는 말에 호텝이 어금니를 드러냈다. 군단

장 출신의 암사자 호텝은 날개 달린 스켈레톤을 두려워한 것이지 한낱 인간들을 두려워해 본 적은 없었다.

[치잇. 그럼 굳이 우리가 몸을 웅크리고 있을 이유가 없잖아? 당장 병력을 풀어서 하라간 님을 도와야겠다. 내 갑옷을 가져오너라.]

호텝은 당장이라도 전쟁터에 달려갈 것처럼 의자를 박차고 일어섰다.

궁전 수비대장이 호텝을 말렸다.

[왕비마마, 소신의 생각으로는 이곳에서 조금 더 상황을 지켜보시는 것이 좋을 듯하옵니다.]

[왜?]

호텝은 무척이나 호전적인 성격이었다. 겁쟁이처럼 몸을 숨기는 것을 당연히 싫어했다.

궁전 수비대장이 목소리를 살짝 낮추었다.

[왕비마마, 마물과의 결합이 끊기는 현상이 또 발생했사옵니다.]

[뭐어? 나는 아직 멀쩡한데?]

호텝이 자신의 마물과 교감을 확인해 본 뒤 수비대장에게 되물었다.

궁전 수비대장이 설명을 이었다.

[아직 궁전 전체에 이상이 생긴 것은 아니옵니다. 하지만

적들이 접근 중인 궁전 남쪽을 중심으로 마물과의 결합이 빠르게 차단되고 있사옵니다.]

[이런! 역시 한패였구나. 저 찢어 죽일 스켈레톤 무리와 지금 침투 중인 인간들이 한 패거리야. 놈들은 우리 솔샤르들을 무력화시킬 비법을 가지고 있어. 크르르르.]

호텝이 발을 세게 굴렀다.

궁전 수비대장이 분한 듯 으르렁거렸다.

[크르르. 맞사옵니다. 놈들은 분명 한 패거리가 분명하옵니다. 그러니 여기서 잠시만 더 지켜보소서. 하라간 님께는 적들의 비법이 통하지 않으니 잘 싸워 주실 것입니다.]

[침투한 적의 수가 많다며? 그러다 하라간 님이 무너지기라도 한다면?]

호텝이 최악의 경우를 입에 담았다.

궁전 수비대장은 비장하게 그 말을 받았다.

[그때는 왕비마마께서 먼저 존체를 보존하셔야 하옵니다. 저와 제 부하들이 적들을 상대로 시간을 벌 것이오니, 왕비마마께서는 탈출로를 뚫으소서.]

[끄으응.]

날개 달린 스켈레톤들은 호텝의 친아들을 죽인 원수였다. 호텝은 그런 원수들에게 등을 보이고 도망치는 것이 죽기보다 더 싫었다.

하지만 냉정하게 따져 보면 궁전 수비대장의 충언이 옳았다. 토레가 돌아올 때까지 호텝은 어떻게든 살아남아야 했다.

[마마, 존체를 꼭 보존하셔야 하옵니다.]

궁전 수비대장이 한 번 더 간곡히 아뢰었다.

입술을 꽉 깨문 호텝이 미세하게 고개를 끄덕였다.

토레의 궁전은 숨 막힐 정도로 넓었다. 남부 연합의 그 어떤 왕궁도 이토록 넓은 궁전을 보유하지는 못했다.

그 사실을 깨달은 골드 라이온이 이마를 잔뜩 찌푸렸다.

"끄응."

비슷한 생각을 했는지 등 뒤에서 화이트가 투덜거렸다.

"췟. 오라지게도 넓네. 이렇게 광활한데 왜 더러운 솔샤르 놈들이 한 녀석도 보이지 않지?"

벨커스의 추종자들은 궁전 남쪽으로 침투하여 중심부에 도착할 때까지 꽤나 먼 거리를 횡단했다. 그런데 희한하게도 아직까지 단 한 명의 수인족과도 맞닥뜨리지 못했다.

이건 분명 비정상적인 일이었다. 토레의 궁전은 마치 죽은 자들의 무덤 속처럼 고요했다. 고요가 주는 불안감이 생각보다 컸다. 조금 전 화이트의 투덜거림은, 사실 이 적막이 주는 공포로부터 벗어나기 위한 행동이었다.

"쉿! 조용히 하게. 우리는 지금 적진 한복판에 와 있네."

골드 라이온이 속삭이듯 화이트에게 경고를 주었다.

"죄송합니다."

화이트가 입을 꾹 다물었다.

그때였다. 앞쪽에서 초록색 불빛이 깜빡였다.

크레슨트가 보낸 신호였다. 초록색 불빛은 적이 없다는 것을 의미했다.

"저 정도 거리면 얼추 궁전 중심부에 도착한 것 같은데, 아직까지도 수인족을 발견하지 못했단 말인가? 허어어."

골드 라이온이 기가 막힌다는 듯이 뇌까렸다.

화이트가 그 말을 받았다.

"천계의 전사들이 앞에서 길목 정리를 한 탓이 아니겠습니까?"

"그렇다면 주변에 수인족들의 시체라도 널려 있어야 하지 않을까? 아무래도 뭔가 이상하네. 잠시 선발대를 뒤로 물려야겠으이."

Chapter 3

골드 라이온이 지팡이를 들어 전방에 겨누었다.

번쩍! 번쩍!

지팡이 끝에 박힌 보석이 섬광처럼 짧게 광채를 토했다. 선명하도록 붉은 이 빛은 후퇴를 명령하는 신호였다.

'뭐? 후퇴라고? 후우우, 골드 라이온께서 너무 조심스러우시구나.'

화이트가 속으로 한숨을 내쉬었다. 솔직히 화이트는 골드 라이온의 이 느릿느릿한 행보가 너무나 답답했다. 하지만 겉으로 불만을 드러내지는 않았다.

그런데 명령을 받은 선발대가 후퇴하지 않았다. 선봉장인 크레슨트로부터 다시금 초록색 불빛이 쏘아져 나왔다. 계속 전진하겠다는 의미였다.

초록 불빛에 앞서 노란 불빛도 몇 차례 번뜩였다. 노란색은 샤샴이 보내는 신호로, "빨리 달려와."라는 재촉을 뜻했다.

화이트가 노란 불빛을 손가락으로 가리켰다.

"노란빛이 방출되는 주기가 빨라졌습니다. 샤샴이 저희를 독촉하는 것 같습니다. 어쩌시겠습니까? 골드 라이온."

"끄으응."

골드 라이온이 곤혹스러운 눈으로 노란 불빛을 노려보았다.

"봉인진의 설치는 어떠한가?"

골드 라이온이 물었다.

화이트가 즉시 말을 받았다.

"크레슨트의 아이들이 곳곳에 봉인석을 설치하고 있습니다. 이미 이 궁전의 3분의 1 이상이 진법의 영향력 안에 들어왔습니다. 봉인진을 설치하는 동안 그 어떤 방해도 없었고요."

이렇게 유리한 상황에서 후퇴를 고집하는 것은 문제가 있었다. 결국 골드 라이온은 또다시 전진 결정을 내릴 수밖에 없었다.

"휴우우, 가세. 왜 이렇게 기분이 찜찜한지 모르겠네만 어쨌든 좀 더 진격해 봐야지."

그런 골드 라이온을 바라보면서 화이트는 씁쓸한 표정을 지었다.

'쯧쯧쯧. 골드 라이온께서 많이 늙으셨구나. 나이가 드셔서 걱정이 느신 게야.'

이렇게 판단한 화이트는 골드 라이온보다 앞으로 나서서 빠르게 움직였다. 화이트가 속도를 내자 그 제자인 마법사들도 한층 속력을 내었다.

그 탓에 골드 라이온과 다크 블랙도 덩달아 걸음을 재촉할 수밖에 없었다.

7분 전.

"쥐새끼들이 잘도 오는구나."

하라간이 나무 건물 3층 베란다에 뒷짐을 지고 서서 중얼거렸다.

'응?'

뒤에서 레다가 고개를 갸웃했다. 세차게 쏟아지는 빗발 때문에 레다의 귀에는 적이 접근하는 소리가 들리지 않았다.

그때 저 멀리서 붉은빛이 번쩍했다.

그 즉시 접근하는 적들의 움직임이 멈췄다.

"거참, 의심이 많은 쥐들이군."

하라간이 시선을 옆으로 돌렸다.

베란다 한구석에 무릎을 꿇고 있던 샤샴이 하라간과 눈이 마주쳤다.

[뭐해? 어서 저 녀석들을 끌어들이지 않고.]

[네넷.]

찔끔 놀란 샤샴이 노란색 램프를 켜서 위로 들었다. 샤샴이 손가락뼈를 놀릴 때마다 노란빛이 빠르게 번쩍였다.

그에 호응이라도 하듯 초록빛도 번쩍거렸다.

잠시 후, 멈춰 있던 적들이 다시 움직이기 시작했다. 그들은 노란 불빛을 향해 속도를 내었다.

"후훗. 그래야지. 그렇게 불나방처럼 달려들어야지."

하라간이 씨익 웃었다.

하라간은 하늘도 한 번 곁눈질했다.

'저 구름 뒤에 숨어 있는 쥐새끼는 정말 조심스럽군. 수줍음이 아주 많은 녀석인가 봐.'

미끼를 잘 물지 않는 물고기일수록 잡았을 때 쾌감이 더 큰 법.

하라간은 진득하게 때를 기다렸다.

그 와중에도 봉인진의 범위는 점점 더 확대되었다. 이제 하라간이 머무는 별궁 바로 앞까지 수상한 기운이 형성되었다. 이 정도면 진법이 토레의 궁전 절반가량을 뒤덮은 셈이었다.

하라간이 뒤도 돌아보지 않고 레다에게 말했다.

"조심해라. 이제 곧 마물과의 연결이 끊길 것이다."

"각오하고 있습니다."

레다가 어금니를 꽉 깨물었다.

하라간이 말을 덧붙였다.

"내가 신호를 주면 친위대원들을 이끌고 이곳을 떠나서 내가 알려 준 장소에 매복하고 있거라. 그럼 공을 세울 기회가 있을 거야."

"넷, 하라간 님."

레다가 절도 있게 고개를 숙였다.

어쌔신들이 먼저 모습을 보였다.

사사사삭—

눈만 남겨 놓고 얼굴 전체를 감춘 어쌔신들은 빗속에서 낮은 자세로 달려와 하라간의 별궁을 포위했다.

별궁 3층 베란다에선 연신 노란 불빛이 번쩍였다.

어쌔신 가운데 우두머리가 예리한 눈빛으로 별궁을 노려보았다.

[저곳에서 신호가 터진다. 산개! 포위!]

우두머리가 부하들에게 뇌파를 보냈다.

[넵.]

어쌔신들은 그 즉시 흩어져서 광범위한 포위망을 형성했다.

우두머리가 다시 손가락을 까딱거렸다. 명을 받은 어쌔신들이 별궁 3층을 향해 부채꼴 모양으로 접근했다. 어쌔신들의 손등에는 날카로운 클러가 드러나 살기를 뿌렸다. 이미 별궁 전체가 봉인석의 영향력에 뒤덮인 상황이다. 솔샤르에 대한 걱정은 하지 않아도 좋았다.

사사삭—

어쌔신들은 발뒤꿈치를 들고 소리 없이 접근해 하라간이 머무는 별궁을 단단히 포위했다.

제자들이 준비를 모두 마치자마자 기다렸다는 듯이 크레슨트가 모습을 드러내었다.

크레슨트의 옆쪽엔 마운틴 고우트의 모습도 보였다.

샤샾이 다시 노란 램프를 가동했다. 번쩍, 번쩍, 불빛이 요동쳤다.

"샤샾 녀석, 어지간히도 조급한가 보군."

크레슨트가 낮게 투덜거렸다. 그러면서도 크레슨트는 전방을 향해 손가락 2개를 뻗었다.

명을 받은 어쌔신들이 별안간 속도를 내었다.

화악—

가속을 한 어쌔신들이 벼락처럼 몸을 띄워 별궁으로 날아들었다.

크레슨트도 어쌔신 사이에 섞여 몸을 날렸다.

"이런! 내 명령도 받지 않고서!"

뒤따라오던 골드 라이온이 인상을 팍 썼다.

그보다 한발 앞서 화이트가 시동어를 읊었다.

"액설러레이트(Accelerate: 가속)."

시동어가 끝나기 무섭게 화이트의 몸이 엿가락처럼 쭉 늘어졌다.

물론 실제로 화이트의 몸이 늘어난 것은 아니었다. 움직임이 갑자기 다섯 배로 빨라지면서 몸이 늘어나는 것처럼 환영이 보였을 뿐이다. 눈 한 번 깜빡일 사이에 화이트의 몸은 크레슨트 바로 등 뒤까지 따라붙어 별궁 3층으로 쏘아져 나갔다.

그에 뒤질세라 마운틴 고우트가 바닥을 박찼다.

마운틴 고우트는 산양처럼 몸을 살짝 웅크렸다가 용수철처럼 팍 뛰어올랐는데, 그 동작 한 방에 화이트와 크레슨트를 앞질러 가장 먼저 별궁 3층에 도착했다.

"액설러레이트."

마법사들도 일제히 시동어를 읊었다.

마법사 수십 명이 화살처럼 쏘아져 화이트의 뒤를 따랐다.

Chapter 4

벨커스의 추종자들이 일제히 별궁에 뛰어들었다.

"조심들 하게."

그들의 등 뒤에서 골드 라이온이 손을 뻗었다.

그때 이미 마운틴 고우트는 별궁 3층 난간에 발을 디딘 상태였다.

바로 뒤이어 크레슨트를 포함한 수십 명의 어쌔신들이 쏘아져 올라왔다. 폭우를 뚫고 점프한 어쌔신들은 날카로운 클러를 가슴께에서 X자로 교차하고, 학처럼 두 다리를 접은 자세로 별궁 3층으로 달려들었다.

마운틴 고우트가 별궁 3층에서 목격한 장면은 실로 기괴했다.

까탈스러운 천계의 책사 샤샴은 베란다에 무릎을 꿇고 열심히 램프를 작동시키는 중이었고, 그 옆에는 숨이 막히도록 아름다운 미녀가 뒷짐을 지고 빙그레 웃고 있었다.

'뭐지?'

이 괴상한 조합에 마운틴 고우트의 눈이 곤혹스럽게 물들었다.

그 순간이었다. 미녀의 이마 양쪽에서 구불구불한 뿔이 환상처럼 돋아났다. 길이가 무려 10 미터가 넘어 보이는 뿔은 생성과 동시에 푸르스름한 형광색으로 급격히 달아올랐다. 뿔과 뿔 사이에서 우르릉, 우르릉 우렛소리도 들렸다.

"으흡!"

마운틴 고우트는 순간적으로 심장이 덜컥했다. 왜 그런지는 모르겠지만 머릿속에 '죽는다!' 라는 경고등이 켜졌다. 마운틴 고우트는 거의 반사적으로 난간을 박차고 다시 뒤로 점프했다.

그즈음 크레슨트와 어쌔신들이 별궁 3층 난간에 막 도착한 상황이었다.

후_화아악— 번쩍!

크레슨트의 눈에 엄청난 광휘가 틀어박혔다.

어쌔신들도 눈이 멀어 버릴 듯한 고통에 고개를 홱 돌렸다.

두 갈래 뿔로부터 쏟아진 전하의 다발이 별궁 3층 전면부를 그대로 휩쓸어 버렸다.

빠직! 빠지직 빠카카카캉!

시퍼렇게 튀는 전하는 어쌔신들의 몸뚱어리를 파도처럼 휩쓸어 뒤로 날려 버렸다. 전하의 파도에 휩싸인 자들은 모두 몸뚱어리가 새까맣게 타서 푸스스 흩어졌다.

크레슨트도 엄청난 타격을 받았다. 그는 별궁 3층 베란다에 발을 디디는 것과 동시에 두 눈알이 터졌다. 뒤이어 얼굴을 가린 양팔이 지글지글 타들어 가는 충격을 입었다.

그래도 크레슨트는 목숨은 건졌다. 어쌔신들보다 10배는 빠른 반응 속도, 그리고 강철보다 더 단단한 신체 덕분이었다. 실 끊어진 연처럼 뒤로 날아간 크레슨트의 몸뚱어리가 별궁 정원으로 쿠우웅, 추락했다.

마운틴 고우트도 죽지 않았다. 하라간과 마주친 순간 마운틴 고우트는 본능적으로 몸을 뒤로 뺐다. 덕분에 전하의 다발이 마운틴 고우트의 발바닥 아래를 아슬아슬하게 스쳐 지나갔다. 그것만으로도 마운틴 고우트의 신발이 홀랑 타 버리고 발바닥 피부가 한 겹 벗겨졌다.

허공에 부웅 떠올랐던 마운틴 고우트는 하늘에서 떨어지는 빗방울을 발로 박차며 한 번 더 위로 점프했다.

마운틴 고우트의 판단이 옳았다. 양 갈래 뿔에서 쏟아진 전하의 다발은 한 번만 쏟아지고 그친 것이 아니었다. 마치 불덩이로 밀밭을 지져 버리는 것처럼 크게 원을 그리며 별궁 전면을 한 번 더 휩쓸었다.

"크악!"

사방에서 달려들던 어쌔신들이 전하의 폭풍에 휘말려 새까만 재가 되었다.

마운틴 고우트는 높은 허공에서 두 다리를 가슴에 붙여 신체를 바짝 웅크렸다. 그다음 강하게 역회전을 하며 그 탄력으로 30 미터 뒤까지 물러났다.

티잉! 쌔애애앵—

도망치는 마운틴 고우트의 뇌에 남부 연합의 언어가 파고들었다.

[다람쥐 같은 놈이군.]

이건 분명 북부 솔샤르의 언어가 아니었다. 인간들이 사용하는, 남부 연합의 말이었다.

"흡!"

깜짝 놀란 마운틴 고우트가 고개를 들어 별궁 3층을 바라보았다.

시퍼런 전하에 가려 별궁이 잘 보이지 않았다. 그 전하의 다발을 뚫고 거대한 벌리스터 화살이 벼락처럼 날아왔다.

"으흡!"

마운틴 고우트는 온 힘을 쥐어짜 양 주먹을 가슴께에서 부딪쳤다.

꽈앙!

마운틴 고우트의 두 주먹 사이에서 강력한 회오리가 발생했다. 그 회오리가 벨리스터 화살과 맞부딪쳐 물거품처럼 으깨졌다.

마운틴 고우트는 그 충격에 몸을 싣고 20 미터 뒤로 더 물러났다. 벨리스터 화살이 허공에서 방향을 홱 틀어 마운틴 고우트를 쫓아왔다.

마운틴 고우트는 그제야 저 화살의 형태를 똑똑히 볼 수 있었다. 이건 벨리스터 화살 따위가 아니었다. 어마어마하게 거대한 생명체의 발톱! 바로 키르샤의 발톱이었다.

눈 깜짝할 사이에 마운틴 고우트의 코앞까지 날아든 발톱은 갑자기 3개로 팍 늘었다.

마운틴 고우트가 또다시 두 주먹을 맞부딪쳤다.

꽈앙!

무쇠솥이 깨지는 소리와 함께 마운틴 고우트의 전면에 회오리가 발생했다. 공기의 막이 형성되었다.

키르샤의 발톱은 그 공기막을 종잇장처럼 찢고 들어와 마운틴 고우트의 상체를 그대로 긁어 버렸다.

"크악."

마운틴 고우트가 비명을 질렀다.

허공 10 미터 높이에서 힘없이 추락하는 마운틴 고우트의 가슴에서는 피가 폭포수처럼 쏟아졌다.

그렇게 단숨에 마운틴 고우트를 거꾸러뜨린 키르샤의 발톱은 그대로 바닥에 내리꽂히며 토레의 궁전 바닥을 뒤흔들었다. 궁전 전체를 떠받치고 있는 거대한 나무 군락이 우르르 뒤흔들렸다.

그게 끝이 아니었다.

키르샤의 8개의 발 가운데 하나가 궁전 바닥을 내디뎠을 뿐, 아직 7개의 발이 남았다.

8개의 발 가운데 하나가 마운틴 고우트를 집요하게 쫓아와 요격해 버리는 사이, 키르샤의 또 다른 발이 화이트에게 쏘아졌다.

"으헉!"

별궁 3층을 향해 쏜살같이 날아들던 화이트는 갑자기 쏟아진 전하의 다발에 1차 타격을 받았다. 새하얗게 빛나던 화이트의 머리카락과 수염이 홀랑 타 버렸을 뿐 아니라, 로브에 불까지 붙었다.

"아이스(Ice)."

화이트는 빙계 마법으로 겨우 불을 진화했다.

그때 화이트의 머리 위로 거대하고 뾰족한 마물 화살이 쏘아져 내려왔다.

"으흡! 쉴드! 쉴드! 쉴드!"

화이트는 단숨에 3개의 쉴드를 펼쳐 머리 위를 보호했다. 그것만으로 부족하여 액설러레이트로 신체를 가속하여 옆으로 빠르게 물러섰다.

이 정도로 신속한 반응이라면 마나의 벽 1단계를 돌파한 기사와 근접전을 벌여도 전혀 꿇리지 않는다. 실제로 화이트는 기사나 어쌔신들과 근접전을 즐기는 워메이지(War Mage: 전투 마법사) 중의 워메이지였다. 심지어 그는 마나의 벽 2단계에 도달한 기사들과도 근접전을 벌여도 꽤나 버틸 수 있는 엄청난 실력자였다.

하지만 그것은 상대가 마나의 벽 1, 2단계 수준의 기사일 때의 경우고, 지금 화이트를 공격하는 이는 다름 아닌 하라간이었다.

Chapter 5

하라간은 화이트가 머리 위에 쉴드를 세 겹으로 펼칠 때부터 상대의 다음 경로를 예측했다.

[흥. 어딜 도망치려고?]

허공에서 방향을 튼 키르샤의 발톱이 화이트가 만들어 낸 3중 쉴드를 종잇장처럼 찢고 들어와 화이트가 몸을 피한 곳을 정확하게 그어 버렸다.

"크악!"

화이트의 상체로부터 오른팔이 분리되었다. 거대한 발톱에 살짝 스친 것만으로도 화이트의 팔은 그 형체조차 알아볼 수 없을 정도로 훼손되었다.

"내 팔! 내 팔! 으아아악, 빌어먹을."

화이트가 허공에서 악을 썼다.

"스승님."

"쉴드."

"힐(Heal: 치유)."

"힐."

"힐."

화이트의 제자들이 사방에서 소리를 질렀다. 그중 일부는 쉴드 마법을 펼쳐 화이트의 몸 전체를 보호해 주었다. 또 다른 제자들은 치유 마법으로 화이트의 상처를 돌보았다.

그런데 치유 마법이 잘 듣지 않았다.

치이이익!

치유가 되기는커녕 찢어진 팔뚝 부위에서 녹색 기포가 부글부글 끓었다. 살갗을 뚫고 매캐한 독 연기가 피어올랐다.

"독이다. 모두 호흡을 멈춰라."

화이트가 악을 썼다.

그사이 화이트의 머리 위에 시커먼 그림자가 드리웠다.

아니, 화이트뿐만이 아니었다. 화이트의 제자들, 겨우 목숨을 건진 소수의 어쌔신들, 두 팔이 뭉그러진 크레슨트의 머리 위에도 거대하고 시커먼 그림자가 드리웠다.

무섭게 쏟아지던 빗줄기가 잠시 그쳤다.

실제로 비가 그친 것이 아니었다. 거대한 생명체가 별궁 밖으로 나와 위쪽을 가로막은 덕분에 비가 멈춘 것처럼 느껴졌을 뿐이다.

어쌔신들이, 그리고 마법사들이 고개를 90도 각도로 들었다. 그러곤 다들 온몸이 얼어붙었다.

"으으으!"

"이것이 키르샤?"

사람들의 눈에 비친 키르샤의 모습은 그야말로 충격, 그 자체였다.

200 미터나 되는 어마어마한 동체

불덩이를 품은 듯한 3개의 눈

온 하늘을 뒤덮은 황갈색 날개

"세, 세상에."

마법사 한 명이 엉덩방아를 찧었다. 그의 사타구니 사이에서 노란 액체가 흘렀다.

쿠웅—

키르샤가 발을 내디뎌 엉덩방아를 찧은 마법사를 그대로 짓뭉개 버렸다.

쿠웅—

키르샤가 다시 한 번 발을 내디뎠다. 공포로 인해 돌덩이처럼 몸이 굳어 버린 어쌔신 2명이 그 발에 짓뭉개져 형체도 남지 않았다.

꾸불텅, 허공에서 휘어진 키르샤의 목이 상공 100 미터 높이까지 쭈욱 솟구쳐 올라갔다가 지상에 그대로 내리꽂혔다.

화라라라라락—

키르샤의 쩍 벌어진 아가리에서 녹색의 독액이 폭포수처럼 쏟아졌다.

마해에서나 존재하는 이 지독한 독액은 토레의 궁전 밑바닥을 그대로 녹이며 그 아래 나무 군락의 아름드리 가지까지 홀랑 태워 버렸다. 독액으로부터 피어오른 수증기가 어쌔신과 마법사들을 단숨에 중독시켰다.

"컥!"

어쌔신들의 호흡이 끊겼다.

"우욱, 우웨에에엑."

마법사들이 휘청휘청 쓰러져 위장 속의 모든 것들을 게워 놓았다. 그들의 피부에 녹색 수포가 부글부글 잡혔다. 수포가 터지면서 피부 위에 또 다른 수포를 만들었다. 사람들은 고통에 몸부림치며 나뒹굴었다.

“끄악, 살려 줘.”

“아아악, 안 돼.”

찢어지는 비명이 사방에서 들렸다.

“안 돼. 안 된다. 내 제자들이 죽고 있어. 으허어어엉.”

화이트가 피눈물을 쏟았다. 그는 바닥에 떨어진 지팡이를 왼손으로 들고 키르샤에게 겨눴다.

쩌저저저적!

화이트의 지팡이에서 쏟아진 새하얀 번개가 키르샤의 굵은 다리를 때렸다.

물론 이 정도 마법 공격이 통할 리 없었다. 탁소 키르샤의 황갈색 비늘은 화이트의 전격계 마법을 99 퍼센트 튕겨내어 버렸다. 나머지 1 퍼센트는 간질이는 수준도 되지 못했다. 황갈색 비늘엔 조금의 그슬음도 생기지 않았다.

탁소 키르샤의 횃불 같은 눈이 화이트를 노려보았다. 탁소 키르샤의 두 뿔이 또다시 형광색으로 달아올랐다.

빠지직, 빠지지직, 빠카캉!

20 미터나 되는 두 뿔 사이에서 일어난 전하가 구름처럼

지상으로 몰려와 화이트 주변의 모든 것을 지져 댔다.

"안 됩니다."

"아악, 스승님."

화이트의 제자들이 사방에서 달려들어 스승의 몸을 감쌌다.

마법사들의 몸뚱어리 위로 몇 겹의 쉴드가 형성되었다.

전하의 구름은 그 쉴드를 치즈처럼 녹이며 파고들어 마법사들의 몸뚱어리를 감전시켰다. 화이트를 끌어안은 마법사들이 차례로 재가 되어 흩어지는 장면은 그야말로 끔찍했다.

"안 돼. 안 돼. 이럴 순 없어."

화이트가 제자들의 몸을 안타깝게 끌어안았다. 한 팔만 남은 화이트가 마법의 지팡이마저 내팽개치고 제자들의 몸을 붙잡는 모습이 실로 안쓰러웠다. 그 제자가 잿더미가 되어 흩어지면서 화이트의 외팔이 빈 허공을 휘젓고 지나가는 모습은 눈물이 쏟아질 정도로 애처로웠다.

"우아아아악, 이 악마야!"

화이트가 가슴을 쭉 내밀고 악을 썼다.

쿵—

탁소 키르샤의 거대한 발이 그런 화이트를 머리 위에서 내리찍었다. 화이트는 눈 깜짝할 사이에 수직으로 무너져 으깨졌다.

아니, 으깨지는 것처럼 보였다.

화이트가 키르샤의 발밑에 깔려 박살이 나기 직전, 갑자기 시간이 멈췄다. 우뚝 멈춰 선 시간 속에서 150 센티미터의 조그마한 노인이 홀로 움직여 화이트를 부축했다. 노인의 정체는 바로 골드 라이온이었다.

지금으로부터 60년 전, 골드 라이온은 남부 연합을 통틀어서 유일하게 마나의 벽 3단계를 돌파한 영웅이었다.

비록 그 사실이 외부에 널리 알려지지는 않았지만, 60년 전 요르겐 왕국(지금의 아쿤 왕국)의 군주 요르겐이 손수 병력을 이끌고 남부 연합을 공격했을 때 그에 맞서서 직접 요르겐을 저지한 인물 또한 골드 라이온이었다.

Chapter 6

멈춰 버린 시간의 틈새에서 골드 라이온이 홀로 움직였다. 그는 화이트를 등에 둘러업고, 이어서 의식을 잃은 마운틴 고우트를 품에 끌어안았다. 마지막으로 크레슨트의 목덜미까지 붙잡았다.

골드 라이온의 능력으로 컨트롤할 수 있는 시간은 단 3분.

이 3분 안에 골드 라이온은 자신이 할 수 있는 최대한의 일을 했다. 그다음 몽크(Monk: 수도승)에게 전수되는 신비로운 능력으로 강한 돌풍을 만들어 내었다.

드디어 3분이 끝났다. 우뚝 멈춰졌던 시간이 다시 흘렀다.

휘류류류류—

강하게 일어난 돌풍이 골드 라이온과 화이트, 크레슨트, 마운틴 고우트의 몸뚱어리를 허공에 띄워 저 멀리 날려 버렸다.

가랑잎처럼 날아간 네 사람은 토레의 궁전 저 멀리에 처박혀 우당탕 나뒹굴었다.

콰앙!

직후, 탁소 키르샤의 두꺼운 발이 화이트가 서 있던 자리를 그대로 으깨버렸다.

'응?'

하라간이 눈을 찌푸렸다.

발밑이 허전함을 느낀 탓이었다.

아니, 거기에 더해서 하라간은 묘한 이질감을 느꼈다.

'뭔가 깜빡 끊겼는데? 그러다 다시 이어진 것 같아.'

시간의 흐름 속에서 살아가는 모든 생명체는 시간이 잠시 멈췄다가 다시 흘러도 그 사실을 인지하지 못한다. 이건 너무나 당연한 상식이었다.

그래서 골드 라이온의 능력이 무서운 것이다. 그 누구도,

심지어 벨커스의 추종자들도 골드 라이온이 어떤 능력을 가졌는지 알지 못했다. 그저 다들 골드 라이온이 엄청난 경지의 기사이고, 그 누구도 골드 라이온의 검을 피하지 못한다고 알고 있을 뿐이었다.

실제로 골드 라이온은 뛰어난 기사라기보다 수도승이었다. 60년 전 북부의 군주 요르겐과 맞서 싸웠을 당시 골드 라이온은 이 놀라운 능력으로 시간을 멈추고 요르겐의 가슴에 검을 박아 넣었다. 결코 그의 검술이 뛰어나서 요르겐에게 치명타를 날린 것이 아니었다.

물론 요르겐은 죽지 않았다. 북부의 아홉 군주 가운데 한 명인 요르겐은 몸뚱어리가 강철보다 더 단단하고 생명력이 샘물처럼 끝없이 샘솟는 솔샤르였다. 만약 요르겐이 그렇게 강하지 않았더라면 그 당시에 골드 라이온의 손에 죽었을 것이다.

골드 라이온의 시간 컨트롤 능력은 북부의 군주를 위험에 빠트릴 만큼 무시무시했다. 하지만 그런 골드 라이온도 감히 탁소 키르샤를 공격할 엄두는 내지 못했다. 3분이라는 시간 동안 골드 라이온이 아무리 검을 휘둘러 봤자 탁소 키르샤를 죽이기란 불가능했다. 탁소 키르샤에게 치명타를 날리는 것도 불가능했다.

그래서 골드 라이온은 차선책을 선택했다. 탁소 키르샤

를 직접 공격하기보다는 동료들을 구하는 데에 집중한 것.

덕분에 골드 라이온이 화이트와 마운틴 고우트, 크레슨트를 무사히 구출해 내었고, 잠시 멈춰졌던 시간이 다시 흘렀다.

세상 그 누구도 이 3분 동안 무슨 일이 벌어졌는지 알지 못했다. 구름 위에서 전투 장면을 지켜보던 서신장 도릭스도 골드 라이온이 만들어 낸 이 놀라운 이적을 알아차리지 못했다.

그런데 하라간은 그 범주를 넘어섰다.

마나의 벽 4단계를 돌파하면서 하라간은 공간을 자유롭게 끊고 다시 이어붙이는 엄청난 권능을 갖게 되었다.

본래 시간과 공간은 뫼비우스의 띠처럼 서로 얽혀 있는 법.

미묘하게 끊긴 시간이 흐름이 하라간에게 감지되었다. 하라간의 뇌리에 간질간질한 무언가가 맴돌았다.

'뭐지?'

하라간은 골똘히 생각에 잠겼다.

'뭘까? 조금 전에 분명 뭔가 있었는데?'

엉뚱한 곳에 정신을 집중하느라 하라간은 벨커스의 추종자들을 잠시 잊었다. 구름 위에 숨어서 빠끔히 머리만 내밀고 있는 서신장 도릭스의 존재도 잠시 머릿속에서 지웠다.

하라간이 파악한 이 세상은 필드(Field)로 이루어져 있었다.

마나의 필드.

빛의 필드.

전하의 필드.

중력의 필드.

자기력의 필도.

전기력의 필드.

무수히 많은 종류의 힘들이 각각의 필드를 만들고 서로 상호 작용을 하며 세상을 구성했다.

마나의 벽 4단계에 올라선 이후로서 하라간은 검을 휘둘러 이 필드를 자유롭게 끊고 다시 이어붙이는 작업에 익숙해졌다.

이것이 바로 공간을 지배하는 요령이었다.

그렇게 공간이 바뀌면 시간에도 영향을 미치게 마련.

시간이 잘못 꼬이면 하라간이 애써 분리한 공간이 다시 뒤틀리곤 했다. 공간과 시간은 서로 꼬리에 꼬리를 물고 연결되어 있어서 완전한 분리란 불가능했다. 하라간이 거의 무한소의 짧은 시간 안에 검을 휘두르는 것은 바로 이 때문이었다. 시간을 쪼개고 또 쪼개서 무한히 짧은 0의 시간 안에 검을 휘두르면, 그리고 그 검으로 공간을 잘라 버리면, 그럼 시간 축이 꼬이지 않았다. 하라간이 나눈 공간도 그대로 유지되었다.

'거꾸로 공간을 확 뒤틀어 버리면 시간 축에도 영향을 끼치게 되겠지? 조금 전 시간 축에서 무슨 일인가 벌어졌어. 그러면서 이 지역의 공간이 아주 조금이지만 뒤틀려 버렸다고.'

그 미세한 뒤틀림은 지진보다도 훨씬 더 미약해서 아무도 느끼지 못했다. 하지만 공간의 지배자인 하라간은 그 미약한 뒤틀림을 똑똑히 인식했다.

하라간의 머릿속이 맹렬히 회전했다.

'살짝. 아주 살짝만 시도해 볼까?'

하라간은 조금 전 공간이 뒤틀어져서 구겨진 양만큼을 다시 펴 버렸다. 하라간 주변 공기가 살짝 뒤흔들렸다.

바람이 불어서 공기가 흔들린 것이 아니었다. 구겨졌던 공간 전체가 펴지면서 공기가 흔들린 것처럼 느껴진 것이다.

주변엔 아무런 변화도 없었다.

'응? 구겨진 공간을 너무 빨리 펴 버렸나?'

하라간은 공간을 다시 구겼다.

공기가 다시 흔들렸다. 공간과 공간 사이에서 우르릉 우르릉 소리가 들렸다.

하라간이 한눈을 파는 사이 골드 라이온은 화이트를 부축했다. 다크 블랙이 기절한 마운틴 고우트를 번쩍 들었다.

"끄으응."

크레슨트는 홀로 비틀비틀 일어섰다.

벨커스의 추종자들이 도망을 가건만 하라간은 그들에게 신경도 쓰지 않았다. 하라간은 살짝 구겼던 공간을 다시 펴는 일에 온 정신을 집중했다.

정성껏, 아주 정성껏.

조금 전에 느꼈던 감각을 되새기면서 그대로 복원하고, 무언가 이상하다 싶으면 공간을 다시 구겼다가 펴고.

도망을 치던 골드 라이온이 고개를 갸웃했다.

'으응? 저 무시무시한 마물이 왜 꿈쩍도 않고 저렇게 가만히 있지?'

골드 라이온은 탁소 키르샤의 엉뚱한 행동을 이해할 수 없었다. 골드 라이온의 품에서 화이트가 으르렁거렸다.

"안…… 됩니다. 후퇴하지…… 마십시오. 제 제자들이…… 그 소중한 녀석들이…… 다 죽었습니다. 저 악독한 악마의 발에 짓밟혀 죽었단 말입니다. 저는 싸우겠습니다. 저를 이곳에 남겨 두십시오. 저는 저 마해의 악마와 싸우겠습니다."

두 팔이 으스러진 크레슨트도 화이트의 말에 동의했다.

"골드 라이온, 저도 남겨 주십시오. 제가 육성한 어쌔신들이 참혹하게 죽은 마당에 어찌 저만 살아서 도망친단 말입니까? 마침 저 거대한 마물이 타격을 받은 듯합니다. 천계에서 뭔가 공격을 시작한 것 같습니다. 저를 두고 피신하십시오. 저는 여기에 남아서 끝까지 싸우겠습니다. 천계의 전사들과 함께, 화이트와 함께 저 마물을 토벌하겠습니다."

크레슨트의 눈에서 피눈물이 흘렀다.

골드 라이온이 멈칫했다.

그 와중에도 탁소 키르샤는 미동조차 하지 않았다.

'정말 천계의 사냥이 시작된 것인가?'

그렇지 않다면 저 무시무시한 거대 마물이 저렇게 꼼짝 않고 있는 점을 설명할 수 없었다. 골드 라이온은 후퇴를 망설였다.

핑핑핑핑핑!

하라간의 뇌가 빠르게 돌아갔다. 하라간의 실험은 짧은 시간 동안 무수히 반복되었다. 사람들은 느끼지 못하지만, 지금 하라간은 공간을 구겼다가 펴기를 무한 반복 중이었다.

그러던 한순간, 구겨졌던 공간이 다시 정확하게 원상태로 복구되었다. 몇 분 전, 골드 라이온의 권능에 의해서 변화했던 딱 그 양만큼 공간에 변화가 발생했다.

그 공간의 변화가 시간 축에 영향을 끼쳤다.

도도하게 흘러가던 시간 축이 스르륵 멈췄다.

Chapter 7

우뚝!

무섭게 쏟아지던 빗방울이 허공에 부유한 채 둥둥 떠 있었다.

실로 경이로운 장면이었다.

세차게 불어 오던 바람도 허공에 뚝 멈춰 고정되었다.

하라간의 눈에 정지된 바람의 결이 보였다.

저 멀리서 팔딱팔딱 뛰던 골드 라이온의 심장이 우뚝 정지했다.

참으로 가슴 벅찼다.

구름 뒤에 숨어서 빠끔 고개를 내민 서신장의 날개 깃털이 조각처럼 딱 굳어 버렸다. 이 또한 실로 신비로웠다.

[아아아!]

하라간은 무의식중에 탄성을 흘렸다.

또 하나의 깨달음이 하라간의 정신을 한 단계 높은 곳으로 끌어 올렸다.

콰앙!

하라간의 머릿속에서 별빛이 폭발했다. 태초에 큰 폭발과 함께 우주가 탄생하고 별이 태어나는 그 순간처럼, 하라간의 머릿속에서 일곱 색깔의 불꽃이 마구 명멸했다.

[아아아아!]

하라간은 오르가즘을 느꼈다.

클레이아와 사랑을 나눌 때보다, 잉그리드와 클레이아를 동시에 끌어안고 쾌락에 빠져들 때보다 더 큰 환희가 하라간을 강타했다.

공간을 지배하던 능력이 진화하여, 이제 시간의 비밀까지 풀렸다. 이건 골드 라이온의 3분짜리 시간 컨트롤과는 격이 다른 경지였다. 제한된 시간 안에서, 제한된 시간 정지만 가능한 골드 라이온과 달리, 하라간은 시간의 흐름에 대한 통찰을 한순간에 해 버렸다.

공간을 자유롭게 지배하는 하라간이 급기야 시간마저 거머쥐는 순간이었다.

[아아아아— 아아아아아— 아아아아아아아아아아!]

전혀 생각지도 못했던 단서가 하라간을 공간의 지배자에서 시간과 공간의 지배자로 끌어 올렸다. 공간을 자유롭게 자르고 붙이던 하라간의 검이 이제는 시간 축마저 자유롭게 끊고 이어붙이는 경지로 나아갔다.

그 도약이 하라간의 앞을 가로막은 벽을 깨뜨렸다.

하라간은 이런 벽이 앞에 있었다는 사실도 인지하지 못했다. 전혀 보이지도 않고 느껴지지도 않던 벽이 허물어지면서 하라간에게 시간과 공간이 통합된 새로운 인식의 지평선을 열어 주었다. 그 지평선 위에서 하라간은 마나의 벽 4단계를 뛰어넘어 마나의 벽 5단계에 올라섰다.

마나의 벽 4단계만 해도 역사상 그 누구도 도달하지 못했던 경지였다. 그런데 그 위에 또 다른 세상, 마나의 벽 5단계가 존재했다는 사실을 하라간은 비로소 깨달았다. 탁소 키르샤의 불덩어리 같은 눈에서 세 줄기 눈물이 주르륵 흘렀다.

몸서리쳐지는 환희가 하라간에게 작열했다.

탁소 키르샤가 그에 반응하여 부르르 몸서리를 쳤다.

[꾸어어어엉!]

몸부림치듯 토해 놓은 그 격렬한 울음이, 벨커스의 추종자들의 눈에는 고통의 몸부림으로 오인되었다.

화이트가 두 눈을 광기로 물들였다.

"저것 보십시오. 저 거대한 악마가 고통에 울부짖고 있습니다."

크레슨트가 맞장구를 쳤다.

"맞습니다. 천계 전사들이 정신 공격을 퍼붓는 것이 분명합니다. 그렇지 않고서는 저 마물의 고통스러운 몸부림을 설명할 길이 없습니다."

"그래도 위험해."

골드 라이온은 끝까지 조심스러웠다.

화이트와 크레슨트는 골드 라이온의 만류를 뿌리쳤다.

“아닙니다. 저희는 천계 전사들과 함께 싸우겠습니다. 저 마물을 붙잡아 억울하게 죽은 제자들의 영혼을 달래 주어야 합니다.”

“골드 라이온, 제발 저희를 말리지 마십시오, 그리고 혹시 모르니까 골드 라이온만 몸을 피하십시오.”

화이트가 왼팔로 지팡이를 꽉 잡고 앞으로 나섰다.

크레슨트는 사라진 두 팔 대신 두 다리를 X자로 교차해 공격 태세를 갖추었다.

“이보게들.”

골드 라이온이 두 사람을 향해 손을 뻗었다.

하지만 골드 라이온도 이들을 말리지는 못했다. 실제로 골드 라이온의 눈에도 탁소 키르샤가 고통스러워하는 것 같았다.

세 사람이 그렇게 착각을 하는 동안, 천계의 서신장 도릭스도 의문에 빠졌다.

‘저 마물이 갑자기 왜 저러지? 벨커스의 추종자들이 무언가를 해냈나?’

구름 뒤에 숨어서 도릭스는 시커먼 눈을 부라렸다.

도릭스는 천계의 신장들 가운데 가장 조심스러운 성격이었으나, 지금은 그런 조심성이 많이 희석되었다. 눈앞에서 목격한 장면이 그만큼 유혹적이었기 때문이다.

애초부터 키르샤는 도릭스의 상대가 아니었다. 천계의 육대신장 가운데 한 명인 도릭스는 막키르샤도 찢어 죽일 수 있는 절대강자 중의 강자였다. 마해 심해저 3층 레벨의 다즈키르샤가 아니라면 도릭스를 상대할 마물은 없었다.

'이 기회에 키르샤를 잡으면 분명 여왕 폐하께 도움이 될 게야. 주변에 어떤 함정이 도사리고 있는 것도 아니고, 더는 망설일 필요 없어.'

서신장 도릭스는 이렇게 판단했다.

그때까지도 탁소 키르샤는 우뚝 서서 꼼짝도 하지 않았다. 오히려 고통에 가득한 표정으로 가끔씩 몸을 떨어 댈 뿐이었다.

'가자.'

마침내 도릭스가 구름을 벗어났다.

천계의 여섯 하늘 가운데 서천(西天)을 상징하는 붉은 투구를 쓰고, 가시덤불 같은 붉은 수염을 가슴까지 풍성하게 퍼뜨린 도릭스는 여섯 쌍, 즉 열두 장의 새하얀 날개를 펄럭이며 구름 아래로 뛰어내렸다.

도릭스의 신체는 머리부터 발끝까지 150 미터에 달했으며, 우람한 두 팔엔 거대한 항아리를 든 모습이었다. 시뻘건 화염을 담은 항아리는 그 크기만 120 미터가 넘었다.

열두 장의 날개를 펄럭이며 구름 뒤에서 뛰어내린 도릭스는 탁소 키르샤를 향해 항아리 속 화염을 퍼부었다.

황금색과 붉은색을 섞어 놓은 듯한 용암의 물이 가느다란 밧줄처럼 쭈르륵 떨어져 탁소 키르샤의 목을 홱 채 갔다.

도릭스가 화염 항아리를 번쩍 들자, 항아리에서 떨어진 용암이 초고온의 불꽃 밧줄이 되어 탁소 키르샤의 목을 조였다.

좌악—

초고온 화염 밧줄로 상대의 목을 챈 순간, 도릭스는 머릿속에는 '사냥 성공'이라는 단어가 떠올랐다.

하지만 불과 0.1초도 지나지 않아 그 단어가 싹 지워졌다. 도릭스의 화염 밧줄은 그 자체의 온도가 태양보다 더 뜨거웠다. 마해 깊은 곳의 막키르샤도 이 초고온 화염 밧줄에 목이 졸리면 얼마 지나지 않아 밧줄에 감긴 부위가 툭 끊어지게 마련이었다. 탁소 키르샤의 황갈색 비늘 정도는 셋을 세기도 전에 다 타 버려야 마땅했다.

그런데 웬걸?

황갈색 비늘 위로 하얀 서리가 사악 내려앉는가 싶더니, 초고온 화염의 밧줄이 거무튀튀하게 굳어 버렸다.

그뿐만이 아니었다.

스스스스슥—

무섭도록 시린 냉기가 화염의 밧줄을 타고 빠르게 전파되었다. 황금색과 붉은색을 섞어 놓은 듯했던 화염 밧줄이 어느새 하얀 얼음 밧줄이 되어 도릭스의 화염 항아리까지 도달했다.

쩌저정!

크기가 120 미터나 되는 항아리가 눈 한 번 깜빡일 사이에 얼어붙었다. 항아리 속에서 무섭게 타오르던 영원의 불꽃도 차갑게 식어 얼음으로 변했다.

[앗, 차거!]

도릭스가 저도 모르게 비명을 질렀다.

깜짝 놀란 도릭스가 항아리에서 손을 떼고 구름 위로 후퇴하려고 했다.

불가능했다. 도릭스의 팔뚝까지 이미 꽝꽝 얼어붙어 항아리에서 손을 뗄 수가 없었다.

[이익.]

도릭스는 열두 장의 날개를 펄럭이며 하늘로 날아오르려고 애썼다.

탁소 키르샤가 그런 도릭스를 힐끗 노려보았다.

탁소 키르샤가 얼음 밧줄을 가볍게 잡아당기자 도릭스의 거대한 몸뚱어리가 훅 딸려 왔다. 탁소 키르샤는 길이가 20 미터나 되는 거대한 발톱으로 도릭스의 어깨를 꽉 붙잡고 온몸으로 칭칭 감았다. 그것만으로도 부족해서 200 미터나 되는 거대한 날개로 도릭스를 뒤덮었다.

그러는 사이 도릭스의 몸 전체가 꽝꽝 얼었다.

도릭스의 풍성한 날개 깃털이 얼음과자처럼 푸스스 부서졌다. 영원히 타오르는 불꽃을 담은 항아리는 표면에 금이 쩍쩍 갔다. 도릭스의 붉은 수염 속 목덜미에는 탁소 키르샤의 날카로운 이빨이 콱 틀어박혔다.

[크악, 크아악.]

서신장 도릭스가 탁소 키르샤의 날개 속에서 거칠게 발악했다.

Chapter 8

덩치는 비록 도릭스가 탁소 키르샤보다 작지만, 완력은 훨씬 더 강해야 정상이었다. 서신장 도릭스가 팔에 힘을 꾹 주면 심해저 2층 레벨의 막키르샤도 주르륵 딸려 와야 했다.

그런데 지금 벌어지는 현상은 상식을 벗어났다.

[끄으응.]

도릭스가 두 팔에 있는 힘을 다 주어서 탁소 키르샤의 아가리를 밀치려고 했다.

뜻대로 되지 않았다. 오히려 탁소 키르샤와 접촉한 도릭스의 양쪽 팔꿈치가 꽝꽝 얼어붙어 감각을 잃었다. 도릭스의 두 손바닥은 항아리에 완전히 달라붙어 떨어지지도 않았다. 탁소 키르샤에게 물어뜯긴 목 부위도 얼어붙어 통증이 느껴지지 않았다.

콰직!

탁소 키르샤의 이빨이 도릭스의 목 속으로 더욱 깊숙이 파고들었다. 그런데 희한하게도 도릭스의 목에서 피가 흐르지 않았다.

일반 천족들이 뼈만 남은 스켈레톤인데 비해 육대신장과 대원사, 좌원사, 우원사, 그리고 천계의 여왕은 그 모습이 사뭇 달랐다. 그들은 피부와 근육을 모두 갖춘 외모를 지녔다.

하지만 이것은 겉보기일 뿐, 상위 천족의 몸속에 피는 흐르지는 않았다. 내장도 없었다. 상위 천족의 피부와 근육은 실제가 아니라 겉으로 꾸며진 것이었다.

도릭스의 목에서 피가 흐르지는 않는 것도 바로 이 때문이었다. 대신 탁소 키르샤의 이빨이 목덜미 속으로 파고들어 뼈를 으깼다.

[크아아악.]

목뼈가 상처를 입자 도릭스의 꾸며진 모습이 사라졌다. 노을을 연상시키는 붉은 머리카락과 붉은 수염이 먼저 자취를 감췄다. 이어서 울퉁불퉁한 근육도 사라져 버렸다.

새하얀 뼈다귀와 열두 장의 새하얀 날개. 뼈의 주축을 이루는 척추는 바닷가재를 연상시키는 것처럼 두툼하고 옆으로 넓게 펼쳐진 상태였다.

이것이 천계의 서신장 도릭스의 본모습이다.

물론 탁소 키르샤의 황갈색 날개 속에 파묻혀 있어 사람들의 눈에는 도릭스의 본래 모습이 보이지 않았다.

탁소 키르샤가 도릭스의 목뼈를 꽉 물고 좌우로 거칠게 흔들었다.

[크악, 칵.]

그때마다 도릭스의 커다란 뼈다귀가 힘없이 끌려다녔다.

'안 되겠다. 이러다 진짜로 죽겠어.'

후읍!

목숨에 위기를 느낀 도릭스는 숨을 크게 들이쉬었다.

폐가 없는 천족인지라 도릭스가 들이쉰 숨은 턱뼈를 지나 갈비뼈 사이로 푸스스 흩어졌다. 대신 갈비뼈 전체가 불룩하게 부풀면서 바닷가재를 닮은 척추가 적당히 이완되었다. 그 척추뼈 사이에서 금빛 문자가 떠올랐다.

눈부신 광채를 동반한 금빛 문자는 평소 척추가 꽉 다물려 있을 때는 드러나지 않다가 이렇게 뼈가 이완되면 비로소 그 모습을 드러내는 형태였다.

화악!

뼈와 뼈 사이에 문신처럼 새겨진 문자가 빛을 토했다. 그 빛이 천계 최상위 천족들에게 전해지는 특별한 마법진을 구축했다.

파앗!

탁소 키르샤에게 꽉 붙들려 죽을 위기에 처했던 도릭스가 갑자기 사라졌다. 공간 이동 포탈과는 레벨이 다른, 차원 전이가 이루어진 것이다.

이것이야말로 서신장 도릭스의 권능 가운데 하나였다. 언제 어디서든 인간계를 떠나 천계의 차원으로 되돌아갈 수 있는 권능.

도릭스는 웬만해서는 이 권능을 사용하고 싶지 않았다. 여왕 폐하를 모시고 애써서 인간계에 진출했는데, 천계로 되돌아가면 다시 복잡한 절차를 걸쳐서 인간계에 재강림해야 하는 탓이다.

그래도 별도리가 없었다. 이대로 이 괴물 같은 키르샤에게 잡아먹힌다면 도릭스의 영혼은 영원히 나락으로 떨어져서 천신의 곁으로 올라가지 못할 것이다. 그 절박함이 도릭스로 하여금 최후의 탈출 수단을 쓰도록 만들었다.

하라간은 화가 치밀었다.

[이제 개나 소나 다 공간 이동이냐?]

하라간은 도릭스가 사용한 권능이 '공간 이동' 이 아니라 '차원 복귀' 라는 사실을 알지 못했다. 그저 공간 이동 포탈 때문에 눈앞에서 아깝게 놓친 토브욘 왕국의 이왕비 카스트렌과 악녀 베레니케가 떠올랐을 뿐이다.

하라간이 주변을 휙 둘러보았다.

마침 주위엔 시체가 많았다. 푹! 탁소 키르샤가 발톱을 날카롭게 세워 죽은 어쌔신 한 명의 뒷목을 찔렀다.

어쌔신의 시체 속에 포자가 심어지면서 부와악 부풀었다. 그 포자가 어쌔신의 시체를 숙주로 삼아 벌떡 일어났다.

하라간의 괴뢰 민치가 눈 깜짝할 사이에 생겨난 것이다.

하라간, 아니 탁소 키르샤는 발톱을 잔뜩 오므렸다가 확 잡아당기는 시늉을 했다. 그러자 놀라운 일이 발생했다.

민치의 몸이 갑자기 150 미터나 되는 거대한 크기로 부풀더니, 새하얀 뼈와 날개를 가진 서신장 도릭스로 변해 버렸다.

민치를 공간 이동 포탈처럼 사용하는 것이 하라간의 주 특기인데, 이 특기는 공간뿐 아니라 차원을 뛰어넘어서도 작동했다.

최후의 권능을 사용하여 무사히 천계로 도망쳤던 도릭스는 갑자기 확 바뀐 풍경에 당황했다. 분명 몇 초 전까지만 해도 천계였는데, 어느새 다시 괴물 같은 키르샤의 발톱 아래 깔려 목뼈를 깨물리는 중이었다.

좌악—

날카로운 무언가가 도릭스의 척추를 반으로 가르며 지나갔다.

노란 젤리 같은 것이 그 척추 안에서 속살을 드러내었다.

[우힉!]

도릭스는 극한 공포를 느꼈다. 참을 수 없는 오한이 도릭스를 엄습했다.

도릭스의 뇌에 으스스한 울림이 파고들었다.

[맛있는 먹이를……]

그 울림은 끈적끈적하고 음습했다. 마치 지옥 저 밑바닥에서 메아리치는 것 같았다.

[잘 먹겠습니다.]

좌악!

뇌파가 끝나기도 전에 투명한 관 같은 것이 도릭스의 척추 속을 훑고 지나갔다. 노란 젤리와 같은 덩어리가 그 투명한 관 속으로 마지막 한 방울까지 쪼르륵 빨려 들어갔다.

몸의 정수를 잃자 그 효과가 곧 나타났다. 서신장 도릭스의 날개가 에너지를 잃고 푸스스 가루가 되었다. 도릭스의 뼈도 푸석푸석하게 부서지다가 눈 깜짝할 사이에 가루로 변해 버렸다.

[꾸어어엉!]

천계의 신장을 잡아먹어 모처럼 기분이 좋아진 탁소 키르샤가 고개를 높이 들고 하늘을 향해 울음을 토했다.

Chapter 9

"크읏."

"컥."

탁소 키르샤에게 달려들던 화이트가 크레슨트가 두 손으로 귀를 틀어막았다. 비록 입으로 신음을 토하지는 않았지만 골드 라이온과 다크 블랙도 무척 고통스러워했다.

탁소 키르샤의 횃불 같은 눈이 벨커스의 추종자들을 노려보았다.

[이제 너희들의 차례다.]

하라간의 뇌파가 화이트와 크레슨트의 뇌를 뒤흔들었다. 그보다 한발 앞서 탁소 키르샤의 거대한 꼬리가 벨커스의 추종자들이 서 있던 자리를 휩쓸었다.

후—왕—

강한 풍압이 먼저 밀려들었다. 이어서 황갈색 비늘에 덮인 꼬리가 화이트의 몸을 후려쳤다.

"안 돼!"

크레슨트가 화이트를 어깨로 밀쳤다.

멀리 튕겨난 화이트가 다시 정신을 차렸을 때, 크레슨트의 온몸은 탁소 키르샤의 꼬리에 얻어맞아 산산이 부서지는 중이었다. 크레슨트는 몸을 던져 화이트의 목숨을 구했다. 대신 그 자신이 온몸이 터져 사망했다.

"우아아아아악."

화이트가 주먹 불끈 쥐고 악을 썼다.

우르르, 우르르르

화이트의 몸 주변에 새하얀 번개가 몰려들었다. 특히 화이트의 두 손에 집중적으로 전격계 마법이 응집되었다.

그보다 탁소 키르샤의 반응이 더 빨랐다. 소리 없이 화이트의 등 뒤로 접근한 탁소 키르샤의 날개가 눈 깜짝할 사이에 화이트의 몸뚱어리를 낚아챘다.

"크왁."

화이트가 발악을 했다. 탁소 키르샤의 날개 속에서 번쩍번쩍 번개가 뛰놀았다. 그 빛이 어찌나 강렬했던지 황갈색 날개를 뚫고 하얀 번개가 작열하는 모습이 얼비쳤다.

하지만 그뿐이었다.

화이트의 전격계 마법은 탁소 키르샤의 날개를 찢지 못했다. 티끌만큼의 상처도 입히지 못했다. 그저 화려하게 번

찍이며 마지막 발악을 했을 뿐이었다.

직후, 탁소 키르샤의 날개가 화이트의 몸뚱어리를 후려쳐 바닥에 그대로 짓뭉갰다. 거대한 바위에 깔린 날파리처럼, 남부 연합의 대마법사 화이트는 그렇게 피떡이 되어 죽었다.

"크레슨트! 화이트!"

골드 라이온이 악을 썼다.

탁소 키르샤가 8개의 발 가운데 하나를 번쩍 들었다가 내리찍었다.

쿠왕!

탁소 키르샤의 발밑에 깔린 마운틴 고우트가 형체도 알아볼 수 없을 만큼 뭉그러졌다.

"안 돼. 으아아악, 안 된다고!"

골드 라이온의 짓무른 눈에서 피눈물이 흘렀다. 작은 체구에서 어찌 그리 센 힘이 나오는지, 골드 라이온을 뒤에서 꽉 붙든 다크 블랙이 위아래로 들썩거렸다.

"크레슨트, 화이트, 마운틴 고우트, 우아아아악—!"

골드 라이온이 다시 한 번 괴성을 질렀다.

시간을 멈추는 권능은 결코 쉽게 사용할 수 있는 것이 아니었다. 일단 이 권능을 한 번 사용하면 거의 한 달 넘게 몸을 요양해야 할 만큼 에너지 소모가 막대했다. 지금 골드 라이온은 몸을 가누는 것이 신기할 정도로 에너지가 바닥이었다.

그렇게 기진맥진한 상태에서 덩치가 큰 다크 블랙을 들썩거리게 만든다는 것은, 골드 라이온이 몸을 돌보지 않고 발버둥을 친다는 의미였다.

[이러지 마십시오. 어서 피하셔야 합니다.]

다크 블랙이 골드 라이온을 설득했다.

다크 블랙은 입으로 말을 할 수 없어 뇌파를 보냈다.

골드 라이온이 듣지 않았다.

"크레슨트. 화이트. 안 돼. 안 된단 말이다. 크흐윽."

골드 라이온이 절규하는 동안 탁소 키르샤가 그의 코앞까지 다가왔다. 아무렇지도 않게 휘두른 탁소 키르샤의 발톱이 골드 라이온과 다크 블랙의 몸을 그대로 강타했다.

[안 돼.]

순간적으로 다크 블랙이 몸을 180도 돌려 골드 라이온을 감싸지 않았더라면, 그리고 다크 블랙의 권능이 '금속화'가 아니었다면 탁소 키르샤의 발톱은 골드 라이온과 다크 블랙의 몸통을 한꺼번에 관통했을 것이다.

다크 블랙은 자신의 몸을 금속으로 만들어 탁소 키르샤의 발톱이 파고드는 속도를 늦추었다. 이어서 골드 라이온을 힘껏 밀쳐서 허공에 띄웠다.

다크 블랙의 등을 파고든 발톱이 가슴을 뚫고 앞으로 삐쭉 튀어나올 즈음, 골드 라이온의 몸은 허공 2 미터 높이로 떠오른 상태였다.

[크욱. 골드 라이온, 어서 도망치십시오.]

다크 블랙이 마지막 충언을 올렸다. 그다음 두 손으로 자신의 가슴을 헤집고 튀어나온 탁소 키르샤의 발톱을 꽉 잡고는 주문을 읊었다.

중얼중얼중얼, 음산하게 흘러나온 주문이 다크 블랙의 온몸을 시커멓게 물들였다. 그 주문에 따라 다크 블랙의 금속화된 몸뚱어리가 변종 마물로 변해 버렸다.

과거 부운의 성에서 등장했던 그 변종 마물과 모양이 흡사했다.

눈 깜짝할 사이에 시커먼 털 뭉치처럼 변해 버린 다크 블랙은 갑자기 홱 몸을 돌려 아가리를 180도 각도로 쩍 벌렸다.

그 아가리가 20 미터 크기의 탁소 키르샤 발톱을 그대로 깨물었다.

[훗!]

하라간이 코웃음을 쳤다.

탁소 키르샤의 입장에서 상대의 공격은 우습지도 않았다. 탁소 키르샤가 발가락을 쭉 뻗었다. 변종 마물의 아가리 속에 들어간 탁소 키르샤의 발톱이 변종 마물의 몸을 찢고 튀어나오기까지는 불과 0.1초도 걸리지 않았다.

탁소 키르샤는 발가락 몇 개를 놀려 변종 마물을 다섯 갈래로 찢어 버린 다음, 허공에 휙 던져 한입에 집어삼켰다.

후드득.

탁소 키르샤의 입가에서 핏물이 떨어졌다. 입으로는 변종 마물을 씹으면서 탁소 키르샤의 불덩이 같은 눈은 골드 라이온을 뒤쫓았다.

[너는 죽이지 않으마. 내 너를 통해 알아볼 것이 많으니라.]

하라간의 으스스한 뇌파가 골드 라이온의 뇌리를 헤집었다.

"으윽."

허공을 날아 바닥에 거칠게 내동댕이쳐진 골드 라이온이 부르르 몸서리를 쳤다.

쿵, 쿵, 쿵, 쿵, 쿵, 쿵, 쿵, 쿵

탁소 키르샤가 8개의 발을 놀려 골드 라이온 바로 앞까지 다가왔다.

골드 라이온은 바닥에 드러누운 채 탁소 키르샤를 올려다보았다. 골드 라이온의 눈동자에 숨길 수 없는 공포가 차올랐다. 이제 끝장이라는 절망감도 들었다.

[뭔가를 묻기 전에 불필요한 네 팔다리부터 찢어주지.]

탁소 키르샤가 발톱을 번쩍 들었다. 쏟아지던 폭우가 그

날카로운 발톱에 튕겨서 사방으로 흩어졌다. 주변에 포악한 살기가 휘몰아쳤다.

'이렇게 죽는구나!'

골드 라이온은 두 눈을 질끈 감았다. 그의 머릿속에선 온갖 생각이 떠올랐다.

한발 먼저 죽은 화이트와 크레슨트, 다크 블랙에 대한 안쓰러움.

데스 로즈에 대한 미안함.

남부 연합에 대한 걱정.

스승인 벨커스에 대한 우려 등등.

이런 것들이 극한의 짧은 시간 동안 골드 라이온의 뇌를 스쳐 지나갔다.

그런데 아무리 기다려도 키르샤의 발톱이 내리찍히지 않았다. 팔다리에서 고통이 느껴지지도 않았다.

'뭐지?'

골드 라이온이 슬그머니 눈을 떴다.

그 앞에서 키르샤의 무시무시한 눈이 다가와 있었다. 탁 소 키르샤의 뜨거운 콧김이 골드 라이온의 피부를 달구었다.

"으윽."

골드 라이온은 자신도 모르게 눈을 질끈 감았다.

'이대로 잡아먹히는구나. 이 마물이 내 팔다리를 찢어

놓는 것이 아니라 나를 잡아먹으려나 보다.'

그런데 여전히 고통이 느껴지지 않았다. 골드 라이온이 눈을 다시 살짝 떴다.

탁소 키르샤는 횃불 같은 눈으로 골드 라이온을 자세히 뜯어보는 중이었다.

'이 마물이 갑자기 왜 이러지?'

골드 라이온의 얼굴에 의문이 서렸다.

반면 하라간은 큰 충격을 받았다.

'선왕이다!'

Chapter 10

루잉 백작이던 시절, 하라간은 충심으로 메로베 왕을 섬겼다. 그러던 루잉이 하라간과 영혼이 합쳐지고 마신과 일체를 이루었다.

그렇게 완전히 다른 사람이 된 이후에도 메로베에 대한 하라간의 감정은 우호적이었다. 비록 줄리앙 왕세자와 배덕녀 실비아에 대한 분노는 있을지언정, 메로베 왕에 대한 호감은 퇴색되지 않았다.

그런 메로베 왕에게는 부친이 한 분 계셨다.

루잉 백작이 세상에 태어나기도 훨씬 전, 루잉의 스승 카일이 갓 태어났을 무렵에 카롤 왕국을 다스렸던 성군 중의 성군.

초상화로만 우러러보았던 그 위대한 선왕이 지금 토레의 궁전 바닥에 드러누워 벌벌 떠는 중이었다.

비틀

하라간은 뒤로 한 걸음 물러섰다.

'으으으. 진짜 선왕 폐하란 말인가? 과거에 메로베 왕께서 말씀하시기를, 선왕께서는 승하하신 것이 아니라 갑자기 사라지셨다고 했다. 그 선왕이 봉인석을 만든 장본인이란 말인가?'

곰곰이 생각해 보니 그럴 법했다. 카롤 왕국의 선대왕은 북부의 마물들과 평생을 싸우면서 남부 연합과 인간족을 지키기 위해서 전력을 다하신 분이라고 들었다.

'그런 노력의 끝에 솔샤르의 마물을 봉인하는 비법을 만들어 내셨나? 천계의 도움을 받아서?'

비틀, 비틀, 비틀.

하라간은 몇 발 더 뒤로 물러섰다.

불과 몇 년 전만 해도 하라간은 북부의 솔샤르들에 맞서 싸워 온 충신이었다.

'크윽.'

정체성에 혼동을 느낀 하라간이 강한 두통을 느꼈다.

'뭐지? 저 마물이 갑자기 왜 저래?'

골드 라이온이 의아한 표정으로 탁소 키르샤를 올려다보았다.

쏴아아아아—

둘 사이에 사납게 비가 내렸다.

먼저 행동에 나선 쪽은 골드 라이온이었다. 골드 라이온은 저 무시무시한 마물이 갑자기 왜 공격을 망설이는지 알지 못했다. 하지만 지금이 아니면 도망칠 기회가 없다는 점은 직감했다.

골드 라이온이 조심스럽게 일어나 뒷걸음질을 쳤다.

하라간은 묵묵히 그 모습을 지켜보았다.

지금 하라간의 마음속은 무척이나 복잡했다.

'선왕은 북부에 해가 될 존재다. 지금이라도 붙잡아서 군나르 왕국으로 데려가 가둬야 해. 꽁꽁 가둬 놓고 팔다리를 찢어 놓아야 한다고.'

하라간의 좌뇌는 이렇게 주장했다.

'아니야. 그럴 수는 없어. 고아였던 내가 메로베 왕에게 입은 은혜가 얼마인데, 그분의 아버님이신 선왕 폐하를 해친단 말인가?'

하라간의 우뇌는 그와 반대되는 주장을 펼쳤다.

하라간의 이성과 감성이 서로 싸웠다. 그사이 골드 라이온은 조금씩 멀어져 갔다.

엄청난 싸움이 벌어진 터라 생존자는 그리 많지 않았다. 대부분의 어쌔신과 마법사들은 그 자리에서 즉사하여 시체가 되었다.

하지만 벨커스의 추종자 세력이 완전히 전멸한 것은 아니었다. 어쌔신 4명과 마법사 2명이 중상을 입은 몸을 이끌고 조심조심 뒷걸음질 쳤다. 그들은 시선을 탁소 키르샤에게 고정한 채 엉금엉금 몸만 빼냈다.

마침내 하라간이 마음의 결정을 내렸다.

'메로베 왕께 입은 은혜가 참으로 크나, 그것은 줄리앙이 내게 저지른 악행으로 인해 상쇄되었다. 운명의 여신께 나의 생사를 맡기고 북부에 뛰어든 이래, 나는 도리어 마물들의 왕, 북부의 왕이 되어 남부 연합을 멸망시키기로 마음먹었어. 그러니 선왕 폐하를 이대로 보내드릴 수는 없지.'

마침내 하라간의 이성이 감성을 눌렀다.

[크르르르.]

탁소 키르샤의 눈에 짙은 살기가 드리웠다.

"헙!"

어쌔신들의 눈이 암울하게 물들었다.

하지만 하라간이 곧 생각을 고쳐먹었다.

'그러나 오늘 내가 마나의 벽을 뚫고 5단계에 도달했단 말이지. 이건 분명 선대왕 폐하께 빚을 진 셈이야. 그렇다면 빚은 갚고 봐야지.'

하라간은 은혜와 원한의 구분이 분명한 성격이었다. 하라간의 의지가 일어나자 탁소 키르샤가 오른쪽 날개를 활짝 펼쳤다.

'선대왕 폐하께 받은 빚은 이것으로 끝이오. 오늘 해치지 않고 무사히 돌려보내 드리는 것으로 우리 사이의 인연은 끝났으니, 다음엔 부디 조심하시오.'

부왕—

하라간은 날개를 수평으로 휘저어 강한 돌풍을 일으켰다.

"크악."

그 돌풍이 골드 라이온의 몸뚱어리를 저 멀리 날려 버렸다. 대신 4명의 어쌔신과 2명의 마법사는 양옆으로 나뒹굴면서 궁전 바닥에 뚫린 구멍을 통해 나무 군락 아래로 추락했다. 레다가 매복 중인바로 그 장소였다.

[레다, 뒤처리를 맡아라.]

하라간이 보낸 뇌파가 레다의 뇌에 닿았다.

[넵, 하라간 님.]

레다가 매복 장소에서 튀어나와 어쌔신 무리에게 달려들었다. 친위대원들이 그 뒤를 쫓아 하나씩 튀어나왔다.

"도망치지 못한다."

츄왓—

레다의 창이 뱀처럼 S자를 그리며 파고들어 어쌔신 한 명의 어깨를 관통했다.

"크!"

어쌔신이 비틀거리며 앞으로 고꾸라졌다.

다른 어쌔신과 마법사들의 처지도 그와 다를 바 없었다. 부상이 심하고 큰 충격을 받은 어쌔신과 마법사들이 친위대의 매서운 공격을 버티기란 불가능했다. 게다가 봉인석이 부서지면서 솔샤르에 대한 봉인도 이미 풀려 버린 상황이었다. 벨커스의 추종자들은 모두 제압을 당해 강제로 무릎을 꿇었다.

척!

레다의 창이 어쌔신 한 명의 이마를 겨누었다.

어쌔신의 눈빛이 절망으로 물들었다.

하라간은 어느새 탁소 키르샤를 군나르에게 돌려보내고 사람의 모습으로 돌아왔다. 하라간의 시선이 먼 남쪽에 고정되었다. 골드 라이온이 돌풍에 휘말려 가랑잎처럼 날아가는 장면이 하라간의 시야에 들어왔다. 이어서 골드 라이온이 절뚝거리면서 도망치는 장면이 하라간의 감각에 잡혔다. 하라간은 빗속에서 음울하게 뇌까렸다.

"선대왕이여, 이제 다시는 만나지 맙시다. 다음에 만나면 반드시 내 손에 죽게 될 것이니, 제발 이제는 북부로 기어 올라오지 마시오."

이것이 하라간의 진심이었다. 심장이 딱딱한 마정석으로 대체된 이후로 하라간의 감정은 가뭄 속 황무지처럼 건조하게 메말라 버렸다. 다음에 선왕을 다시 만나면 하라간은 정말 아무렇지도 않게 상대를 찢어 죽이게 될 것 같았다.

"후우우. 어렵구나. 어려워."

하라간이 나직이 한숨을 내쉬었다.

제3화

튠더 키르샤 VS 막키르샤

Chapter 1

[하라간 님이 키르샤라니! 아아아.]

토레의 두 번째 왕비 호텝이 빗속에서 털썩 무릎을 꿇었다.

[오오오.]

궁전 수비대장도 물웅덩이에 무릎을 꿇고 넋을 놓았다.

키르샤의 등장은 그만큼 충격적이었다. 조금 전 별궁 전면부를 그대로 박살 내며 등장한 존재는 분명 키르샤였다. 800년 전 날개를 활짝 펴고 하늘로 날아가 버렸다는 바로 그 키르샤 말이다.

[정녕 하라간 님이 키르샤란 말인가? 신인이 재림하셨다는 소문이 진짜였어?]

호텝이 넋을 놓고 중얼거리는 사이, 하늘에서 거대한 거인이 뚝 떨어졌다. 불이 붙은 항아리를 어깨에 이고 낙하한 거인은 키르샤의 목에 화염의 밧줄을 걸고 무서운 싸움을 벌였다.

호텝과 궁전 수비대장은 본능적으로 느꼈다.

'날개 달린 거인은 스켈레톤과 한 패거리다.'

'그렇다면 과연 전투의 결과는?'

호텝과 궁전 수비대장은 두 주먹을 꽉 움켜쥐고 전투를 지켜보았다.

처음엔 날개 달린 거인이 유리해 보였다. 거인은 키르샤의 목에 화염 밧줄을 감으며 선공을 펼쳤다. 하지만 얼마 지나지 않아 키르샤의 반격이 시작되었다. 황갈색 키르샤가 거인의 목을 물어 바닥에 패대기쳤다. 그다음 거대한 날개로 상대를 휘감고 우두둑 조였다.

그 와중에 궁전 바닥에 커다란 구멍이 뚫리고 궁전을 지탱하던 나무 군락 일부가 기우뚱 기울었다. 하지만 지금 건물 부서지는 것이 문제가 아니었다.

[제발 하라간 님이 이기시길.]

호텝은 두 손을 모아 간절히 기도했다. 만약 날개 달린 거인이 승리한다면 토레의 궁전은 그 즉시 끝장이었다.

전투는 생각보다 길지 않았다. 거리가 멀어서 자세히 보이지는 않았지만, 거인이 결국 바닥에 쓰러지고, 키르샤가 그 위에 올라타 목뼈를 으스러뜨리는 장면이 호텝의 눈에 들어왔다.

[이기셨구나!]

호텝이 쾌재를 불렀다.

궁전 수비대장도 동의했다.

[왕비마마, 그런 것 같습니다.]

그들의 대화에 화답이라도 하듯이 키르샤가 머리를 높이 들고 하늘을 향해 승리의 포효를 터뜨렸다. 어마어마한 뇌파가 토레의 궁전 전체를 휩쓸었다.

[정말 이기셨어. 정말 이기셨다고. 아아아.]

호텝의 볼을 타고 눈물이 또르르 굴러떨어졌다.

궁전 수비대장도 부르르 전율했다.

쏴아아—

하늘에선 쉴 새 없이 비가 쏟아졌다. 폭우 속에서 호텝의 두 눈이 영특하게 빛났다.

'어떻게든 하라간 님을 후견인으로 삼아야 해.'

호텝은 예전에도 이런 생각을 품었었다.

조금 전의 비현실적인 전투 결과를 보고는 그 생각이 더욱 굳어졌다.

군나르 왕국이 전쟁을 일으켜 토브욘 왕국을 점령했다.

인근 왕국에서 이런 큰일이 벌어지면 당연히 남쪽의 스벤센 왕국도 행동에 나서야 정상인데, 특이하게도 스벤센 왕국은 조용했다. 움직임은커녕 스벤센 왕국은 토레 왕국과의 국지전도 접고 침묵에 들어갔다.

11월 22일에 군주 스벤센이 갑자기 사라진 탓이었다.

스벤센 왕국의 대신들은 어찌할 바를 모르고 허둥거렸다. 결국 왕국의 1군단장이자 스벤센의 후계자로 꼽히는 류리크가 동부 국경선에서 발을 빼고 수도로 올라왔다. 류리크는 혼란에 빠진 신하들을 다독이며 스벤센이 어디로 갔는지 수소문했다.

물론 답은 나오지 않았다.

사실 스벤센은 군나르 왕궁에 쳐들어갔다가 하라간에게 잡아먹혔지만, 왕국의 후계자와 대신들은 꿈에도 그 사실을 알지 못했다.

스벤센과 이웃한 토레 왕국도 큰 홍역을 치렀다. 군주의 동생인 카프레가 두 아들을 이끌고 반역을 일으켜 왕자들을 도륙했다. 다행히 이왕비 호텝이 군권을 틀어쥐고 반역 도당을 물리쳤지만, 그 피해가 이만저만이 아니었다.

반역의 무리를 제압한 뒤 호텝은 "군나르 왕국 하라간 왕세자님의 도움으로 반역자 카프레를 물리칠 수 있었다."

라고 공표했다.

덕분에 하라간의 이름이 다시 한 번 북부를 뒤흔들었다.

북해 토브욘 왕국을 정벌한 총사령관이 바로 하라간이었다. 그 하라간이 북해 정벌에 이어 토레 왕국의 내전에도 깊숙이 개입했다는 것은 실로 놀라운 일이었다. 이를 계기로 온 북부가 '하라간' 이라는 이름 석 자를 똑똑히 기억하게 되었다.

서쪽의 왕국들이 전란의 소용돌이에 휘말리는 동안, 동부의 야심가 아쿤도 가만히 있지 않았다. 아쿤은 이미 키르샤로 진화한 상태였다. 주체할 수 없이 힘이 넘치는 아쿤에게 군나르 왕국의 정복 전쟁 소식은 크나큰 자극이 되었다.

"크우우, 이 가증스러운 군나르 늙은이가 감히 신인의 재림을 입에 담으며 서부를 휘젓고 다니다니. 그렇다면 진짜 키르샤로 진화한 이 아쿤 님도 가만히 있을 수 없지. 우선 동부부터 싹 정리해 버린다. 그다음 전력을 모아 서부로 진격할 것이야."

아쿤의 시커먼 눈썹이 송충이처럼 꿈틀거렸다. 아쿤의 손등에 돋아난 푸른 비늘이 날카롭게 곤두섰다.

아쿤의 부친인 요르겐은 지속적으로 바야크 대장벽을 두드리며 남부 연합을 괴롭히던 군주였다. 그런 요르겐을 죽이고 왕위를 찬탈한 아쿤은 남부 연합 따위엔 관심이 없었다.

"남부 연합은 토끼 새끼처럼 나약하다. 그 미욱한 남부 연합을 공격해 봤자 이 아쿤 님의 명성에 누만 끼칠 뿐이야. 나는 북부를 먼저 공략할 테다. 그리하여 북부를 일통한 다음, 그 여세를 몰아 남부 연합의 애송이들까지 먹어치울 것이니라."

아쿤이 이렇게 선포했다.

"위대하시고 또 위대하신 분이시여, 모든 일이 말씀하신 대로 이루어질 것이옵니다."

"저희들이 목숨을 다해 위대하시고 또 위대하신 분의 뜻을 받들겠나이다."

아쿤 왕국의 대신들이 군주 앞에 머리를 조아리고 이렇게 복창했다.

아쿤은 전국에서 12만 대군을 모아 북쪽 국경 지대로 이동시켰다.

목표는 북쪽의 룬드 왕국.

전쟁의 총사령관은 아쿤 본인.

하라간이 왕세자의 신분으로 전쟁을 주도하여 토브욘 왕국을 정복했듯이, 아쿤도 스스로 전쟁터에 나가 룬드 왕국을 무너뜨릴 요량이었다.

물론 그 와중에 아쿤은 자신의 본체, 즉 벼락과 응징의 상징인 '튠더 키르샤'를 온 세상에 드러내어 신인의 재림이 동부에 있었음을 널리 퍼뜨릴 생각이었다.

둥둥둥둥둥!

거세게 북이 울렸다.

아쿤이 이끄는 120,000명 대병력이 동북부 산악 지대에 위치한 룬드 왕국을 향해 힘차게 출전했다.

굽이굽이 험산이 늘어선 룬드 왕국은 대규모 병력을 진입시키기에 적합하지 않았다. 본격적으로 출전을 하기 전, 참모들이 그 점을 아뢰었다.

하지만 아쿤은 대번에 참모들의 의견을 묵살했다.

"이런 어리석은 것들."

"네에?"

"벼락과 응징의 화신이자 신인의 재림인 나의 위엄을 온 세상에 떨쳐 보이려면 마땅히 그에 걸맞은 대군이 편성되어야 한다. 보라! 사막의 땅개들조차 대군을 모아 북해의 춥고 척박한 땅으로 쳐들어가지 않았느냐? 그런데 산악 지대 따위가 무엇이라고 나의 위엄을 거스를 수 있단 말인가? 험산이 앞을 가로막으면 내가 벼락을 내리쳐 산을 깨부술 것이다. 깊은 계곡이 발길을 방해한다면 내가 계곡을 허물어뜨려 그 위를 밟고 지나갈 것이다. 너희는 무엇이 두려워 그런 망발을 입에 담는가?"

벽력과 같은 아쿤의 호통에 참모들이 소스라치게 놀랐다.

"으헉! 위대하시고 또 위대하신 분이시여, 신인의 모든 과업을 물려받으신 분이시여, 부디 진노를 푸소서."

"저희가 어리석어 위대하시고 또 위대하신 분의 뜻을 제대로 헤아리지 못했나이다. 부디 노여움을 풀고 어리석은 저희들을 용서하소서."

참모들과 신하들이 대전 바닥에 납죽 엎드려 손이 발이 되도록 빌었다.

아쿤의 얼굴에 돋아난 푸른 비늘이 뱀의 그것처럼 물결치며 좌라락 좌라락 소리를 냈다.

Chapter 2

아쿤 왕국의 출전 소식이 룬드 왕국에도 전해졌다. 시노브는 즉시 오스트란드를 찾았다.

콰앙!

노크도 없이 동생의 방문을 벌컥 열고 들어간 시노브가 소리를 빽 질렀다.

"야, 소식 들었어?"

"무슨 소식?"

오스트란드는 따뜻하게 데운 홍차에 우유를 넣어 스푼으로 젓던 중이었다. 그러다 큰언니 시노브의 방해를 받자 떨떠름하게 반응했다.

성격이 급한 시노브가 발을 동동 굴렀다.

"아쿤 군주가 대군을 일으켰다는 소식 말이야. 지금 그 대군의 칼끝이 우리 룬드 왕국으로 향하고 있다고."

전쟁 이야기를 듣고도 오스트란드의 반응은 여전했다.

"아, 그거. 나도 듣긴 들었지."

오스트란드는 새끼손가락으로 귓구멍을 파면서 대답했다.

시노브가 눈매를 가늘게 좁혔다.

"너어…… 그 태도는 뭐야? 그 자신만만한 태도를 보니까 갑자기 안심이 되는걸. 뭔가 좋은 방책이 있나 보지?"

시노브는 오스트란드에게 바짝 다가앉았다.

"방책은 무슨. 위대하시고 또 위대하신 분이 바로 우리의 방책이지."

오스트란드는 손가락으로 땅 밑을 가리켰다. 룬드 왕궁 지하 용암성에 웅크리고 있는 잉그리드를 지목하는 손짓이었다.

시노브가 버럭 화를 내었다.

"야! 그게 무슨 방책이야? 아쿤이 쳐들어왔다고 그분께 고해 봐라. 위대하시고 또 위대하신 분께서 꿈쩍이나 하실 것 같으냐? 그분이 외면하는 사이 우리 룬드 왕국의 백성들만 고통을 받을 거야. 그다음 아쿤이 이곳 왕궁에 도착했을 때나 위대하시고 또 위대하신 분께서 나서 주시겠지. 그러니까 그 전에 우리가 머리를 맞대고 방책을 세워야 해. 아쿤의 대군을 막을 방책 말이야."

시노브의 말이 옳았다. 잉그리드는 아쿤이 쳐들어왔다는 소식을 들어도 반응이 없을 것이고, 그사이에 룬드 왕국의 백성들만 피를 볼 것이 뻔했다.

한데 오스트란드의 태도는 여전히 평온했다.

"아니야. 큰언니의 계산이 틀렸어."

"뭐라고?"

시노브가 고개를 갸웃했다.

오스트란드는 담담하게 말을 받았다.

"큰언니, 조금 전에 뭐라고 했지? 아쿤이 쳐들어와도 위대하시고 또 위대하신 분께서는 반응이 없으실 거라고 말했지?"

"오스트란드, 너도 알잖아. 위대하시고 또 위대하신 분께서는 용암성, 아니 지옥성의 뜨거운 강에서 단 한 발자국도 나오지 않으려고 하실걸?"

"아니야."

오스트란드가 단호하게 고개를 가로저었다.

시노브가 눈을 동그랗게 떴다.

“아니라고?”

“그래, 아니야. 큰언니도 똑똑히 들었잖아. 하라간 님, 아니 우리의 아버님께서 군나르 왕국으로 복귀하실 때 위대하시고 또 위대하신 분께 뭐라고 당부하셨지?”

“그야…… 이 왕국을 잘 돌보라고 하셨지. 아! 그렇지.”

시노브가 손바닥으로 자신의 이마를 쳤다.

오스트란드가 빙긋 웃었다.

“우리는 위대하시고 또 위대하신 분을 알현한 다음, 그 한마디만 일깨워 드리면 돼. 위대하시고 또 위대하신 분께서는 하라간 님이 다시 이곳을 방문하실 때까지 왕국을 잘 지키셔야 하는데, 시건방지게도 남쪽의 군주 아쿤이 쳐들어왔습니다. 이렇게만 전해 드리기만 하면 모든 일은 끝.”

시노브가 손뼉을 쳤다.

“그래. 모든 일은 끝. 위대하시고 또 위대하신 분께서 용암성에서 뛰쳐나오셔서 당장 아쿤에게 날아가시겠구나. 그 다음은…….”

오스트란드가 시노브의 말을 중간에 가로챘다.

“그다음은 지옥이 펼쳐지는 거지. 온 세상이 불바다로 변하고, 멀쩡하던 땅이 용암으로 변해 흐물흐물해지는 광경을 보면서 아쿤이 뭐라고 기겁을 할지, 나는 참 궁금한

걸. 호호호."

다크서클이 짙게 내려앉은 오스트란드의 두 눈이 표독하게 빛났다. 오스트란드의 입은 웃고 있었지만, 그녀의 눈은 웃지 않았다.

시노브가 맞장구를 쳤다.

"깔깔깔깔깔. 나도 정말 궁금해지네. 위대하시고 또 위대하신 분의 본체를 목격한 아쿤이 얼마나 기겁을 할지 정말 궁금해. 깔깔깔깔깔. 그럼 이제 우리는 또 다른 준비를 하면 되겠어."

"무슨 준비?"

오스트란드가 말똥말똥한 눈으로 시노브를 바라보았다.

시노브가 동생의 어깨를 툭 쳤다.

"무슨 준비겠어? 군주인 아쿤이 죽고 나면 아쿤 왕국은 완전히 주인 없는 땅이 되는 것 아냐. 우리는 그 빈 땅을 주워 먹을 궁리를 해야지. 남들이 탐내기 전에 말이야. 으흐응, 으흐으응."

신바람이 난 시노브는 콧노래를 흥얼거렸다.

"호호호호. 큰언니 말이 맞아."

오스트란드도 손으로 입을 가리고 웃었다.

그러다 두 자매의 시선이 허공에서 딱 만났다.

둘이 동시에 소리쳤다.

“이걸 알리면 안 돼.”

“그래. 하라간 님께는 절대 비밀이야.”

“하라간 님의 곁에 붙어 있는 아이다에게도 알리면 안 돼.”

“물론이지. 큰언니, 내가 바보야? 그걸 알리게.”

두 자매는 죽이 척척 맞았다.

그녀들은 하라간이 아쿤의 출전에 관심을 기울일까 봐 걱정했다. 자칫하다가는 아쿤 왕국이 하라간의 손아귀에 넘어갈 수 있기 때문이다.

푹신한 쿠션 위에서 서로 두 손을 맞잡고 박수를 치던 중, 시노브가 갑자기 오스트란드의 입술에 키스를 했다.

“아악, 싫어. 저리 가.”

오스트란드가 시노브를 팍 밀쳤다.

“꺄하하하하.”

그런 오스트란드의 표정이 재미있다는 듯 시노브는 유쾌하게 웃었다.

하얀 눈발이 희끗희끗 휘날리는 12월 13일.

하늘은 온통 회색빛이었다.

척박한 험산은 때 이른 눈을 맞아 하얀 옷으로 갈아입었다.

아쿤 왕국의 군주 아쿤은 120,000명의 대병력을 이끌고 동부 산악 지대에 위치한 룬드 왕국을 침략했다.

하라간의 손에 도릭스가 죽고 벨커스의 추종자들이 처참하게 패배한, 바로 그날에 벌어진 사건이었다.

Chapter 3

시노브와 오스트란드가 용암성을 방문했다.

굵은 실로 눈을 꿰맨 용암성의 무녀들이 두 자매를 잉그리드에게 안내했다.

치이익! 치익!

무녀들이 발을 내디딜 때마다 발갛게 달궈진 용암성의 계단이 차갑게 식었다. 시노브와 오스트란드 자매는 무녀들이 밟은 곳만 골라서 디디며 지하로 내려갔다.

시뻘건 용암이 강을 이루어 흐르는 곳.

활활 타오르는 불꽃이 넘실넘실 춤을 추는 곳.

그 열천의 세상에 아름드리 석주 99개가 줄을 지어 늘어서 있었다. 용암성의 무녀들은 시노브 자매를 석주 가장 안쪽으로 안내했다.

시노브와 오스트란드는 옷깃을 여미고 경건한 표정으로 무녀들의 뒤를 따랐다.

발가벗은 무녀들의 엉덩이가 시노브의 눈앞에서 살랑살랑 흔들렸다. 이성애자인 오스트란드는 그 모습을 보고도 아무렇지 않았지만 레즈비언인 시노브는 애써 눈길을 돌려야 했다.

그런 시노브가 석주 끝에 도달했을 때 한 번 더 당황하게 되었다. 나체의 무녀 한 명이 잉그리드의 손에 가슴을 내맡긴 채 파르르 떨고 있었기 때문이다. 잉그리드는 무녀의 부푼 유방을 손과 입술로 애무하는 중이었다. 그 옆에는 무녀 2명이 흐드러지게 늘어져 있었다.

'이게 다 뭐야? 위대하시고 또 위대하신 분께서 성적 취향이 바뀌셨나?'

시노브의 눈이 데굴데굴 굴렀다.

오스트란드도 휘둥그레진 눈으로 잉그리드를 바라보았다.

그때였다. 잉그리드가 짜증을 내었다.

[뭐하는 거냐? 이렇게 하면 돼? 내가 잘하고 있는 건지 아닌지 느낌을 말해 줘야 할 것 아냐?]

잉그리드의 뇌파에 깜짝 놀란 무녀가 아뢰었다.

[하아, 하아, 좋사옵니다. 그렇게만 하시면 되옵니다.]

[그렇단 말이지. 이렇게 바깥쪽에서 원을 그리면서 안쪽으로 들어가면 된단 말이지? 이러면 기분이 좋아지나?]

[네에, 하아, 하아, 하아.]

무녀가 물먹은 솜처럼 축 늘어져 대답했다.

잉그리드가 옆으로 시선을 돌렸다. 잉그리드의 옆에는 불에 타지 않는 재질로 만들어진 책이 한 권 펼쳐져 있었는데, 그 책에 그려진 그림이 지금 잉그리드와 무녀의 자세와 똑같았다.

잉그리드가 이마를 찌푸렸다.

[으음. 자세가 잘 외워지지가 않아. 몇 번을 연습했는데도 손가락의 각도나 강약 조절이 어려워. 아무래도 연습을 더 해야겠어.]

잉그리드의 손에 매달려 할딱거리는 무녀와 달리, 잉그리드의 표정은 냉정하기 짝이 없었다. 손으로는 뜨겁게 상대를 애무하면서도 잉그리드의 마음은 딱딱한 돌덩이 같았다.

잉그리드의 가슴을 팔딱팔딱 뛰게 만들 수 있는 사람은 세상에 단 한 명, 하라간뿐이었다. 야한 책을 펼쳐 놓고 무녀들을 상대로 연습을 하는 동안에도 잉그리드는 전혀 흥분하지 않았다. 게다가 잉그리드는 레즈비언이 아니었다. 굴곡진 무녀들의 몸을 만지면서도 그녀는 단 한 톨의 감흥이나 설렘을 느끼지 못했다.

그런 잉그리드가 무녀들을 동원해서 이렇게 열심히 연습을 하는 이유는 딱 한 가지였다.

[이 자세를 잘 연습해야 하라간 님께서 좋아하실 거야.

다음에 하라간 님과 언니를 다시 만나면 연습한 결과를 보여드려야지. 헤헤헤. 그럼 하라간 님께서 칭찬해 주실지도 몰라. 데헤헤헷.]

머릿속으로 하라간과 클레이아를 떠올리면서 잉그리드는 해맑게 웃었다.

[에효!]

그런 잉그리드를 보면서 시노브와 오스트란드 자매는 한숨이 절로 나왔다.

[무슨 일이냐?]

잉그리드가 무녀의 가슴을 손에 쥔 채로 물었다.

퀸의 위엄에 시노브와 오스트란드가 황급히 바닥에 이마를 찧었다.

[위대하시고 또 위대하신 분이시여, 긴급히 아뢸 것이 있어서 저희 자매가 찾아왔사옵니다.]

[긴급한 일? 혹시 하라간 님께서 무슨 연락을 보내셨느냐?]

잉그리드가 반색을 했다.

흥분을 하자 잉그리드의 모습이 변했다. 온전히 사람의 모습을 하고 있던 잉그리드의 하체에 갑자기 붉은 비늘이 후두둑 돋아나더니 거대한 키르샤의 동체로 변해 용암의 강에 풍덩 빠졌다. 사방으로 용암이 튀었다.

이미 여러 번 목격한 일이지만, 다시 보아도 키르샤가 주는 위압감은 견디기 힘들었다. 시노브와 오스트란드는 벌벌 떨면서 머리를 조아려야만 했다.

방자하게 널브러져 있던 용암성의 무녀들도 후다닥 정신을 차리고 그 자리에 무릎을 꿇었다.

하늘 높이 치솟았던 잉그리드의 상체가 다시 아래로 내려와 시노브의 바로 앞에 도달했다. 잉그리드의 상체가 스르륵 스르륵 좌우로 요동쳤다.

[내가 묻지 않느냐. 혹시 하라간 님께서 무슨 연락을 보내셨느냐?]

하라간을 언급하는 잉그리드의 음성은 꿀처럼 부드러웠다.

시노브가 황급히 도리질을 했다.

[아니옵니다. 그건 아니옵니다.]

[뭣? 그게 아니라고?]

잉그리드의 눈에서 불이 쏟아졌다. 갈고리처럼 움켜쥔 잉그리드의 손은 금방이라도 시노브의 멱살을 잡아 뜯을 것처럼 다가왔다.

시노브는 진땀을 흘렸다.

[위대하시고 또 위대하신 분이시여…… 제발.]

잉그리드는 가까스로 살기를 제어했다. 그러곤 다시 하

늘 높이 상체를 솟구쳤다가 사람의 형태로 변해 시노브 앞에 앉았다.

잉그리드의 무심한 눈이 시노브의 정수리에 떨어졌다.

[하라간 님의 소식이 아니라면 세상에 급한 일이란 없다. 그만 물러가라.]

잉그리드의 음성은 그녀의 눈빛만큼이나 냉담했다.

시노브가 황급히 용건을 말했다.

[하라간 님, 아니 아버님의 소식은 아니오나 아버님의 당부와 관련된 일이옵니다.]

[뭐?]

잉그리드의 반응이 달라졌다. 잉그리드는 두 손으로 시노브의 어깨를 잡아 일으키며 물었다.

[하라간 님의 당부와 관련된 일이라니, 그게 무슨 뜻이냐?]

[일전에 아버님께서 당부하지 않으셨사옵니까. 그분께서 자리를 비우신 동안 이 왕국을 잘 부탁한다고 하셨사옵니다.]

[그랬지. 그분께서 그리 말씀하셨지.]

간혹 정신이 오락가락하는 잉그리드지만, 하라간과 관련된 일만큼은 절대 잊어버리지 않았다.

시노브가 다시 아뢰었다.

[그런데 사특한 무리가 아버님의 당부를 어기고 분란을

만들었사옵니다.]

[누구야? 그 사특한 무리가 누구냐고?]

잉그리드의 반응이 날카로웠다.

시노브가 벌벌 떨면서 손가락으로 남쪽을 가리켰다.

[아쿤 왕국의 군주 아쿤이옵니다. 그 사특한 자가 감히 120,000 대군을 이끌고 국경선을 넘어 침범했사옵니다. 아버님께서 이 왕국을 잘 지키라고 당부하셨사온데, 아쿤 때문에 그 당부가 깨질 위기이옵니다.]

Chapter 4

시노브의 고자질이 잉그리드의 역린을 건드렸다.

[이런 찢어 죽일!]

아름답고 우아하던 잉그리드의 얼굴이 눈 깜짝할 사이에 지옥의 대마녀처럼 흉악하게 일그러졌다.

추라라라락—

잉그리드의 몸에서 시뻘건 비늘이 일제히 일어나 엄청난 살기를 드러내었다. 그뿐만이 아니었다. 용암의 강에서 첨벙첨벙 움직이는 잉그리드의 동체가 점점 더 크게 부풀었다.

지금 잉그리드는 키르샤의 수준을 뛰어넘어 심해져 2층

레벨의 괴물, 즉 막키르샤로 탈피한 상태였다. 비록 진화한 지 얼마 되지 않아 막키르샤 중에는 가장 무력이 떨어지는 수준이지만, 그것만으로도 키르샤 따위는 상대도 되지 않은 어마어마한 존재감을 뿜어냈다.

당장 동체의 크기만 비교해도 키르샤와 막키르샤는 상대가 되지 않았다.

키르샤가 보통 100 미터에서 수백 미터의 크기라면, 막키르샤는 최소한 3,000 미터 이상, 그보다 더 큰 성체는 머리부터 꼬리까지 길이가 10,000 미터, 즉 10 킬로미터를 훌쩍 넘었다.

덩치의 차이는 시작에 불과했다.

키르샤가 드래곤의 새끼, 즉 헤츨링이라면 막키르샤는 드래곤 그 자체였다. 자연히 키르샤와 막키르샤 사이의 이 능력도 하늘과 땅만큼이나 차이가 났다.

키르샤는 보통 한 가지 속성의 이능력에 특화되곤 했다. 예를 들어서 탁소 키르샤는 맹독이 주특기이었다. 튠더 키르샤는 벽력을 자유롭게 부렸다. 이 마물들은 전투를 벌일 때 입에서 독액을 뿜거나 벽력을 발출하는 전투 방식에 익숙했다.

다시 말해서 일차원적인 공격법인 셈이었다.

막키르샤는 달랐다.

막키르샤의 이능력은 한마디로 말해서 '환경 치환'이었다.

탁소 막키르샤는 입에서 독액을 뿜어내지 않았다. 대신 탁소 막키르샤는 자신이 머무는 곳 주변 수십 킬로미터, 혹은 수백 킬로미터 영역을 독액이 가득 찬 마해 속 환경으로 치환해 버리는 끔찍한 권능을 지녔다.

그 독액의 바다, 독의 마해에 빠지면 누구든 순식간에 목숨을 잃게 마련이었다. 탁소 막키르샤와 동급, 즉 심해저 2층 레벨의 마물이 아니고서는 그 어떤 마물이나 생명체도 이 환경 치환을 버텨 내지 못했다.

튠더 막키르샤는 뿔에서 벼락을 불러오지 않았다. 대신 튠더 막키르샤는 1초도 쉬지 않고 미친 듯이 벽력이 떨어져 내리는 마해 한 귀퉁이의 환경을 그대로 세상에 치환해 버리는 권능을 지녔다. 그 엄청난 벼락의 향연 속에서 버텨 내는 것은 동급의 막키르샤가 아니라면 불가능했다.

불을 자유롭게 다루는 잉그리드도 마찬가지였다. 잉그리드는 언제 어디서든지 마음만 먹으면 그녀가 머무는 곳 주변 수십 킬로미터 영역을 이곳 용암의 강 환경으로 치환해 버릴 수 있는 절대적인 권능자였다.

그런데 이 엄청난 이능력이 과거 하라간과 싸웠을 당시에는 무효화되었다.

그뿐만이 아니었다.

막키르샤로 진화한 잉그리드의 본체 크기는 무려 3 킬로미터에 달했다.

그런데 하라간과 싸웠을 당시에는 이 큰 덩치를 제대로 드러내지도 못했다. 하라간이 뿜어내는 냉기에 접촉하는 순간 잉그리드의 모든 기능이 정지되었다.

지금은 하라간이 곁에 없어 잉그리드를 억제할 사람이 없었다.

눈 깜짝할 사이에 몸집을 부풀린 잉그리드 때문에 용암의 강이 범람했다. 무녀들이 펄쩍 뛰어 석주에 달라붙었다.

"이크!"

시노브와 오스트란드도 매미처럼 석주에 달라붙어 용암을 피해야 했다.

잉그리드는 그런 딸들을 무시했다.

츄라라라락—

잉그리드의 어마어마한 동체가 성의 계단을 타고 빠르게 지상으로 올라왔다. 그 와중에 계단 주변 벽과 천장이 허물어지고 금이 쩍쩍 갔다.

츄라락— 츄라라— 츄라라라락—

무려 3 킬로미터나 되는 동체가 용암성을 다 빠져나가기까지는 꽤 오랜 시간이 걸렸다. 그렇게 지상으로 올라온 잉그리드는 시뻘건 날개를 활짝 펴고 하늘로 날아올랐다.

"우헉."

"으아악."

용암성 입구를 지키던 철기사들이 깜짝 놀라 엉덩방아를 찧었다.

왕궁 내부를 오가던 사람들이 모두 기함하여 바닥에 엎드렸다.

잉그리드는 그들에게 눈길조차 주지 않았다.

눈 깜짝할 사이에 구름까지 솟구치는 잉그리드를 올려다보면서 시노브는 입을 쩍 벌렸다. 오스트란드도 턱이 빠질 뻔했다.

한참 만에 시노브가 물었다.

"원래 저렇게 거대하셨던가?"

"나도 몰라. 전에 하라간 님과 싸우셨을 때는 분명 저 정도 크기는 아니셨는데?"

오스트란드가 넋을 놓고 대꾸했다.

감히 입 밖으로 내뱉지는 못했지만 두 자매의 머릿속에는 공통된 생각이 똬리를 틀었다.

'대체 우리가 세상에 무엇을 풀어 놓은 거야?'

'이건 재앙이잖아, 재앙!'

말 그대로 대재앙이 세상에 풀려났다.

부쿠쿠쿠쿠—

요란한 소리와 함께 흙이 사방으로 튀었다. 갈색에 털이 부숭부숭한 거대한 마물들 네 마리가 동시에 땅거죽을 헤집으며 지하로 파고들었다.

길이가 40 미터에 달하는 이 덩치 큰 마물의 정체는 모올.

연해 3층 레벨의 이 특이한 마물은 땅을 파는 것이 주특기였다. 모올의 주둥이는 뾰족한 원뿔 형태였는데, 그 주둥이가 뱅글뱅글 회전하면서 땅을 파고 바위를 갈아 대었다.

원래 모올은 마해에서도 보기 드문 마물이라 결합이 쉽지 않았다. 하지만 과거 요르겐 왕국에서는 용케 이 마물의 서식처를 알아내어 집중적으로 결합했다.

철로 만들어진 바야크 대장벽을 뚫고 남하하기 위해서는 벌리스터형 특수 마물 노덴스보다 모올이 더 효과적이었기 때문이다. 하여 요르겐은 모올 부대의 육성에 심혈을 기울였다.

그 노력의 결실이 요르겐의 아들 아쿤의 손에서 빛을 발했다.

[진격하라. 가서 저 보잘것없는 산성의 성벽을 허물어뜨리고 적장의 목을 내게 가져오라.]

아쿤이 푸른 비늘을 철그럭거리며 뇌파를 보냈다.

[명을 받들겠나이다.]

[위대하시고 또 위대하신 분의 뜻대로 이루어질 것이옵

니다.]

모올과 결합한 솔샤르들이 땅속 수십 미터 깊이에서 충심을 담아 대답했다.

눈을 몇 번 깜빡일 사이에 산성 바로 아래까지 파고든 모올들은 성벽 아래 지반을 집중 공략했다.

쿠와앙.

성벽 아래 지반이 붕괴하자 그 여파가 곧바로 성벽에 미쳤다. 꽉 짜인 벽돌이 와르르 허물어진 것이다.

"아아악, 성벽이 무너진다."

"적의 공격이다. 빨리 대응사격을 해."

룬드 왕국의 기사들이 악을 썼다. 성벽 위에 설치된 포대에 솔샤르들이 우르르 올라왔다. 그들은 10인 1조로 합체하여 연해 3층 레벨의 마물 노덴스로 변신했다.

거대한 마물 화살이 두 발이 수 킬로미터 밖의 아쿤 군을 향해 쏘아졌다.

휘류류— 휘류류류—

뱅글뱅글 공기를 휘감으며 날아간 마물 화살은 아쿤 군 중심부를 정확하게 타격했다.

아니, 타격하는 것처럼 보였다.

마물 화살이 땅에 작렬하기도 전에 어디선가 시퍼런 벽력 두 줄기가 날아들었다.

쿠릉! 꽝꽝꽝!

요란한 폭음과 함께 마물 화살이 허공에서 타 버렸다. 시퍼런 벽력은 룬드 왕국의 공격을 순식간에 무력화시키고는 아쿤 왕국 병사들의 머리 위를 스쳐 지나갔다.

그사이 룬드 왕국의 산성 성벽은 거의 다 허물어져 뼈대만 앙상하게 남았다. 성벽 지반이 뒤틀리자 노덴스 두 기도 버티지 못하고 다시 해체되었다. 노덴스를 구성하던 솔샤르들이 황급히 성벽 아래로 내려와 다시 재결합을 시도했다.

그때 모올 네 마리가 땅거죽을 뚫고 튀쳐나왔다.

부쿠쿠쿠―

"으아악."

요란하게 회전하는 마물의 주둥이에 갈려 솔샤르 몇 명이 허무하게 죽었다.

Chapter 5

노덴스는 원래 10인 1조가 되어야 겨우 한 기가 만들어진다. 그런데 구성원에 이빨이 빠지자 노덴스 구현이 불가능해졌다.

"적을 제압하라."

"모두 나와서 성안에 침투한 적과 싸워라."

룬드 왕국의 철기사들이 용감하게 외쳤다.

"와아아아아—"

철기사들은 방패로 몸을 가리고 검을 휘두르며 모올에게 달려들었다.

부쿠쿠— 부쿠쿠쿠—

모올 네 마리가 다시 땅속으로 들어가 기사들의 공격을 피했다. 그다음 다른 위치에서 갑자기 솟구치며 기사 몇 명의 가랑이를 그대로 갈아 버렸다.

날카롭게 회전하는 모올의 주둥이에 걸려 철갑옷이 종잇장처럼 찢겨 나갔다. 기사의 하체도 피범벅으로 갈렸다.

"아아악."

"크아악."

사방에서 비명이 난무했다.

룬드 왕국의 솔샤르들은 두 손을 석궁처럼 변형시켜 화살을 쏘았다. 일부는 양팔을 전기뱀장어처럼 바꾸어 전기를 내뿜었다.

그때마다 모올은 지하로 숨어들어 갔다가 예상치 못한 곳에서 튀어나오며 룬드 왕국의 솔샤르들을 공략했다.

모올은 겉보기와 달리 무척 민첩했다. 게다가 힘이 엄청나게 세서 한번 걸리면 그대로 딸려가 회전하는 주둥이에 갈려 버리기 일쑤였다. 모올의 주둥이는 강철을 담금질해서 만든 검으로 내리쳐도 흠집 하나 남지 않았다.

룬드 왕국의 산성이 겨우 모올 네 마리에 휘둘 리는 동안, 아쿤의 대병력이 척척 진군했다. 120,000명의 대군이 밀려드는 모습은 그야말로 끔찍할 정도로 무서웠다.

이윽고 아쿤의 대군이 무너진 성벽 안으로 밀려들었다.

"아악, 적의 본진이 침투했다."

"막앗! 아니 피해. 이건 막지 못한다. 어서 도망쳐서 적의 침투 사실을 상부에 알려야 한다."

룬드 왕국의 기사들이 사방에서 고함을 질렀다.

하지만 곧 그 고함은 비명으로 변했다. 대군을 맞은 룬드의 산성은 파도에 휩쓸린 모래성처럼 허무하게 허물어졌다.

아쿤은 무너진 성벽 잔해 위에 우뚝 서서 그 참혹한 현장을 굽어보았다.

"이 산성은 시작에 불과하다. 다음에 북쪽으로 치고 올라가서 공략할 성은 이 산성보다 다섯 배는 크다지? 그때 보여 주마. 누가 진정한 신인의 재림인지, 세상 사람들의 눈에 똑똑히 보여 주겠노라."

아쿤이 오른손을 갈고리처럼 만들며 이렇게 중얼거렸다. 아쿤의 손아귀 안에서 시퍼런 전하가 번쩍번쩍 춤을 추었다.

산성 하나를 손쉽게 점령한 아쿤은 한 시간에 걸쳐서 병력을 정비했다. 다음 곧바로 진격 명령을 내렸다.

"다시 진격한다. 전구운—, 출발하라."

"충!"

아쿤의 우렁찬 음성이 병사들의 사기를 돋웠다. 아쿤의 머리 위에서 푸른 드래곤의 깃발이 힘차게 펄럭였다. 둥둥둥둥, 북이 울렸다. 척척척, 병사들의 행군이 시작되었다.

하늘은 맑았다.

구름 한 점 없었다.

아쿤은 기분이 좋았다.

청명하던 하늘이 갑자기 어두컴컴해지기 전까지는 말이다.

멀쩡하던 하늘에 갑자기 커다란 구름이 드리웠다. 시커먼 먹구름은 태양을 차단하며 산맥과 산맥 사이를 완전히 뒤덮었다.

"뭐지?"

"비가 오려나?"

지휘관들이 고개를 들고 하늘을 노려보았다. 이런 험준한 산악 지대에서 비를 만나는 것은 골치였다. 지휘관들의 눈이 심하게 찌푸려졌다.

"칫. 재수 없게 웬 먹구름이야?"

아쿤도 마뜩잖은 표정으로 하늘을 노려보았다.

그렇게 상공을 올려다보던 사람들의 동공이 이윽고 화라락 흔들렸다. 지진이라도 만난 듯 흔들리는 그들의 동공 속에 거대한 구름이 빠르게 낙하하는 장면에 맺혔다.

아니다.

이건 구름이 아니었다.

사람들의 시야를 꽉 메우며 빠르게 하강하고 있는 존재는 다름 아닌 키르샤였다. 그것도 일반 키르샤가 아니라 막키르샤였다.

아쿤 왕국의 병사들은 처음에 사태 파악을 하지 못했다. 그들은 키르샤의 존재를 눈으로 본 적이 없었다. 그래서 잉그리드를 보고도 '저게 뭐지?' 라는 생각만 했다.

그나마 아쿤은 빠르게 반응했다.

'뭐, 뭐야?'

그런 아쿤도 처음에는 상대의 크기를 제대로 가늠하지 못했다.

'설마 룬드 왕국에도 키르샤가 존재했나? 룬드 영감탱이가 키르샤로 진화했어?'

아쿤은 다소 놀랐지만, 그래도 이 상황이 싫지만은 않았다. 원래부터 호전적인 성격의 아쿤이었다. 그는 상대가 키르샤라고 해도 전혀 물러설 생각이 없었다. 오히려 키르샤와 한번 맞서 싸워 보고 싶다는 기대를 품었다.

하지만 곧 아쿤의 생각이 바뀌었다.

'으엉?'

새빨간 색깔의 키르샤가 점점 더 크게 확대되는 것 같아서였다.

'으어어엉?'

점점 더 크게.

그리고 점점 더 크게.

'으어어어어어어엉? 뭐가 저렇게 커? 허풍선인가? 바늘로 찌르면 펑 터지는 허풍선?'

아쿤이 문득 이런 한가한 생각을 품었다.

그 와중에도 잉그리드의 동체는 점점 더 커졌다.

실제로 잉그리드의 몸이 커진 것이 아니었다. 빠르게 하강하면서 사람들의 눈에 확대되는 것처럼 비쳐졌을 뿐이다.

그렇게 어마어마한 속도로 낙하한 잉그리드가 지상을 강타했다.

쿠와아아앙!

작렬!

온 세상 전체가 펄쩍 뛰어올랐다가 다시 내려앉은 듯한 충격이 대지에 가해졌다. 이건 마치 거대한 소행성 하나가 공기를 불태우며 떨어져 대지를 박살 내는 듯한 충격이었다.

얼마 전 토브욘 왕국에 등장한 탁소 키르샤가 이와 비슷한 일을 벌인 적이 있었다. 그때는 주변의 모든 병사들이 10 센티미터 높이로 붕 떠올랐다가 다시 낙하했다.

지금은 그 정도가 아니었다.

직경 3 킬로미터 —잉그리드가 붉은 날개를 활짝 바짝 접고 낙하하다가 마지막 순간에 날개를 활짝 폈을 때의 크기— 이내의 전 영역이 지하 30 미터 깊이로 푹 꺼졌다. 잉그리드의 몸에 직접 깔린 아쿤 왕국의 병력들은 그야말로 피떡이 되어 동체 아래 깔려 죽었다.

3 킬로미터 외곽 쪽은 더 큰 충격을 받았다. 땅거죽이 갑자기 허공으로 확 솟구치면서 병사들의 내장을 터뜨렸다.

피범벅이 된 병사들이 하늘 높이 튕겨 올라갔다가 팔다리가 꺾여 다시 낙하했다. 주변 바위들도 하늘로 부웅 치솟았다가 다시 떨어지면서 병사들의 머리통을 으깼다.

잉그리드가 깔아뭉갠 곳을 중심으로 방사형의 균열이 발생했다. 쩍쩍 갈라진 땅의 틈새로 아쿤 왕국 병사들이 실족했다. 뿌옇게 솟구친 흙먼지는 온 하늘을 메웠다. 그 흙먼지가 구름과 섞여 햇빛을 꽁꽁 차단했다.

세상이 어두컴컴하게 변했다.

태양이 사라졌다. 하늘은 온통 흙빛이었다.

위가 어두운 대신 아래는 밝게 달아올랐다.

부글부글, 부글부글, 부글.

푹 꺼진 3 킬로미터 영역을 중심으로 펄펄 끓는 용암이 차올랐다. 쩍쩍 갈라진 크레이터를 중심으로 매캐한 유황 연기가 솟구쳤다.

땅의 틈새로부터 화르륵 솟구친 화염이 갈라진 대지를 훑고 다시 아래로 꺼졌다. 그 화염의 혓바닥이 핥고 지나간 자리엔 생명체가 남아나지 않았다. 팔다리가 꺾인 병사들이 눈 깜짝할 사이에 시커먼 숯덩이로 변했다.

Chapter 6

펑! 펑! 퍼엉! 펑!

사방에서 폭음이 터졌다. 그렇게 폭발이 터질 때마다 용암이 수십 미터 높이로 솟구쳤다가 사람들을 철썩 때렸다.

사람들의 눈에 보이는 모든 장소가 다 불바다였다. 사람들이 밟고 서 있던 대지는 어느새 용암으로 변해 흐물흐물 녹았다.

그렇게 허물어진 용암 속으로 아쿤 왕국의 병사들이 빨려 들어갔다.

"우아악, 살려 줘!"

"끄악, 뜨거워. 내 등에 불이 붙었어."

"아아아아악!"

아쿤 왕국의 대군이 용암의 바다에 빠져서 허우적거렸다.

하늘은 시커먼 흙구름에 차단된 반면 땅거죽이 태양 표면처럼 벌겋게 달아올랐다. 그 모습을 보니 마치 하늘과 땅이 뒤바뀐 것 같았다.

이곳이 곧 지옥이었다.

사람들은 살 수 없는 곳.

세상의 모든 생명체가 그 존재 가치를 부정당하는 곳.

마해에서도 뜨겁기로 유명한 열천의 지옥이 세상에 치환되어 나타났다. 그 지옥의 불바다 속에서 아쿤의 온몸이 지글지글 타들어 갔다.

[이게 대체 어찌 된 일이야? 이게 갑자기 무슨 현상이냐고?]

아쿤은 어느새 사람이 아니라 키르샤의 모습으로 변신했다. 인간의 형상으로는 도저히 이 엄청난 열기를 버티지 못하기 때문이었다.

빠직! 빠지직! 빠지직!

아쿤의 이마에서 돋아난 뿔이 시퍼런 벼락을 사방으로 쳐 내었다. 그 벼락이 둥근 보호막을 만들어 열기를 1차로 차단해 주었다. 아쿤의 표피에 빼곡하게 돋아난 푸른 비늘이 뜨거운 열기를 2차로 차단해 주었다.

그런데도 아쿤은 온몸이 타들어 가는 듯한 고통을 느꼈다.

치이익— 치익—

실제로 아쿤의 비늘 사이에서 쉴 새 없이 하얀 연기가 치솟았다. 비늘 안쪽 속살이 익으면서 벌어지는 현상이었다.

[이크, 뜨거.]

당황한 아쿤이 파란 날개를 활짝 펴고 하늘로 피신했다.

그때였다.

[크롸롸롸롸—]

30 미터 깊이로 움푹 꺼진 대형 웅덩이 속에서 세상을 함몰시킬 듯한 굉음이 터졌다. 이윽고 어마어마한 크기의 붉은 키르샤가 솟구쳐서 아쿤의 꼬리를 붙잡았다.

용암으로 비늘을 이루고, 화염으로 몸통을 구성한, 비현실적인 키르샤였다. 아니, 키르샤를 뛰어넘은 규격 밖의 존재, 막키르샤였다.

[우헉!]

아쿤은 정말로 깜짝 놀랐다. 심장을 적출하여 미리 마정석으로 바꿔 놓지 않았더라면 아마도 아쿤은 심장 마비로 즉사했을 것이다.

아쿤의 놀라움은 그 정도로 지대했다.

[으으읏.]

아쿤은 필사적으로 몸을 솟구쳤다. 순간적으로 아쿤의 온몸이 푸른 전기의 형태로 변하더니 눈 깜짝할 사이에 상공 수 킬로미터 지점까지 치솟았다.

아쿤의 튠더 키르샤는 본래 키르샤들 가운데 가장 빠르고 치명적인 존재였다. 튠더 키르샤가 작정을 하고 몸을 날리면 상공에 마치 한 줄기 번개가 치는 것 같았다. 세상 그 누가 날아가는 번개를 잡을 수 있겠는가. 그 어떤 키르샤도 튠더 키르샤를 따라잡기 불가능했다.

하지만 상대는 키르샤가 아니라 막키르샤였다.

막키르샤가 전설 속의 드래곤이라면, 키르샤는 드래곤의 새끼, 즉 해츨링에 지나지 않았다. 눈 깜짝할 사이에 상공 수 킬로미터 지점까지 도망친 아쿤이 안도의 한숨을 내쉬려는 찰나, 그의 등 뒤에 거대한 화염의 벽이 차올랐다.

거대한 쓰나미가 장벽을 이루어 해안가를 후려치는 것처럼, 잉그리드는 3 킬로미터나 되는 날개를 활짝 펴고 온몸을 솟구쳐서 아쿤을 발톱으로 내리그었다.

화르륵!

거대한 화염의 발톱이 아쿤의 온몸을 찢었다.

[으헉!]

깜짝 놀란 아쿤이 다시 한 번 온몸을 전기로 바꿔 탈출했다.

그 전에 엄청난 고온의 화염의 아쿤의 몸을 길게 훑었다.

[크아아아악—]

원래 있던 자리에서 번쩍 사라진 아쿤이 동쪽 하늘에 다시 모습을 드러내었을 때, 그의 동체는 갈가리 찢어진 넝마를 연상시킬 만큼 처참했다.

상체의 왼쪽 절반 정도가 길게 찢겨 너덜거렸다. 푸른 비늘은 시뻘겋게 타들어 가며 푸스스 재로 흩어지는 중이었다. 세 갈래, 네 갈래로 찢긴 4개의 발은 그 형체조차 유지하지 못했다.

아쿤의 하체는 더욱 문제가 심각했다. 하체의 태반이 완전히 타 버려 사라지고 없었다. 푸른 번개를 닮았던 긴 꼬리도 모두 타 버려 흔적조차 남지 않았다.

[꾸아악, 꾸아악!]

아쿤이 허공에서 고통의 비명을 질러 댔다.

잉그리드가 두 주먹을 불끈 쥐고 몸을 날렸다.

여인의 상반신에 어마어마한 크기의 드래곤 하체가 달라붙은 잉그리드의 외모는 보는 것만으로도 경기를 일으킬 정도로 무서웠다. 그 커다란 동체가 곡선의 궤적을 그리며 날아와 아쿤을 덮쳤다.

후와—

[크악.]

아쿤이 한 번 더 신체를 번개로 바꿨다. 허공에 번쩍! 벼락이 쳤다.

그렇게 잉그리드의 공격을 피해 도망치던 아쿤의 앞에 거대한 화염의 장벽이 나타났다. 잉그리드가 아쿤의 뒤를 쫓는 척 몰이식 사냥을 하면서 아쿤이 도망칠 곳에 미래 날개를 활짝 펴 놓은 것이다.

이미 피하기엔 늦었다.

[쿱!]

아쿤은 화염의 벽을 그대로 돌파했다.

이것이 진짜 화염의 벽이었다면 한 줄기 번개로 변한 아쿤은 그냥 뚫어 버렸을 것이지만, 이건 벽이 아니라 잉그리드의 날개였다.

날개에 박힌 비늘들의 불의 정화가 되어 일제히 일어났다. 그 뾰족한 고온의 편린들이 아쿤의 몸뚱어리를 갈가리 찢고 불태웠다. 잉그리드의 날개에 부딪쳐 거칠게 튕겨 나온 아쿤의 온몸이 시뻘겋게 익어 버렸다.

뒤쫓아온 잉그리드가 새하얀 팔로 아쿤의 뒷목을 잡았다.

아쿤의 몸체는 100 미터가 훌쩍 넘었다. 그 큰 키르샤를 사람의 팔이 붙잡는다는 것은 말이 되지 않았다.

한데 잉그리드는 그런 비현실적인 일을 해내었다. 잉그리드가 튠더 키르샤의 뒷목을 잡아당기자 그 큰 덩치가 그대로 끌려왔다.

[켁.]

아쿤은 순간적으로 죽음을 떠올렸다.

아쿤의 눈에 비친 세상은 온통 시뻘건 화염 천지였다. 잉그리드가 한 짝에 1.5 킬로미터, 양쪽으로 활짝 폈을 때 3 킬로미터나 되는 거대한 날개로 주변을 감싼 탓이었다. 이 지옥의 불길 속에서 아쿤은 완전히 탈출로를 잃었다.

Chapter 7

아쿤의 튠더 키르샤는 공포에 질렸다. 그렇게 바짝 얼은 키르샤가 아쿤과의 결합을 강제로 뿌리치고 마정석 속으로 숨었다.

다시 인간의 몸으로 돌아온 아쿤이 벌벌 떨었다.

아쿤의 왼쪽 팔은 네 갈래로 찢겨 너덜거렸다. 아쿤의 하반신은 불에 타 버려 흔적도 남지 않았다. 허리 아래 뻥 뚫린 하반신을 통해 타 버린 내장 부스러기가 후두둑 쏟아졌다. 신체의 4분의 1만 겨우 남은 아쿤이 잉그리드에게 목이 붙잡힌 채 대롱대롱 매달렸다.

아쿤의 등 뒤에서 잉그리드의 얼굴이 쉭쉭 소리를 내며 다가왔다.

"ㅇㅇㅇ."

아쿤의 입에서 가느다란 신음이 흘렀다.

아쿤은 차마 뒤를 돌아볼 용기가 나지 않았다. 그 와중에도 아쿤은 침착함을 유지하여 군주의 체통을 지키려고 애썼다.

하지만 아무리 애를 써도 벌벌 떨리는 몸의 경련이 멈출 줄을 몰랐다. 적에게 붙잡힌 그의 목은 불로 지진 듯 화끈거렸다.

퀸 잉그리드는 오른손으로 아쿤의 목을 붙잡고 왼손을 상대의 머리에 얹었다.

치익!

아쿤의 머리카락이 순식간에 타 버렸다. 대머리가 된 아쿤의 두개골에 잉그리드의 손바닥 모양이 낙인처럼 찍혔다.

잉그리드가 뒤에서 으르렁거렸다.

[요 앙실방실한 녀석. 네놈이 감히 그분의 총애를 빼앗으려고 들어?]

'응?'

죽음을 각오한 아쿤의 눈에 의문이 어렸다. 아쿤은 이 무시무시한 괴물이 말하는 그분이 누구인지, 그리고 무슨 은총을 이야기하는지 알지 못했다.

잉그리드가 손아귀에 힘을 주었다.

뿌드득

잉그리드의 새하얀 손가락의 아쿤의 머릿 가죽을 뚫고 뇌 주름 바로 위까지 파고들었다.

"끄아악!"

아쿤이 찢어져라 비명을 질렀다.

잉그리드가 분노를 퍼부었다.

[네놈 때문에 내가 그분의 당부를 지키지 못하고, 그 결과 그분이 내게 실망을 하시기라도 하면 그 지옥을 어떻게 감당할 셈이냐? 그분의 총애를 잃어버리기라도 하는 날에는 나는 아마 미치광이가 되어서 너의 왕국으로 쳐들어갈 것이다. 그리하여 네 왕국의 모든 생명체를 찢어 버리고 모든 건물과 대지를 불태워 화염의 지옥, 불의 지옥으로 만들어 버리게 될 것이다.]

뇌파로 저주를 퍼부으면서 잉그리드는 손아귀에 점점 더 힘을 가했다. 마침내 잉그리드의 손가락이 아쿤의 두개골을 모두 녹이며 뇌까지 도달했다.

"끄악! 끄아아악—!"

아쿤의 눈에서 피가 흘렀다. 강한 압력을 견디지 못하고 아쿤의 두 눈알이 터져 버렸다. 아쿤의 고막도 찢어진 지 오래였다.

그래도 뇌로 직접 전달되는 잉그리드의 음성은 또렷하게 들렸다.

아쿤은 상대가 지금 무슨 말을 하는지 이해하지 못했다.

[그분…… 그분이 대체 누구……?]

아쿤이 쥐어짜듯 물었다.

뇌의 표면부터 지글지글 익어 가는 중이라 이제 아쿤은 생각도 제대로 할 수 없었다. 그 와중에도 아쿤은 마지막 질문을 던졌다.

[그분이 누구냐니? 그것도 모르면서 네가 감히 내게서 그분의 총애를 빼앗으려고 들었어? 이런 미친놈.]

잉그리드의 분노가 이성을 마비시켰다. 잉그리드는 손에 움켜쥔 아쿤의 머리통을 진흙 장난감처럼 주물러 터뜨리려고 들었다.

아쿤의 머리가 막 으깨지려는 찰나, 하늘 위에서 시커먼 끈이 다발로 쏟아졌다.

휘라라라락—

수백만, 아니 수천만이 넘는 사람의 가죽을 벗긴 다음 칭칭 꼬아서 만든 끈의 다발은 칼날처럼 날아들어 잉그리드의 날개를 때렸다.

따다다다다다당!

잉그리드의 날개에서 콩을 볶는 듯한 소리가 울렸다.

[이건 또 뭐냐?]

화가 난 잉그리드가 날개를 활짝 폈다. 화염의 벽이 온 하늘을 시뻘겋게 불태웠다.

튠더 키르샤인 아쿤도 이 고온의 불꽃을 견디지 못하고 상처를 입었다. 그런데 놀랍게도 사람 가죽을 꼬아서 만든 끈은 타지 않았다.

수십 다발의 기다란 끈이 뱀장어 떼처럼 밀려들어 잉그리드를 공격했다.

화악!

잉그리드가 긴 동체를 S자로 구부렸다.

수십 다발의 끈이 그런 잉그리드를 쫓아왔다.

잉그리드는 그렇게 허공에서 S자로 몸을 살짝 숙였다가 용수철처럼 튀어 오르며 구름 속으로 짓쳐 들어갔다.

화르륵!

화염이 하늘 꼭대기까지 솟구쳤다.

물방울이 모여서 만들어진 구름이 눈 깜짝할 사이에 증발했다. 구름 위에서 잉그리드를 공격했던 끈의 다발이 촤라락 회수되었다가 다시 사방으로 쏘아졌다.

츄왁— 탕탕탕!

창날처럼 날카롭게 쏘아진 끈의 다발은 잉그리드의 날개에 맞아 다시 튕겨 나갔다.

그래도 끈은 손상되지 않았다. 물론 잉그리드의 날개도 멀쩡했다. 단지 뒤로 잠시 물러섰다가 다시 온 하늘을 뒤덮었을 뿐이다.

화르륵, 화륵!

시뻘건 불꽃이 해일처럼 일어나 하늘을 좌우로 쓸었다.

수십 다발의 끈이 그 고온의 열기를 버티며 다시 쏘아져 잉그리드의 상체를 공격했다. 잉그리드는 하얀 팔로 끈을 붙잡았다.

[잡았다.]

잉그리드가 힘껏 잡아당겼다.

사람 가죽을 꼬아서 만든 끈이 주륵 딸려 왔다.

아니, 이것은 딸려온 것이 아니라 끈이 고무줄처럼 늘어난 것에 불과했다.

[이게 감히.]

화가 난 잉그리드가 끈 다발의 근원지를 향해 무섭게 쏘아져 나갔다.

지금까지 공격 일변도였던 끈이 후르륵 제자리로 돌아가 허공에 방어막을 만들었다. 잉그리드의 날카로운 손톱이 그 방어막을 찢었다.

수십 센티미터 두께의 철벽도 잉그리드의 손톱에 긁히면 지글지글 녹아서 흘러내리건만, 끈의 다발로 이루어진 방어막은 녹지 않았다. 타 버리지도 않았다. 그저 움푹 꺼졌다가 다시 원상 복귀되었을 뿐이다.

[후욱.]

잉그리드가 콧김을 내뿜었다.

잉그리드는 이제 마구잡이로 공격하지 않았다. 대신 양손에 열기를 잔뜩 모았다.

Chapter 8

고오오오옹!

잉그리드의 두 손이 홍옥처럼 붉은색으로 달아올랐다. 그 붉은 기운이 잉그리드의 양쪽 팔뚝까지 핏빛으로 물들였다.

변한 것은 비단 색깔만이 아니었다. 잉그리드의 양손은 이제 내부의 뼈와 핏줄까지 내비칠 정도로 반투명하게 바뀌었다. 하늘에 둥실 떠 있는 잉그리드의 주변은 온통 화염천지였다.

그사이 아쿤은 까마득한 아래 잉그리드의 8개 발 가운데 하나에 붙잡혀 대롱대롱 흔들렸다. 잉그리드는 이대로 아쿤을 편안하게 죽일 생각이 없는 듯했다. 덕분에 아쿤 주변은 그렇게 고온으로 달구어지지 않았다.

대신 다른 지역은 온통 불지옥이 되었다. 주변 환경을 치환시켜 버리는 막키르샤의 권능이 발휘되면서 이곳 상공이 마해의 열천으로 변해 버린 것이다. 모든 생명체가 다 타버리는 열천 말이다.

잉그리드가 본격적으로 싸울 태세를 내비치자 끈 다발도 가만히 있지 않았다. 사람 가죽을 꼬아서 만든 끈 다발은 빈 허공을 빙글빙글 감싸면서 아래부터 위까지 나선형으로 올라갔다. 그렇게 끈이 칭칭 감겨 사람의 모습을 갖추었다.

이건 마치 투명 인간이 발목부터 머리까지 붕대를 감아 미이라가 되어 버리는 듯한 광경이었다.

그렇게 굴곡을 드러낸 괴인의 성별은 놀랍게도 여자였다. 골반이 미끈하게 벌어지고 가슴이 톡 튀어나온 글래머 타입의 여자 미이라.

[어엉? 여자잖아?]

잉그리드는 엉뚱한 데서 꼭지가 돌았다.

[그랬구나. 네년이 내게서 그분의 총애를 빼앗으려고 수작질을 벌인 거였어. 아쿤 왕국을 부추긴 것도 네년이지? 이런 개후레 잡년 같으니.]

1. 아쿤 왕국이 느닷없이 쳐들어옴.

2. 룬드 왕국을 잘 지키라는 하라간의 당부를 어기게 됨.

3. 하라간이 잉그리드에게 실망함.

4. 잉그리드가 하라간의 총애를 잃음.

5. 아쿤 왕국의 배후에 여자 미이라가 있음.

6. 이 여자는 잡년이 분명함.

7. 이 개잡년이 잉그리드를 쫓아내고 하라간의 총애를 노리는 듯.

이상 7개의 시나리오가 잉그리드의 뇌리를 파라락 스치고 지나갔다.

[죽여 버린다아아—]

머리꼭지가 팽 돌아 버린 잉그리드는 사람 가죽 끈으로 온몸을 휘감은 여자 미이라를 향해 미친 듯이 달려들었다.

후왕—

하늘에 시뻘건 불길이 지나갔다.

미이라도 가만히 있지 않았다. 그녀의 몸에서 끈 다발이 다시 풀려 나왔다. 물살을 역류하는 뱀장어처럼 제각각 튀어나온 끈의 다발들은 다양한 각도에서 잉그리드를 공격했다.

따다다다당!

날카롭게 벼려진 끈의 끝이 잉그리드의 날개를 때렸다. 비늘도 때렸다. 잉그리드의 얼굴도 후려쳤다. 이 끈의 다발들은 막키르샤가 된 잉그리드의 동체 시력으로도 그 움직임을 쫓지 못할 정도로 빨랐다. 번개의 정화, 튠더 키르샤보다 몇 배는 더 빠른 느낌이었다. 잉그리드도 그 움직임을 다 쫓지 못해서 여러 방을 얻어맞았다.

대신 끈 다발의 공격력은 잉그리드의 비늘을 뚫지 못했다. 날개도 뚫을 수 없었다. 그중 몇 가닥의 끈이 잉그리드의 얼굴을 스치면서 피부가 발갛게 달아오른 것이 전부였다.

잉그리드는 굳이 자신의 얼굴을 보호하지 않았다. 몸도 그냥 내버려 두었다. 대신 모든 기운을 양손에 모아 날아오는 끈을 낚아채는 데 집중했다.

꽈득! 꽈득!

끈 몇 가닥이 잉그리드의 왼손에 붙잡혔다.

오른손에도 몇 가닥이 잡혔다.

조금 전에도 잉그리드는 끈을 낚아채 잡아당겼었다. 하지만 끈이 고무줄처럼 늘어나면서 적에게 피해를 주지 못했다.

그런데 이번 결과는 달랐다. 홍옥처럼 붉고 반투명하게 변한 잉그리드의 손이 새로운 권능을 발휘했기 때문이다.

바로 소염(燒炎)의 권능!

모든 물질을 원자 단위부터 태워서 분해시키는 무지막지한 권능.

모든 비물질을 그 근원부터 태워 없애는 절대의 권능.

이제까지 잘 버티던 끈 다발도 잉그리드의 숨겨 둔 권능

앞에서는 힘을 잃었다.

꽈득! 꽈득! 꽈득!

끔찍한 소리와 함께 잉그리드의 손에 붙잡힌 부위가 해체되었다.

미이라 여자가 당황했다.

[요 잡년, 놀랐냐?]

잉그리드가 상대를 와락 덮쳤다.

미이라 여자는 잉그리드와 맞서 싸우기를 포기했다. 대신 수십 다발의 끈을 하나로 이어 붙여 한 가닥의 기다란 끈으로 만들었다.

츄락—

그렇게 하나가 된 끈이 번개처럼 공간을 헤집었다. 잉그리드가 그 끈을 쫓아 허공에서 동체를 S자로 구부렸다. 잉그리드의 쭉 뻗은 손이 끈의 뒷자락을 따라잡았다.

꽈악!

끈의 뒤쪽 일부가 소염의 권능에 의해 부서졌다.

그래도 미이라 여자는 포기하지 않았다. 한 가닥의 끈이 허공에서 지그재그로 움직이며 잉그리드의 공격을 피했다. 그다음 갑자기 지상으로 확 낙하했다.

[어딜 도망치려고?]

잉그리드가 U자를 거꾸로 뒤집어 놓은 것처럼 위에서 아래로 거꾸러지며 추격했다.

그보다 끈이 한발 빨랐다. 단숨에 수 킬로미터를 하강한 끈은 잉그리드의 발가락에 대롱대롱 매달려 있는 아쿤을 낚아챘다.

[이런 썅.]

잉그리드는 그제야 상대의 목적을 눈치챘다.

잉그리드가 발가락을 놀려 아쿤의 몸을 꽉 붙잡는 것과, 끈이 아쿤의 몸을 한 바퀴 휘감아 빼가는 일이 거의 동시에 일어났다.

끈이 한발 빨랐다.

잉그리드의 발톱이 꽉 움켜쥔 것은 빈 허공이었다. 아쿤의 상체는 어느새 끈에 휘감겨 저 멀리 날아가 버렸다.

물론 소득이 전혀 없지는 않았다. 발가락을 오므리는 와중에 잉그리드의 발톱 끝이 아쿤의 뺨을 길게 찢어 놓기는 했다. 아쿤의 왼쪽 볼이 찢겨 날아갔다. 뺨이 찢어지면서 그 속 잇몸이 보기 흉하게 드러났다.

[켑!]

아쿤이 비명을 질렀다.

끈은 수평으로 2 킬로미터를 이동한 다음, 눈 깜짝할 사이에 수직으로 방향을 바꿨다. 지그재그를 그리며 높은 상공으로 사라지는 끈의 모습이 잉그리드의 눈동자에 화인처럼 맺혔다.

[끄아아아아악—]

잉그리드가 두 주먹을 불끈 쥐고 악을 썼다.

까마득한 아래, 잉그리드의 꼬리가 잠긴 지상에서는 용암이 부글부글 끓어올랐다. 잉그리드의 머리카락이 허공으로 역류해 거칠게 휘날렸다. 그녀의 머리카락 한 올 한 올이 모두 열선이 되어 주변 공기를 불태웠다.

화르륵! 화르륵! 화르륵!

하늘은 온통 불바다였다.

"아악."

"제발 살려 줘."

"앗, 뜨거."

지상에 내팽개쳐진 아쿤 왕국의 병사들은 그 불지옥 속에서 차례로 쓰러졌다. 수만 명의 시체가 잿더미가 되어 소복이 쌓였다.

그 위로 용암이 흐르면서 끔찍한 흔적을 감추어 주었다.

[끄롸롸롸롸롸롸—]

분이 채 풀리지 않은 잉그리드가 날개를 활짝 펴고 서쪽 하늘로 날아올랐다.

이때 시각이 저녁 6시.

서산 너머로 해가 저물면서 온 하늘을 붉게 물들였다.

제4화

테마 온천

Chapter 1

잉그리드의 감정은 복잡했다.

처음에 잉그리드가 맞닥뜨린 감정은 선명한 분노였다.

첫째, 아쿤 왕국에 대한 분노.

둘째, 배후에서 아쿤 왕국을 부추긴 미이라 여자에 대한 분노.

하지만 서쪽으로 활공하면서 잉그리드의 가슴속에 의구심이 솟구쳤다.

'그 잡년이 누구지? 누군데 감히 하라간 님과 내 사이를 이간질시키는 거야? 설마 클레이아 언니의 짓은 아니겠지?'

클레이아에 대한 잉그리드의 감정은 상당히 우호적이었

다. 첫날밤을 셋이서 함께 치르면서 생긴 유대감도 컸다.

'아무리 그래도 이건 용서할 수 없어. 만에 하나 클레이아 언니가 하라간 님과 내 사이를 떨어뜨리려고 시도한 거라면 나도 가만히 당하고 있지는 않을 거야.'

잉그리드는 처음에 이런 생각으로 군나르 왕국으로 날아갔다.

그러다 겁이 덜컥 났다.

'과연 내가 클레이아 언니를 이길 수 있을까?'

하라간은 잉그리드가 감히 가늠하기 불가능한 초강자였다. 그런 하라간이 잉그리드에게 "이제부터 클레이아를 언니라고 불러."라고 말했다.

잉그리드는 당연히 그 말을 받아들였다.

'나보다 언니라면, 당연히 나보다 강하다는 소리잖아? 히잉, 무서워. 클레이아 언니와 싸우는 것이 무섭다고. 이대로 다시 돌아가 버릴까? 군나르 왕국으로 가지 말고?'

허공에서 잉그리드가 방향을 바꿨다.

그러다 다시 마음을 고쳐먹었다.

'아니지. 클레이아 언니와 꼭 싸우란 법은 없잖아. 언니가 내게 그런 짓을 했을 리도 없어. 분명히 다른 여자의 짓일 거야. 뭐, 여차하면 하라간 님이 나서 주시겠지.'

여기까지 생각을 한 뒤, 잉그리드는 허공에서 날갯짓을

딱 멈췄다. 잉그리드의 등에 돋아난 넉 장의 날개가 제자리에서 서서히 펄럭거렸다.

지금까지 잉그리드는 그 잡년에 대한 생각에만 골몰했다. 그러다 갑자기 하라간이 떠올랐다.

'헉! 갑자기 연락도 없이 찾아갔다가 하라간 님께서 역정을 내시면 어떻게 하지? 아니면 군나르 님께서 화를 내시면?'

잉그리드가 다시 생각해 보니 군나르 왕국엔 클레이아보다 더 무서운 사람이 2명이나 존재했다.

하라간, 그리고 군나르.

하라간의 총애를 잃는다는 상상을 하는 것만으로도 잉그리드는 죽을 것처럼 괴로웠다.

'허락도 받지 않고 군나르 왕국을 방문했다가 하라간 님께서 내게 실망하기라도 하시면? 아아아, 그건 안 돼.'

잉그리드의 마음이 다시 흔들렸다.

하라간뿐 아니라 군나르의 반응도 걱정되었다.

'하라간 님께서 나를 반겨 맞아 주시더라도 증조할아버님께서 못마땅하게 여기실 수도 있어. 이럴 때 나는 어떻게 해야 하지? 히이잉.'

잉그리드가 길 중간에서 머뭇거렸다.

'아무래도 이건 아니야. 이렇게 막무가내로 갈 수는 없다고.'

결국 잉그리드는 다시 방향을 동쪽으로 돌렸다. 룬드 왕국과 아르네 왕국 사이의 국경선 바로 앞에서 내린 결정이었다.

츠라라락.

화장대 거울 표면에 느닷없이 포탈이 열렸다. 그 포탈 속에서 오스트란드가 얼굴을 불쑥 들이밀었다. 아이다는 깜짝 놀랐다.

"언니가 갑자기 웬일이야?"

오스트란드는 대답하지 않았다. 대신 방 안을 휙휙 둘러본 다음, 아이다에게 속삭였다.

"아이다, 주변에 아무도 없지?"

"응. 없어."

"하라간 님, 아니 아버님은 잘 계시고?"

오스트란드가 하라간의 안부를 물었다.

아이다는 '아버님' 이라는 표현이 귀에 거슬렸다. 하지만 뭐라고 쏘아붙이지 않고 용건을 물었다.

"갑자기 하라간 님은 왜 찾는데?"

"잘 계셔?"

오스트란드가 눈매를 가늘게 좁히며 물었다.

아이다는 '뭔가 중요한 이야기가 있구나.' 짐작했다. 그래서 목소리를 낮춰 되물었다.

"잘 계시기야 하시지. 비록 왕궁을 비우고 다른 곳에 가셨지만 말이야."

"다른 곳? 어디?"

오스트란드의 눈이 번쩍 광채를 토했다.

아이다가 엄지로 등 뒤를 가리켰다.

"으응. 토레 왕국."

북쪽으로 화장대를 놓은 아이다 입장에서 토레 왕국이 위치한 방향은 등 뒤쪽이었다.

오스트란드가 아이다에게 물었다.

"아이다, 혹시 요 근래에 아버님에게 다른 여자가 생겼니?"

"다른 여자? 무슨 여자?"

아이다가 고개를 갸웃했다.

오스트란드가 살짝 짜증을 냈다.

"무슨 여자는. 큰어머님 말고 다른 여자가 생겼냐고."

"글쎄? 나는 잘 모르겠는데?"

"모르긴 왜 몰라? 뭔가 이상하잖아. 아버님께서 토레 왕국에 가셨는데, 왜 너를 이곳에 남겨 두고 가셨을까? 마땅히 네가 공간 이동 포탈을 열어드려야 하잖아."

"아아, 그거야 다른 사람이 열어 주었지."

"다른 사람 누구?"

오스트란드는 집요했다.

아이다가 시큰둥하게 대답했다.

"있어. 실보플레라고, 제법 뛰어난 마법사."

"실보플레? 여자 이름인데?"

오스트란드의 눈이 다시금 날카로운 빛을 토했다.

아이다가 냉큼 대답했다.

"맞아. 여자야."

"그년이구나!"

오스트란드가 무릎을 쳤다.

언니의 입에서 대뜸 욕이 나오자 아이다가 눈을 찌푸렸다.

"뭐래? 갑자기 왜 욕을 해?"

"아이다, 내 말 잘 들어. 아무래도 그년이 무슨 수작을 부린 것 같아. 아버님과 어머님 사이를 갈라 놓으려고 수작을 부렸단 말이지. 아쿤 왕국을 부추겨서 우리 룬드 왕국에 쳐들어온 것이 그 증거야. 지금 위대하시고 또 위대하신 분께서 얼마나 낙담하고 계신지 몰라. 하아아."

오스트란드가 크게 한숨을 쉬었다.

아이다가 빵 터졌다.

"뭐? 아하하, 아하하하하."

"야! 너 미쳤어? 위대하시고 또 위대하신 분께서 지금 얼마나 심각하신 줄이나 알고 웃는 거야? 그러다가 너 목이 뜯겨 죽는다."

오스트란드의 경고에 아이다의 얼굴이 하얗게 질렸다. 그러면서도 아이다는 제 할 말을 했다.

"언니가 하도 어이없는 말을 하니까 그렇지. 실보플레는 그런 짓을 할 아이가 아니야."

"아이라고?"

오스트란드가 눈을 동그랗게 떴다.

"그래. 아직 어린 소녀야. 그리고 실보플레가 얼마나 착한데. 그사이에 나와 꽤 친해졌어."

"진짜 소녀가 맞아?"

"아, 맞는다니까. 그동안 속고만 살았나."

아이다는 오브를 들어 허공에 그림을 그렸다. 빈 허공에 실보플레의 영상이 떠올랐다. 그 영상 속에서 귀엽게 생긴 소녀가 활짝 웃고 있었다. 예전에 오스트란드가 잉그리드의 결혼식에 참석했을 때 얼핏 이 소녀의 얼굴을 본 것 같기도 했다.

Chapter 2

"으으음."

오스트란드는 실보플레의 얼굴에 이어서 가슴부위를 유독 자세히 관찰했다. 오스트란드의 입에서 신음이 흘렀다.

"으윽. 빈약하잖아."

"뭐? 빈약? 이거 왜 이러셔. 빈약으로 치면 언니도 만만치 않지."

아이다가 허리에 손을 척 얹고 쏘아붙였다.

오스트란드의 눈에서 불똥이 튀었다.

"이년이 죽으려고."

포탈 속에서 툭 튀어나온 오스트란드의 손이 아이다의 목을 붙잡았다.

아이다는 로브로 언니의 손을 뿌리치며 화장대 앞에서 한 발 물러섰다.

"흥. 한판 해 보자는 거야? 이 절벽 가슴아."

"뭣? 크악!"

오스트란드가 입에서 불을 토했다.

그때 시노브가 오스트란드를 팍 밀쳤다. 화장대 거울에 시노브의 얼굴이 보였다.

"어? 큰언니."

"……."

시노브는 대꾸하지 않았다. 대신 허공에 둥실 떠 있는 실보플레의 영상을 뚫어져라 직시했다.

"진짜 빈약하군."

한참 만에 시노브가 중얼거렸다.

아이다가 물었다.

"오스트란드 언니도 그렇고 큰언니도 그렇고, 오늘 다들 왜 이래? 왜 실보플레의 약점을 공격하고 지랄들이셔?"

시노브는 대답 대신 오스트란드에게 물었다.

"위대하시고 또 위대하신 분께서 분명히 말씀하셨지? 이 간질을 시키는 그 개호로 잡년이 가슴이 빵빵하고 크다고?"

거울 표면에 오스트란드의 얼굴이 불쑥 들어왔다.

"맞아. 미련퉁이처럼 가슴만 크다고 말씀하셨어."

오스트란드는 손으로 빵빵한 가슴을 그려 보였다.

시노브가 되물었다.

"나 정도?"

시노브는 자신의 가슴에 대한 자부심이 상당히 컸다.

오스트란드가 단호하게 고개를 가로저었다.

"아니. 큰언니보다 더 크겠지. 큰언니 찌찌는 위대하시고 또 위대하신 분과 비슷한 정도잖아? 그런데 위대하시고 또 위대하신 분께서 미련퉁이처럼 가슴만 크다고 표현하신 것을 보면 그 크기가 능히 짐작되지 않아?"

시노브가 버럭 짜증을 내었다.

"아, 진짜. 그 정도로 크면 오히려 보기 싫지. 정말 미련퉁이처럼 가슴만 큰 개후레 잡년일세."

이야기가 자꾸 옆으로 새자 아이다가 제지했다.

"아니, 이 언니들이 다 저녁에 왜 자꾸 가슴 얘기만 해? 대체 누굴 찾는 건데? 그 개후레 잡년이 누군데?"

"아이다, 그게 어찌 된 거냐 하면은……."

오스트란드가 찬찬히 상황을 설명했다.

이야기를 듣고 난 아이다는 대뜸 고개를 가로저었다.

"이건 확실해. 실보플레는 분명히 아니야."

"어떻게 알아? 가슴이 빈약한 거야 마법으로 꾸밀 수도 있잖아?"

오스트란드는 실보플레에 대한 의심을 쉽사리 거두지 않았다.

아이다가 코웃음을 쳤다.

"언니. 실보플레는 아직 소녀야. 그 애가 감히 위대하시고 또 위대하신 분의 맞상대가 될 것 같아? 게다가 실보플레는 지금 토레 왕국에 가 있다고. 우리 룬드 왕국이 아니라 토레 왕국."

시노브가 이야기에 끼어들었다.

"그럼 하라간 님, 아니 아버님께서는 언제 군나르 왕궁에 복귀하시는데? 지금 위대하시고 또 위대하신 분의 상태가 정상이 아니야. 아무래도 아버님께서 한번 달래 주시지 않으면 큰일 나겠어. 저러다 폭주하실까 봐 심란하다고."

시노브의 표정은 정말 심각했다.

"헙! 그래?"

아이다도 비로소 사태의 심각성을 느꼈다.

잠시 방 안을 서성이던 아이다는 입술을 꼭 깨물었다가 두 언니들에게 말했다.

"내가 한번 하라간 님께 연락을 해 볼게. 빨리 복귀하신 다음 이곳 군나르 왕국으로 위대하시고 또 위대하신 분을 불러 주시든가, 아니면 우리 룬드 왕국의 용암성에 한번 들리든가 해 달라고 내가 부탁을 해 볼게. 그러니까 조금만 기다려 봐."

"그래, 막내야. 큰언니는 너만 믿는다."

"우리 아이다, 파이팅."

포탈 저편에서 시노브와 오스트란드가 동시에 주먹을 불끈 쥐었다.

아이다는 서둘러 대화를 종료한 다음, 새로운 소형 포탈을 열었다. 하라간과 직통으로 연결되는 포탈이었다.

두둥! 두둥! 두둥!

북소리가 신명 나게 울려 댔다. 수인족 무희들이 그 소리에 맞춰 춤을 추었다.

밀림의 비는 아직 그치지 않았으나, 활활 타오르는 모닥불 주변엔 단 한 방울의 비도 떨어지지 않았다. 모닥불 위에선 맛있는 요리가 지글지글 익어 갔다.

토레 왕국의 왕비 3명이 상석에 앉아 축제를 굽어보았다. 그 가운데 일왕비와 삼왕비는 다소 그늘진 표정이었다. 반면 이왕비 호텝만큼은 표정이 아주 밝았다.

호텝의 옆에는 하라간이 자리했다.

푹신한 의자에 기대앉아 술잔을 기울이는 하라간의 모습은 그림처럼 아름다웠다.

하라간의 뒤에는 친위대원들이 도열했다. 그보다 한 계단 아래에선 마법소녀 실보플레가 연신 꼬치구이를 집어 먹었다.

"얌얌, 이거 정말 맛있네요. 스승님께도 하나 가져다 드리고 싶어요."

마음이 착한 실보플레는 이 상황에서도 스승을 먼저 생각했다.

하라간이 그 말을 들었다.

"그렇게 맛있으면 갈 때 좀 싸 달라고 하마."

등 뒤에서 하라간이 말을 걸자 실보플레가 후다닥 일어났다.

"감사합니다. 감사합니다."

실보플레는 하라간을 향해 꾸벅꾸벅 허리를 숙였다.

Chapter 3

하라간이 호텝에게 상체를 기울여 뭐라고 속삭였다.

[당연히 싸 드려야죠.]

호텝의 반응은 호의적이었다.

딱!

호텝이 손가락을 튕기자 시중을 드는 시녀가 쪼르르 올라와 호텝 앞에 무릎을 꿇었다.

[이왕비마마, 부르셨나이까?]

호텝이 시녀에게 뭐라고 뇌파를 보냈다.

시녀는 실보플레를 한번 돌아본 다음 고개를 끄덕였다.

그때 하라간의 옆 공간에 푸른 테두리가 돋아났다.

척!

레다가 창을 들고 경계에 나섰다.

이윽고 소형 포탈이 완성되더니 타원형 테두리 너머에 아이다의 모습이 보였다.

"아이다, 무슨 일이냐?"

하라간이 나른하게 물었다.

[하라간 님. 일이 생겼습니다.]

아이다는 황급히 하라간에게 뇌파를 보냈다. 그녀의 얼굴엔 긴장한 표정이 역력했다.

[무슨 일?]

하라간은 아이다의 설명에 귀를 기울였다. 이대로 잉그리드가 폭주하는 것은 하라간이 바라는 바가 아니었다. 또한 하라간은 잉그리드의 입을 통해 그 괴상한 미이라 여인에 대해서 자세히 듣고 싶어졌다.

[아이다.]

[말씀하세요.]

[잉그리드를 군나르 왕국으로 불러들여. 내가 그녀의 마음이 진정되도록 잘 달래 줄 터이니 너무 걱정하지 말고.]

[고맙습니다, 하라간 님.]

아이다는 진심으로 고마워했다.

아이다와 대화를 마친 하라간이 실보플레에게 시선을 돌렸다.

"실보플레."

"넵."

"공간 이동 포탈 좀 열어 줘. 군나르 왕궁으로 돌아가야 할 것 같아."

"알겠습니다."

실보플레는 꼬치구이를 손에서 내려놓고 옆에 벗어 놓았던 마법 모자를 머리에 썼다. 끝이 구부러진 마법 모자가 실보플레의 조그만 머리통을 깊숙이 가렸다.

실보플레가 마법진을 준비하는 동안 하라간은 호텝에게 상황을 설명했다.

[정말요? 꼭 지금 가셔야 하나요? 카니발은 이제 막 시작했을 뿐인데요.]

호텝이 아쉬운 마음으로 하라간을 붙잡았다.

[왕비님, 군나르 왕국에 급한 일이 생겨서 어쩔 수가 없습니다. 토레 왕국의 전통 카니발을 끝까지 보고 싶었는데 그러지 못해 저도 아쉽습니다. 다음에 다시 방문할 테니 그때 또 카니발을 열어 주십시오.]

호텝을 대하는 하라간의 태도는 정중했다.

수인족 대신들과 군사들은 호텝이 하라간과 대화를 나누는 장면을 뚫어져라 지켜보았다. 이들 대부분이 하라간의 본체 —사실은 진짜 본체가 아니라 군나르의 마물이지만— 를 목격한 터라 하라간에 대한 경외감이 말도 못 하게 증폭되었다.

[신인이시겠지?]

수인족 고위 대신 한 명이 동료에게 이렇게 물었다.

동료가 타박했다.

[당연히 신인의 재림이시지. 자네도 똑똑히 보지 않았나. 그 위대하신 모습을 말일세.]

[그런 신인께서 이왕비마마를 정중히 우대해 주고 계시

잖아? 그렇다는 것은…….]

[그렇다는 것은 우리 토레 왕국의 미래 권력이 이왕비마마께 향했다는 뜻이지.]

[오호라! 그렇다면 우리가 줄을 설 곳이 정해진 셈이네.]

[정해졌지. 암. 정해졌고말고.]

토레 왕국의 대신들은 이렇게 수군거렸다.

호텝은 비록 대신들이 뇌파로 나누는 대화 엿듣지는 못했지만, 느낌으로 알 수 있었다.

'권력이 나에게로 쏠리는 이 기분, 이 느낌. 아아아!'

호텝은 가늘게 몸을 떨었다.

하라간이 작별 인사를 했다.

[이왕비님, 그럼 저는 이만 본국으로 돌아가겠습니다.]

[잠깐만요, 하라간 님.]

호텝이 하라간을 붙잡았다.

하라간이 발걸음을 멈췄다.

[왜 그러시죠?]

[하라간 님께 이런 말씀을 여쭙기 참으로 민망하나, 위대하시고 또 위대하신 분께서는 언제쯤 궁전에 돌아오실 수 있으실까요?]

호텝은 하라간으로부터 토레의 부상 소식을 들었다. 당분간 토레가 군나르 왕국에서 요양해야 한다는 이야기도 전해 들었다. 군주가 부상을 당했다는 소식을 차마 신하들에게 알릴 수 없어 아무에게도 말하지 않았지만, 그래도 호텝의 속은 타들어 갔다.

'물 들어올 때 노를 저으랬다고, 이렇게 내게 권력이 쏠릴 때 빨리 왕자 아기씨를 가져야 하는데. 그래야 권력이 단단하게 굳어지는데.'

이것이 호텝의 솔직한 속마음이었다.

하라간이 잠시 계산을 했다.

토레의 상처는 쉽게 회복될 성질의 것이 아니었다. 하라간이 직접 그를 구타하고 뿔을 꺾어 버린 탓이었다.

상처 회복 불능.

상처 악화.

이것은 마신의 수만 가지 권능 가운데 일부였다. 마신에 의해 생긴 상처는 웬만해서는 아물지 않는다. 아물기는커녕 시간이 갈수록 상처가 덧나고 더 악화되는 것이 특징이었다.

그나마 토레가 죽지 않은 것은 하라간이 이 권능을 강제로 거둬들인 덕분이었다. 그럼에도 불구하고 토레의 상처는 쉽게 아물지 않았다. 일반 상처보다 훨씬 더 회복이 더뎠다.

'이런 이야기를 호텝에게 해 줄 수는 없지.'

결국 하라간은 대답을 얼버무렸다.

[그건 저도 모르겠습니다. 그분께서 마음 내키시는 대로

결정하실 일이지요.]

[아!]

호텝이 하라간의 말을 오해했다.

'상처가 그리 깊지는 않으신가 보구나. 그건 다행이다. 하지만 위대하시고 또 위대하신 분께서 내 곁에 쉽게 돌아오시지는 않으실 것 같아. 아마도 하라간 님 때문이겠지. 군주께선 신인의 재림이신 하라간 님 곁에 머물고 싶으신가 봐. 에효오.'

상황은 분명 호텝에게 유리하게 흘러가는데, 호텝의 입에선 한숨이 새어 나왔다. 앞으로 토레의 얼굴 보기가 힘들 것 같아서였다.

한편 일왕비와 삼왕비는 하라간과 호텝이 무슨 대화를 주고받는지 궁금했다. 수인족 신하들도 모두 귀를 쫑긋 세웠다. 뇌파로 주고받는 대화가 귀를 쫑긋 세운다고 들릴 리는 없지만, 다들 둘의 대화에 신경이 쓰여 귓바퀴 근육이 움찔거렸다.

한참 만에 둘의 대화가 끝났다.

실보플레가 마법진을 완성하자 허공에 제법 큰 타원형 테두리가 생겨났다.

하라간이 먼저 포탈에 뛰어들었다.

이어서 라티파와 레다 자매를 비롯한 친위대원들이 움직

였다. 마지막으로 실보플레가 포탈에 진입하자 포탈이 사라졌다.

수인족들은 하라간이 사라진 그 빈자리를 말없이 쳐다보았다.

호텝이 다시 자리에 착석했다. 그녀는 요 며칠 사이에 벌어진 일련의 사건들이 꿈만 같았다.

'하아아, 위대하시고 또 위대하신 분께서 돌아오실 때까지 궁전 살림을 잘 꾸려 가야지. 내가 나서지 않으면 아무것도 되지 않아.'

호텝은 이렇게 자신했다.

수인족 왕국의 신하들 대부분도, 병사들도, 심지어 라이벌인 일왕비와 삼왕비조차도 호텝과 생각이 다르지 않았다.

이제 호텝은 단순한 왕비가 아니었다. 그녀는 반역 도당을 제압한 일등 공신인 동시에 신인과 친분을 쌓은 권력의 핵심이었다.

수인족 신하들의 시선이 호텝 단 한 명에게 오롯이 쏠렸다.

Chapter 4

하라간이 찾는다는 말에 잉그리드가 소녀처럼 팔짝팔짝

뛰었다. 잉그리드는 당장 포탈을 통과해 군나르 왕궁으로 달려왔다.

"하라간 님."

잉그리드가 나비처럼 날아와 하라간의 품에 얼굴을 묻었다.

"아아, 하라간 님. 죄송해요. 제가 부족하여 하라간 님의 당부를 제대로 지키지 못하였어요. 흐흐흑. 저를 용서하셔요."

"그만. 괜찮으니까 그만 눈물을 그치시오."

하라간이 엄지로 잉그리드의 눈물을 닦아 주었다.

잉그리드가 하라간의 품에 안겨서 파르르 떨었다. 하라간이 등을 토닥거려 주자 잉그리드는 더더욱 하라간의 품속으로 파고들었다. 이렇게 사랑하는 사람의 품에 안기자 불안하게 흔들리던 잉그리드의 마음이 한결 진정되었다.

하라간은 잉그리드의 손을 잡아 이끌었다.

"모처럼 이곳에 왔으니 우선 할아버님께 문안 인사부터 올립시다. 그다음 여기서 며칠 머무르면서 마음을 진정시키는 것이 좋겠소."

"네, 하라간 님. 말씀대로 하겠어요. 헤헤."

곁에서 며칠 머무르라는 말에 잉그리드의 얼굴이 활짝 폈다.

"오냐, 오냐."

잉그리드의 인사를 받은 군나르는 무척 흡족해했다.

솔직히 군나르는 클레이아보다 잉그리드가 더 좋았다. 군나르가 잉그리드를 더 예뻐하는 이유는 딱 한 가지였다.

강자에 대한 호감.

'우리 자랑스러운 하라간의 배필이라면 마땅히 키르샤 정도는 되어야지. 암, 그렇고말고.'

이것이 군나르의 솔직한 속마음이었다.

잉그리드도 군나르가 자신을 예뻐한다는 사실을 느꼈다.

'헤헤. 기분 좋다.'

잉그리드는 마치 어려운 사람에게 칭찬을 받은 어린아이처럼 기뻐했다.

만약 잉그리드가 단독으로 군나르를 독대했다면 상황이 달라졌을 수도 있다. 막키르샤인 잉그리드가 뿜어내는 기세를 군나르가 견디지 못했을 것이고, 잉그리드도 군나르의 나약한(?) 실체를 파악하고는 실망했을 것이다.

하지만 하라간 때문에 두 사람은 서로의 기세를 느끼지 못했다.

"이제 친전으로 갑시다."

웃전에서 물러 나온 하라간이 잉그리드를 친전으로 안내했다.

하라간의 친전은 최근에 다시 건축되었는데, 이전 것보다 더 크고 웅장하게 지어졌다.

사실 이전의 친전은 하라간이 마나의 벽을 한 단계 뛰어넘으면서 붕괴시켜 버렸다. 그 때문에 하라간은 임시로 마이림의 궁전을 사용해야만 했다. 그러다 이번에 친전이 새로 축조되어 거처를 옮기게 된 것이다.

"새 건물이네요? 꽤 좋아 보여요."

잉그리드가 하라간의 품에 안겨서 친전을 올려다보았다.

"그렇소? 나도 그동안 바빠서 자세히 둘러보지도 못했소."

원래부터 하라간은 건물 따위에 별 관심이 없었다. 그래서 큰돈을 들여 건축 중인 새 친전을 한 번도 와 보지 않았다. 그동안 토브욘 왕국을 정복하고 토레 왕국에 지원을 나가면서 하라간이 바빴던 탓도 있었다.

"어디 한번 볼까?"

하라간이 새 건물로 향했다.

"저희가 앞장서겠습니다."

친위대원들이 먼저 길을 텄다.

총 58층으로 건축된 하라간의 친전은 그 자체가 하나의 소형 도시나 다름없었다. 군나르가 머무는 웃전보다 하라간의 친전이 훨씬 더 높고 북적거렸다.

왕족 전용 요리방인 콰히라와 의복방인 패브릭, 침방인

비돔이 이 친전 건물 안에 분소를 내고 시녀들 일부를 거주시켰다. 약방인 셀레도 당연히 친전 안에 입주한 상태였다. 하라간의 수발을 드는 대머리 환관들도 친전에 새 보금자리를 잡았다.

이들이 각각 한 개 층씩을 사용했다.

건물 1층과 꼭대기 층, 그리고 하라간의 인근 층 4개는 왕궁 호위대에서 경호처를 설치했다. 친위대원들을 위한 공간도 층 하나를 통째로 비워서 배려해 주었다.

이상을 전부 더하면 총 10층

나머지 48층 가운데 게브의 환관들이 무려 20층을 독차지했다. 그들은 미래 권력의 곁에 머물게 된 것을 무척이나 기뻐했다.

하라간은 풀문(Full Moon)과 EoM(End of the Moon: 그뭄) 조직에게도 각각 2개 층을 내주었다. 하나는 조직원들을 위한 숙소였고, 나머지 하나는 수련을 위한 연무장이었다.

그러고 나면 이제 남은 것은 24개 층.

이 공간은 오롯이 하라간과 왕세자빈들을 위한 장소였다.

대머리 환관들은 이 24개 층을 최대한 웅장하게 꾸미느라 애를 썼다. 특히 욕실 건축에 심혈을 기울였다.

“하라간 님께선 목욕으로 하루의 피로를 푸신다. 그러니까 욕실이 으리으리해야 해.”

“하라간 님의 전용 욕실뿐 아니라 각 왕세자빈님들의 처소에도 화려한 욕실을 만들어라. 테마 별로 다양한 종류의 욕실을 만들란 말이다.”

대머리 환관들은 아랫사람들을 부려서 세상에서 가장 화려하고 좋은 욕실을 만들려고 애를 썼다. 그 결과 무려 건물 다섯 층에 걸쳐서 테마 욕실이 구현되었다. 환관들은 그 욕실에 지하 온천수를 관정하여 연결시켰다.

테마 욕실이 곧 테마 온천이 된 셈이었다.

테마 온천 하나, 눈앞에 광활하게 모래 사구가 펼쳐져 있고 야자수 그늘 아래서 따뜻하게 몸을 담글 수 있는, 석양의 사막 분위기를 자아내는 욕실.

테마 온천 둘, 사냥개의 얼굴을 가진 조각상들이 줄지어 늘어서 있고 주변이 온통 대리석과 황금으로 치장된 군나르 왕국 전통 욕실.

테마 온천 셋, 북해 토브욘 왕국에서 전리품으로 공수해 온 침엽수를 줄지어 심고, 마법으로 만년설을 만들어 겨울 노천 욕탕의 분위기를 자아내는 욕실.

테마 온천 넷, 화산 지대처럼 열이 펄펄 끓어오르는 삭막하고 뜨거운 욕실.

테마 온천 다섯, 토레 왕국의 열대 우림을 그대로 옮겨 온 듯한, 넝쿨이 주렁주렁 늘어진 욕실.

대머리 환관들은 하라간만 사용할 수 있는 테마 온천을 5개 층에 걸쳐서 만들어 놓고 그 앞에 위와 같은 설명서를 붙여 놓았다.

"그런데 이러다 우리 경을 치는 것 아냐?"

하라간에게 이 테마 온천을 보여 주기 전, 대머리 환관 한 명이 이런 걱정을 했다.

동료 환관이 물었다.

"왜 경을 쳐?"

"하라간 님께서 의외로 검소하시잖아. 백성들에게 거둔 세금을 쓸데없이 낭비했다고 역정을 내시는 것 아닌가 몰라."

"그런가? 우리가 너무 과했나?"

대머리 환관들이 이런 우려를 할 정도로 테마 온천은 번쩍번쩍했다.

그러다 드디어 하라간이 이 테마 온천을 구경할 때가 도래했다. 하라간은 그동안 토브욘 왕국과 전쟁을 치르고 토레 왕국에 지원을 나가느라 자신의 친전을 제대로 둘러볼 기회가 없었다. 그러다 오늘 잉그리드의 방문을 맞아 모처럼 시간을 할애했다.

하라간이 오자 클레이아도 마중을 나왔다.

"하라간 님."

클레이아가 반갑게 다가갔다.

Chapter 5

하라간은 오른손으로 클레이아의 손을 잡았다.

왼손으로는 잉그리드와 팔짱을 끼었다.

하라간의 사이에 두고 두 여인이 서로 인사를 했다.

"언니, 그동안 잘 지내셨어요?"

먼저 인사를 건넨 사람은 잉그리드였다.

"응. 안녕?"

클레이아도 반갑게 손을 흔들었다.

둘 사이에서 하라간이 쏙 빠지면 그 즉시 클레이아는 오줌을 싸면서 주저앉을 것이다. 그녀는 감히 잉그리드의 기세를 감당할 깜냥이 되지 못했다.

하지만 하라간 덕분에 클레이아는 어렵지 않게 잉그리드를 대했다. 잉그리드가 속으로 고개를 주억거렸다.

'역시 클레이아 언니가 나보다 더 센 것 같아. 언니에게 막 대들다간 큰코다치겠어.'

잉그리드는 속으로 이런 생각을 했다.

그러는 사이 일행은 어느새 건물 안으로 들어섰다. 대머리 환관들이 종종걸음으로 달려와 하라간을 안내했다.

"하라간 님, 어서 오십시오."

"곧바로 침실로 모실깝쇼? 홀홀홀."

환관들은 하라간 양옆의 왕세자빈들을 곁눈질하면서 눈을 반달처럼 둥글게 휘게 만들었다.

하라간이 고개를 가로저었다.

"너무 이르잖아."

"하오면 하라간 님, 친전을 새로 지으면서 저희가 꾸며 놓은 시설들이 있사온데 그걸 한번 둘러보시겠사옵니까?"

"시설? 어떤 시설?"

"저기…… 테마 온천이옵니다."

대머리 환관 한 명이 조심스레 아뢰었다.

온천이라는 말에 하라간이 반응을 보였다.

"테마 온천?"

"네이. 하라간 님의 취향을 생각하면서 저희들이 목욕과 관련된 테마들을 몇 개 잡아 보았사온데, 마음에 드실까 우려되옵니다."

하라간이 두 부인을 둘러보았다.

"어떻소? 함께 보시겠소?"

"네?"

클레이아와 잉그리드가 얼굴을 새빨갛게 물들였다. 목욕이라는 말을 듣자 신혼 첫날밤에 셋이서 함께 욕조에 몸을 담그던 장면이 떠올라서였다. 두 여인은 대답 대신 고개를 푹 숙이고 발가락만 꼼지락거렸다.

하라간이 히죽 웃었다.

"좋아. 안내해라. 어떻게 꾸며 놓았는지 한번 보자."

"네이. 홀홀홀."

"저희가 모시겠나이다. 홀홀홀."

대머리 환관들이 허리를 직각으로 숙여 대답했다.

예전에 하라간의 전용 욕실은 침실에 딸린 부속시설이었다. 그 정도만으로도 욕실이 충분히 크고 화려해서 하라간의 마음에 쏙 들었다.

그런데 이번에 환관들이 새로 기획한 테마 온천은 그 하나하나가 건물의 층 하나를 통째로 터서 만든 엄청난 시설들이었다. 매사에 무덤덤한 하라간도 이 테마 온천을 둘러보면서 어이가 없었다.

"허."

총 다섯 층에 걸쳐 건축된 테마들을 살펴볼 때마다 하라간은 나직이 탄성을 흘렸다.

클레이아와 잉그리드의 놀라움은 더욱 컸다. 하라간의 첫 번째 부인인 클레이아는 며칠 전에 이 친전 건물로 이사를 온

상태였는데, 그런 그녀도 이곳 테마 온천을 구경하기는 처음이었다. 이 온천들은 하라간 전용으로 지어진 터라 아무리 왕세자빈이라고 해도 함부로 들어오거나 사용할 수 없었다.

하라간이 대머리 환관들을 홱 돌아보았다.

깜짝 놀란 환관들이 바닥에 몸을 착 붙였다.

“아이고, 하라간 님. 용서하소서.”

“송구하옵니다. 저희가 정말 과하게 비용을 썼사옵니다.”

환관들이 싹싹 빌었다. 그들의 얼굴에서 비 오듯이 땀이 쏟아졌다.

다행히 하라간은 대머리 환관들을 꾸짖지 않았다.

“괜찮네.”

이것이 하라간의 첫 반응이었다.

과거 루잉 백작이라면 당장 불호령이 떨어졌을 것이다. 백성들로부터 거둔 아까운 세금을 군대를 양성하는 데 사용하지 않고 낭비를 했다면서 환관들을 당장 파직했을 것이 뻔했다.

1년 전의 하라간이라면 루잉 백작만큼은 아니더라도 환관들을 나무랐을 것이다. “내가 아무리 목욕을 좋아해도 유분수지, 이건 정도가 너무 심했다.”며 환관들의 정강이를 한 번씩 걷어찼을 것이다. 또한 이 온천 시설을 당장 헐어 버리라고 명령했을 것 같았다.

지금의 하라간은 또 달랐다. 하라간은 이제 이런 사치가 싫지 않았다. 이런 엄청난 사치와 낭비, 화려함과 웅장함에 대해서 더 이상 아무런 거부감도 들지 않았다. 하라간에게 이 정도 사치는 당연한 일이었다.

"제법 잘 꾸몄어."

하라간이 거듭 칭찬을 해 주었다.

대머리 환관들은 그제야 마음을 놓았다.

"휴우우, 하라간 님 마음에 드시옵니까?"

"이제야 드리는 말씀이온데, 사실 저희가 이 테마 온천 시설을 설계하고 만드느라 머리가 터질 뻔했사옵니다. 홀홀."

자고로 공은 내세우고 잘못은 감추려고 하는 것이 환관들의 속성이다. 하라간은 대머리 환관들의 자화자찬을 한 귀로 흘려들으면서 한 번 더 온천 시설을 둘러보았다. 그러다 자연스럽게 하라간의 얼굴에 흡족한 표정이 떠올랐다.

그걸 훔쳐본 잉그리드가 나름 머리를 굴렸다.

'하라간 님께서 이런 걸 좋아하시는구나. 시노브에게 시켜서 룬드 왕궁에도 이런 시설을 꾸며 놓아야겠다. 아니지. 이것보다 더 크게 잘 꾸며야지. 그래야 하라간 님께서 왕궁을 방문하셨을 때 좋아하시겠지. 에헤헤헤.'

무슨 생각을 했는지 잉그리드가 배시시 웃었다.

Chapter 6

저녁 식사 후 하라간은 언제나처럼 목욕을 즐겼다. 사막 속 오아시스의 풍경을 그대로 옮겨 온 테마 온천이 하라간으로부터 낙점을 받았다. 한 층을 통째로 터서 만든 테마 온천 안에는 굽이치는 모래 언덕과 야자수, 그리고 석양의 풍경이 한데 어우러져 있었다. 그 몽환적인 아름다움에 다들 마음을 빼앗겼다.

클레이아와 잉그리드도 하라간의 손에 이끌려 함께 목욕했다. 비돔의 시녀들이 세 사람의 곁에서 목욕 시중을 들었다.

따뜻한 물에 몸을 푹 담근 뒤에는 세 사람이 한 침대에서 뒹굴었다. 클레이아와 잉그리드는 여전히 어색하고 부끄러워했지만 거부하지는 않았다.

사막의 밤이 그렇게 뜨겁게 지나갔다.

이튿날 아침.

하라간은 두 왕세자빈과 함께 웃전에 문안 인사를 올렸다. 군나르와 함께 조식도 먹었다. 군나르는 증손자 부부와 함께하는 이 식사 시간을 무척 즐거워했다.

조식 이후부터는 격무의 연속이었다. 하라간은 대신들과

연쇄적으로 회의를 해야만 했다. 군나르가 일선 정치에서 한발 물러선 이후로 왕국의 크고 작은 일들은 오롯이 하라간의 몫이었다.

토브욘 왕국에서 빼앗아 온 전리품에 대한 처리.

전쟁에 공을 세운 자들에 대한 포상.

군나르 왕국의 물가 동향 보고.

리안 강의 치수 관리 상태 보고.

수많은 대신들이 무수히 많은 업무를 가져와 하라간의 결재를 받았다. 하라간은 오전 10시부터 시작해서 점심까지 대충 때워 가며 행정 처리를 했지만, 그래도 남은 업무가 산더미였다.

이 모든 업무들 가운데 하라간이 가장 중요하게 생각한 것은 바로 다음 전쟁이었다.

"다음 목표는 아르네 왕국이다."

하라간은 라티파를 비롯한 군 수뇌부들을 불러서 이렇게 선언했다.

"어헉!"

"아르네 왕국."

놀란 장수들이 헛바람을 집어삼켰다. 북부의 종주국이자 오드 아르네 솔샤르가 다스리는 그 최강의 왕국을 정벌하겠다는 것이 큰 충격이었기 때문이다.

하지만 군 수뇌부 가운데 그 누구도 하라간의 말에 반박하지 못했다. 이어지는 하라간의 으르렁거림 때문이었다.

“오드 그 늙은이가 감히 할아버님을 건드렸어. 다른 것은 몰라도 그건 내가 용서 못 하지.”

싸아아아—

하라간이 노여움을 드러내기 무섭게 대전 안의 기온이 영하로 급강하했다. 장수들은 그 자리에서 얼음덩이가 된 것처럼 온몸이 굳었다.

하라간이 라티파를 돌아보았다.

“라티파.”

“네.”

“네가 전략을 짜라. 아르네 왕국을 징치할 계획을 세워 봐.”

“알겠습니다, 하라간 님.”

뉘 말이라 거절할 것인가. 라티파가 곧장 대답했다.

하라간이 장수들에게 다시 시선을 돌렸다.

“그대들도 모두 라티파에게 협조해.”

“넵.”

“명을 받들겠나이다.”

장수들도 한목소리로 대답했다.

하라간이 업무 회의를 주재하는 동안, 잉그리드는 화산

을 배경으로 한 테마 온천에서 첨벙거리며 한가로운 시간을 보냈다.

한편 클레이아는 패브릭의 시녀들과 함께 하라간의 옷을 지었다.

하라간은 두 왕세자빈을 일부러 분리시켰다. 클레이아가 막키르샤인 잉그리드에게 주눅이 들까 봐 배려한 조치였다.

"오늘은 여기까지 하지."

오후 3시가 되자 하라간은 업무에서 손을 뗐다. 대전 앞에 늘어선 신하들은 아직도 많았으나, 아무도 하라간의 말에 토를 달지 못했다.

"모두 물러나라고 하십니다. 회의는 내일 계속될 것입니다."

대머리 환관들이 줄을 서 있는 신하들을 돌려보냈다.

다들 내일을 기약하며 대전 앞에서 물러났다.

업무를 마친 하라간은 친전으로 돌아와 두 부인을 불렀다.

"하라간 님, 수고하셨사옵니다."

"오늘 업무는 모두 마치셨나요?"

클레이아와 잉그리드가 반가운 마음으로 하라간 앞에 달려왔다.

두 사람 모두 어여쁘게 치장한 모습들이었다. 비돔의 시녀들에게 화장을 받다 보니 클레이아와 잉그리드의 치장한 모습이 서로 엇비슷했다.

반면 두 왕세자빈의 치장을 도운 시녀들은 표정은 완전 딴판이었다.

클레이아에게 배속된 비돔의 시녀들은 본인들의 화장 솜씨에 자부심을 느끼며 밝은 얼굴이었다. 그러나 잉그리드의 얼굴을 치장해 주고 옷을 코디네이션 해 준 시녀들은 핏기 하나 없이 창백한 얼굴에 연신 몸을 떨어 댔다. 그녀들이 몸을 부들부들 떠는 이유는 잉그리드가 뿜어내는 기세에 심령이 타격을 받았기 때문이다.

'쯧쯧쯧. 이거 뭔가 수를 내야겠네. 내가 잉그리드 곁에 계속 머물 수도 없고, 아무래도 다른 방도를 찾아야겠어.'

하라간은 이런 고민에 빠졌다. 잉그리드의 광포한 기세를 억누르려면 하라간이 곁에 머물러야 하는데, 업무가 바빠서 그럴 수가 없으니 문제였다.

어쨌거나 그건 나중에 고민할 일이고, 하라간은 오늘 오후를 두 왕세자빈을 위해서 시간을 할애할 생각이었다.

"우리 같이 왕궁 밖에 구경을 한번 가 봅시다. 이곳 군나르 왕국은 낮에는 너무 더워서 돌아다니기 어렵지만 저녁이 되면 사막 도시의 풍경이 제법 그럴듯하다오."

"아!"

잉그리드의 눈이 동그래졌다.

잉그리드는 하라간의 곁에 머무는 것만으로도 너무 좋았다. 그런데 거기에 더해서 하라간과 함께 밤거리를 산책하면서 이것저것 신기한 이국의 풍경을 구경한다고 상상하자 주체할 수 없는 행복감이 밀려들었다.

"어쩜! 저도 왕국 밖에 나가 보고 싶었답니다."

클레이아도 가슴께로 두 손을 꼭 모았다.

토브욘 왕국의 괴한들에게 피습을 당한 이후로 클레이아는 친정 나들이도 하지 못하고 왕궁 안에만 처박혀 살았다. 그런데 모처럼 밖에 나가 하라간과 데이트를 즐길 생각을 하자 클레이아도 가슴이 두근두근했다.

하라간이 대머리 환관들을 둘러보았다.

"나갈 채비 좀 해."

"네이."

"당장 황금 마차를 대령하고 호위대에 연락해서 행차 준비를 하겠나이다."

대머리 환관들이 과장되게 허리를 굽실거렸다.

하라간이 눈을 찌푸렸다.

"아니. 그렇게 말고."

"네에?"

"황금 마차를 타고 나가면 밤거리의 풍경을 제대로 볼 수가 없잖아. 나는 군나르 왕국의 이국적인 풍경을 왕세자빈들에게 보여 주고 싶단 말이다. 사막의 야시장도 함께 둘러볼 생각이니 호위대는 빼. 친위대원들 몇 명만 복장을 갈아입고 따라붙으면 돼."

대머리 환관들은 그제야 하라간의 말뜻을 알아들었다.

"알겠사옵니다. 하오면 전하와 두 분 왕세자빈마마께오서도 평범한 복장으로 바꿔 입으시도록 준비하겠나이다."

"그렇사옵니다. 지금 입고 계신 복장은 눈에 두드러져서 야시장을 둘러보시기에 불편하실 것이옵니다. 홀홀홀."

환관들은 역시 눈치가 빨랐다.

하라간이 고개를 끄덕였다.

"그렇지. 야경을 제대로 즐기려면 당연히 옷도 갈아입어야겠지. 너희들이 적당한 수준의 귀족 복장, 혹은 상인 복장으로 준비해 봐."

"네이."

"지엄하신 명을 받들겠나이다."

대머리 환관들이 옷소매에 두 팔을 집어넣고 뒷걸음질로 물러났다.

두 왕세자빈이 들뜬 표정으로 하라간의 양팔에 매달렸다.

"하라간 님, 정말 재미있을 것 같아요. 저는 혼사를 치르기 전에 시녀들과 함께 야시장을 둘러본 적이 몇 번 있었는데 그때 생각이 떠오릅니다. 호호호."

“하라간 님, 고맙습니다. 저도 사막의 야시장을 꼭 보고 싶어요.”

양옆에 착 달라붙어서 애교를 부리는 클레이아와 잉그리드를 보면서 하라간은 빙그레 웃었다.

반면 그 모습을 물끄러미 바라보는 레다의 눈엔 부러움과 안타까움이 뒤섞였다.

‘휴우, 그래도 이게 어디냐? 하라간 님 바로 뒤에서 밤거리를 함께 산책하는 셈이잖아. 레다야, 욕심부리지 말자. 지금은 이것만으로 만족해야 해. 전략을 짜느라 머리를 싸매고 있는 라티파 언니보다는 내 처지가 훨씬 더 낫잖아?’

레다는 스스로에게 이렇게 되뇌었다. 아르네 왕국 정벌 준비를 하며 밤새 격무에 시달릴 라티파를 떠올리자 마음에 위안이 되었다.

제5화
레이나 아르네 솔샤르

Chapter 1

하라간은 중간 계급 귀족의 복장을 입었다.

클레이아와 잉그리드도 하라간과 수준을 맞춰 변복했다.

레다와 네페르, 융, 테티, 우세르는 귀족을 섬기는 무사로 꾸몄다.

변복을 마친 하라간 일행은 왕궁 밖으로 나와 야시장으로 방향을 잡았다. 군나르 왕국 수도 남쪽에 크게 자리를 잡은 야시장은 저녁 7시가 되자 인파로 북적거렸다.

"그나마 이게 사람이 줄어든 편입니다. 예전에는 땅바닥에서 발을 한번 떼고 나면 그다음 발 디딜 곳을 찾기가 어려웠습니다."

레다가 설명했다.

하라간이 물었다.

"사람이 왜 줄었지?"

"최근에 게브에서 상인들을 쥐 잡듯이 수색했지 않습니까? 그 여파로 시장이 조금 한산해졌다가 요새 다시 회복 중이라고 들었습니다."

"아!"

하라간은 짚이는 바가 있었다. "악녀 베레니케가 아쿤 왕국에 사절단으로 나가 있는 동안 베레니케의 상인 조직을 빼앗으라."라는 명령을 게브의 환관들에게 내린 사람이 바로 하라간이었다.

"쯧쯧. 결국 나 때문에 백성들의 경기가 나빠졌다는 거잖아?"

하라간이 이렇게 자책했다.

레다가 펄쩍 뛰었다.

"아니옵니다. 하라간 님께서 불온한 무리들을 뿌리 뽑지 않으셨다면 결국 더 큰 해악이 되었을 것이옵니다. 그리고 지금은 경기가 확실히 되살아나고 있다고 들었사옵니다. 보시옵소서. 거리에 이렇게 사람들이 넘쳐나고 상인들의 얼굴이 밝지 않사옵니까?"

레다가 상인들의 얼굴을 가리켰다.

확실히 상인들의 표정엔 그늘이 보이지 않았다. 폭풍이 지나간 뒤에 풀잎들이 다시 일어나는 것처럼 야시장의 상인들은 활력을 되찾아 가는 중이었다.

하라간은 마음의 짐을 덜고 야시장 안쪽으로 들어섰다.

지나가는 사람들이 하라간을 힐끗거렸다. 복장은 분명 귀족 남성의 차림새인데, 얼굴을 보니 미의 여신처럼 아름다워 도무지 남자로 보이지 않았다. 마치 여신이 남장을 하고 야시장에 산책을 나온 것 같았다.

하라간의 양옆에 붙어 있는 두 여인도 굉장한 미녀들임에 분명했다. 비록 반투명한 천으로 얼굴의 절반을 가려 제대로 모습을 볼 수는 없지만, 몸매만 보아도 입이 쩍 벌어졌다.

만약 하라간 일행이 귀족이 아니라 평민의 의복을 입었다면 분명히 여기저기서 찝쩍거리는 날파리들이 달라붙었을 것이다.

실제로 몇몇 불한당들이 하라간의 미모에 홀려 바싹 다가왔다.

그러다 융과 테티에게 팔이 꺾여 뒤로 물러나야만 했다.

"악, 뭐야?"

"너희들 뭐야? 깡패야?"

불한당들은 이렇게 목청을 높이려 들었다.

그 전에 섬뜩한 감촉이 그들의 목에 닿았다. 그들의 귓가엔 으스스한 협박이 들렸다.

"조용히 아가리 다물고 물러나라. 쥐도 새도 모르게 어디로 끌려가기 싫으면 말이다."

융과 테티는 잇새로 이렇게 으르렁거렸다.

솔샤르인 친위대원들이 내뿜는 살기를 일반인이 버틸 리 없었다.

"커헉."

"아이고, 알았습니다."

"물러나고말고요."

야시장의 불한당들은 앗 뜨거라 하면서 허겁지겁 물러섰다.

그렇게 친위대원들이 미리 길 정리를 해 준 덕분에 하라간 일행은 편안하게 밤거리를 거닐었다. 밀가루 반죽을 화덕에서 구워서 다진 고기와 양념을 얹어서 먹는 군나르 왕국 서민들의 요리도 한번 맛을 보고, 야자수 열매에 빨대를 꽂아서 마시는 시원한 음료도 들이켜고. 잉그리드와 클레이아는 모처럼 격식을 떨쳐 버리고 하라간과의 야간 데이트를 만끽했다.

그 데이트가 갑자기 변질된 것은 바로 한 포목상 때문이었다.

야시장 한편에 위치한 포목상에는 다양한 종류의 옷감들

이 전시되었다. 포목상 앞에는 어깨가 떡 벌어지고 우락부락한 사내 2명이 의자에 앉아서 입구를 지켰다.

두 사내는 상인과는 거리가 멀어 보였다. 그들은 손님들에게 옷감을 팔려는 그 어떤 시도도 하지 않았다. 심지어 손님들이 옷감 가격을 물어봐도 대꾸가 없었다.

불친절한 사내들 때문에 유독 그 포목상만 한산했다.

"어떻게 저렇게 장사를 한담? 저러다 망하겠네."

우연히 그 모습을 본 클레이아가 이렇게 종알거렸다.

하라간이 고개를 돌려 클레이아가 지목한 포목상을 돌아보았다.

'응?'

순간적으로 하라간의 눈이 번쩍 빛났다. 하라간의 목젖 안으로 침이 꿀꺽 넘어갔다. 하라간은 가던 길을 멈추고 갑자기 포목상으로 방향을 틀었다.

그보다 한발 앞서 융과 테티가 포목상에 접근해 주변에 수상한 자가 없는지 살폈다.

융과 테티가 다가오자 포목상 입구를 지키던 두 사내가 손으로 무릎을 짚고 일어섰다.

"다시 앉아."

융이 낮게 협박했다.

두 사내는 그 협박을 듣지 않았다. 무표정하게 자리에서 일어나 입구를 막을 뿐이었다.

"죽고 싶나?"

융이 기세를 살짝 드러냈다.

솔샤르의 기세를 일반인이 견딜 리 없었다. 당연히 두 사내는 기겁을 하며 엉덩방아를 찧어야 마땅했다.

그런데 두 사내는 여전히 표정 변화가 없었다. 그저 우람한 체구로 친위대원들을 막아설 뿐이었다.

"이것들이 진짜."

융의 눈이 무섭게 치켜 올라갔다. 비록 변복을 하느라 삼지창은 두고 왔지만, 그렇다고 해서 융의 무술 실력이 사라지는 것은 아니었다. 융은 허리춤에서 단검 두 자루를 뽑아 양손에 나눠 쥐었다. 그 단검들이 벼락처럼 날아가 두 사내의 목젖에 닿았다.

융은 상대를 죽일 생각은 없었다. 그저 압도적인 속도로 상대의 목젖에 검날을 들이대고 제압할 요량이었다. 그래서 단검의 끝이 상대의 목 속으로 깊숙하게 파고들지 않고 피부에 살짝 상처를 입히는 정도에서 손동작을 멈췄다.

한데 융의 단검 끝에서 해괴한 소리가 들렸다.

깡!

좌우의 단검에서 똑같이 들린 이 소리는 분명 금속과 금속이 부딪쳤을 때 나는 소리였다.

'깡? 푹이 아니라 깡이라고?'

융이 어리둥절한 표정을 지었다.

그의 앞을 막아선 2명의 덩치들은 무표정하게 융을 바라보는 중이었다. 게다가 그들의 목에 닿은 융의 단검은 그 끝이 살짝 구부러진 상태였다.

'이게 뭐야? 사람의 목을 찔렀는데 내 단검이 오히려 휘었어?'

융이 당황했다.

'위험한 자들이다.'

이렇게 판단한 융은 한 발 뒤로 물러서는 것과 동시에 동료 친위대원들에게 비상 신호를 보냈다.

처처척!

융의 손짓을 목격한 친위대원들이 일제히 무기 자루를 붙잡았다. 금세라도 무기를 뽑아서 사내들을 공격할 태세가 갖춰졌다.

그 전에 하라간이 나섰다. 하라간은 친위대원들을 향해 손을 휘휘 저었다.

"비켜 봐."

"넵."

뉘 말이라고 어길 것인가. 친위대원들이 후다닥 길을 열었다. 하라간이 그 사이로 들어와 포목점의 두 사내 앞에 섰다.

Chapter 2

하라간이 다가와도 두 사내의 표정은 변하지 않았다.

하라간이 힐끗 위를 올려다보았다.

레이나 포목점

간판에 박힌 글씨는 분명 '레이나 포목점' 이었다. 하라간이 왼쪽 눈꺼풀을 살짝 찌그러뜨렸다.

'레이나 포목점이라고? 이곳의 주인이 여자란 말인가?'

레이나라는 이름은 분명 여성의 것이었다. 그런데 하라간이 감지한 기세는 여성이 아니라 남성에 가까웠다.

하라간이 포목점 안쪽으로 향하자 두 사내가 앞을 가로막았다.

"이것들이 감힛!"

레다가 눈에 쌍심지를 켰다.

잉그리드의 입술도 파르르 떨렸다. 잉그리드가 분노하자 시뻘건 기세가 사방으로 표출되었다. 하지만 하라간이 손바닥을 아래로 향해 스윽 쓸자 잉그리드의 열기가 눈 녹듯이 사라졌다. 덕분에 야시장을 오가는 사람들은 공포를 느끼지 않아도 되었다. 그저 영문도 모르고 부르르 몸서리만 쳤을 뿐이다.

대신 포목점 안에서는 반응이 보였다. 석 달 전 이곳 야시장 한 귀퉁이에 포목점을 열고는 장사를 하는 둥 마는 둥 하던 주인이 드디어 모습을 드러내었다.

대나무를 엮어서 만든 발을 젖히고 밖으로 얼굴을 내민 사람은 눈이 부시게 매혹적인 여인이었다. 나이는 30대 초반 정도로 보였는데, 이곳 군나르 왕국 여인과는 사뭇 다른 이국적인 분위기가 풍겼다.

포목점의 주인 레이나는 고개를 삐쭉 내밀고 주변을 휙 둘러보았다. 네페르와 우세르, 클레이아를 차례로 지나친 레이나의 시선이 잉그리드의 얼굴 앞에서 딱 멈췄다.

레이나가 고개를 갸웃했다.

잉그리드는 불쾌한 듯 눈을 찌푸렸다. 잉그리드는 불쑥 얼굴을 내민 포목점의 여주인이 마음에 들지 않았다. 사람의 뇌 속까지 꿰뚫어 보는 듯한 푸른 눈빛도 거북스러웠고, 잉그리드의 감각을 속인 점도 마음에 걸렸다.

잉그리드는 조금 전까지만 해도 포목점 안에 아무도 없다고 생각했다. 감각에 잡히는 것이 전혀 없었던 까닭이다.

그런데 그 예상을 깨고 웬 미녀가 얼굴을 불쑥 내밀었다.

잉그리드는 정말 깜짝 놀랐다.

한편 레이나도 이마를 살짝 찌푸렸다.

'군나르 왕국에 이런 여자가 있었단 말인가? 군주도 아닌데 키르샤의 레벨을 뛰어넘었어? 이 정도면 거의 막키르샤에 올라선 건가?'

레이나는 푸르스름한 눈으로 잉그리드의 전신을 빠르게 스캔했다.

'이자가 요새 소문이 무성한 하라간인가? 감히 신인의 재림을 사칭한다던 그 하라간?'

소문에 따르면 하라간은 여자보다 더 아름답다고 했다. 레이나의 눈에 비친 잉그리드도 상당히 예뻤다. 예전의 레이나였다면 아마도 잉그리드를 낚아채 마음껏 가지고 놀았을 것이다.

레이나의 정체는 헤닝 아르네 솔샤르.

헤닝 왕국의 군주이자 북부 아홉 왕국 가운데 최고의 천재라 불리던 대마법사가 바로 레이나의 본모습이었다.

헤닝은 원래 남성의 몸이었으나 진화에만 몰두하다가 그만 신체를 잃어버렸다. 영혼만 남게 된 헤닝은 기구한 사정으로 막내며느리인 레이나의 몸에 깃들게 되었고, 결국 군나르 왕국에 정착했다. 막내아들과 장손자의 싸움에 실망한 것이 헤닝이 먼 이국에 정착하게 된 동기였다.

'그런데 하라간이 벌써 막키르샤가 되었어? 키르샤도 아니고 막키르샤? 이 정도면 나보다 더 천재잖아?'

잉그리드를 하라간으로 착각한 레이나는 감탄스러운 표정으로 다시 상대를 뜯어보았다. 그러다 잉그리드의 가슴이 불룩하다는 사실을 깨달았다.

'엉? 가슴? 빵빵한 가슴? 그렇다면 진짜 여자잖아?'

하라간은 분명 남자라고 했다.

'그렇다면 이 막키르샤는 누구지?'

레이나는 휘둥그레진 눈으로 잉그리드의 가슴을 바라보았다. 그 집요한 눈길에 잉그리드의 얼굴이 일그러졌다.

"이런 무엄한 것을 보았나."

화가 난 잉그리드가 레이나를 향해 손을 뻗었다.

화르르륵!

뜨거운 기운이 잉그리드의 손가락 주변에서 아지랑이처럼 일어났다.

"흥!"

무쇠도 녹여 버릴 열기를 앞에 두고도 레이나는 눈 하나 깜빡하지 않았다. 레이나의 가냘픈 손이 구불구불한 궤적을 그리며 날아가 잉그리드의 손목을 붙잡았다. 레이나의 손끝에 영롱할 정도로 밝은 기운이 일렁거렸다.

잉그리드의 손이 레이나의 멱살을 잡아 가는 동작과, 거꾸로 레이나가 잉그리드의 손목을 움켜쥐는 동작이 거의 동시에 이루어졌다.

잉그리드는 목표를 붙잡지 못했다. 분명 상대의 목을 향해 손을 뻗었건만 어느새 상대는 그 자리에 없었다. 잉그리드의 눈가에 당황한 빛이 스쳐 지나갔다.

레이나도 목표를 붙잡는 데 실패했다. 레이나가 잉그리드의 손목을 낚아채기 전, 옆에서 날아온 하얀 손이 레이나의 손을 먼저 붙잡았기 때문이다.

"헙!"

레이나는 소스라치게 놀랐다.

조금 전 잉그리드가 포목점 안의 레이나를 감지하지 못했던 것처럼, 레이나도 팔목이 붙잡히기 전까지 이 하얀 손의 주인에 대해서 전혀 인식하지 못했다. 레이나가 느끼기에 이 하얀 손은 갑자기 다른 차원에서 툭 튀어나온 것 같았다.

"이잇."

기겁을 한 레이나가 어깨를 빙글 돌려 하얀 손을 뿌리치려고 시도했다.

실패였다. 레이나의 어깨가 뜻대로 움직이지 않았다. 레이나의 팔도 제대로 원을 그리지 못했다. 도리어 레이나는 온몸이 마비되는 듯한 둔통을 느꼈다. 몸속의 피란 피는 모두 다 얼음으로 변하고, 모든 신경 다발에 서리가 내리며,

근육이 꽈악 굳어 버리는 듯한 감각이었다.

"누, 누구?"

레이나가 말을 더듬었다.

레이나 입장에서 볼 때 상대는 빈 허공에서 갑자기 툭 튀어나온 존재 같았다. 그 존재가 레이나의 귀에 속삭였다.

"그 손 치워."

싸늘한 음성을 내뱉은 주인공은 다름 아닌 하라간이었다.

레이나가 상대를 향해 고개를 돌리려고 했다.

이 또한 뜻대로 되지 않았다. 어느새 레이나의 목까지 꽝꽝 얼어붙어 고개를 돌릴 수 없었다.

하라간이 한 번 더 속삭였다.

"그 손 치우라고."

"으윽."

레이나는 반사적으로 손을 거뒀다. 잉그리드의 팔목 바로 앞에서 레이나의 손이 다시 물러났다. 레이나의 손끝에 어렸던 영롱한 빛도 사그라졌다.

조금 전 하라간이 끼어들지 않았더라면 잉그리드는 꽤나 위험할 뻔했다. 레이나의 손끝에 어렸던 영롱한 빛은 사실 빛이 아니라 디설루션(Dissolution: 해체)라 불리는 최고 난이도 주술의 발현이었다. 영롱한 빛 속을 자세히 들여다보면 정체불명의 형광색 문자들이 끊임없이 8자를 그리며 순환했다. 이 문자에 스치는 모든 사물은 원자 단위, 혹은 세포 단위로 해체되어서 없어지게 마련.

다행히 하라간이 적절한 시점에 끼어들었다. 잉그리드도 털끝 하나 상처 입지 않았다.

"넌 누구냐?"

레이나가 딱딱한 표정으로 하라간을 추궁했다.

하라간이 피식 웃었다.

"훗. 그러는 넌 누군데?"

"이런 건방진 놈을 보았나."

레이나의 얼굴이 험악하게 일그러졌다. 그녀의 등 뒤로 사나운 기세가 뭉게구름처럼 일어났다. 그녀의 몸 주변이 온통 영롱한 주술문으로 물들었다.

후오오옹!

눈에 보이지 않을 정도로 미세한 형광색 문자들은 주변 모든 사물을 부수며 순환했다. 심지어 레이나의 주변 공기도 잘게 해체되어 흩어졌다.

Chapter 3

하라간이 영롱한 빛을 향해 불쑥 손을 들이밀었다.

레이나의 입꼬리가 옆으로 삐쭉 올라갔다.

"이런 미친놈."

레이나는 하라간의 손이 곧 해체되어 없어질 것이라 예상했다. 물질계의 그 어떤 사물이나 생명도 디설루션 주술문에 대항할 수 없으므로 이 미친놈의 손이 붕괴하는 것은 너무나 당연한 일이었다. 최소한 레이나는 그렇게 확신했다.

그 믿음이 깨졌다.

주술문 속으로 파고든 하라간의 손은 아무런 붕괴의 조짐도 보이지 않았다. 대신 그 손이 레이나의 머리카락을 와득 붙잡았다.

"으헙."

레이나는 자신의 머리통이 앞으로 쭉 딸려가는 것을 느꼈다. 순간적으로 땅바닥이 빙글 돌았다.

레이나가 다시 정신을 차렸을 때, 그녀는 옷감을 전시한 매대에 얼굴이 처박혀 있었고, 그로부터 0.1초나 0.2초가 더 지난 뒤에는 코로 매대를 부수며 안으로 파고들었다가 무지막지한 힘에 의해 다시 위쪽으로 얼굴이 부웅 떠오르는 중이었다.

"커억."

레이나가 비명을 흘린 것과, 포목점 입구를 지키던 두 사내가 하라간에게 달려든 것은 거의 동시였다.

하라간의 입매가 살짝 비틀렸다.

"이 버러지 같은 것들이 어디서 감히."

하라간의 폐부 깊은 곳에서 섬뜩한 목소리가 흘러나왔다.

하라간을 향해 달려들던 두 사내의 얼굴에 처음으로 표정이라는 것이 떠올랐다. 그 표정 안에 담긴 감정은 공포와 절망이 뒤범벅이 된 형태였다.

포목점의 두 사내는 하라간을 공격하다 말고 하얗게 얼굴이 질렸다. 그 상태에서 몸도 꽝꽝 굳었다.

하라간이 레이나의 머리를 한 번 더 매대에 내리찍었다.

콰직!

레이나의 머리통이 나무로 만든 매대 모서리를 안면 전체로 박살 내며 파고들었다. 그다음 하라간의 손에 의해 다시 위로 들렸다.

레이나는 정신이 하나도 없었다.

하라간이 레이나를 뒤로 밀쳤다. 엉덩방아를 찧은 레이나가 겨우 정신을 수습할 즈음, 하라간은 등 뒤로 손을 내밀었다.

"검."

"네? 네. 여기 있습니다."

융이 재빨리 단검 손잡이를 하라간에게 내밀었다.

하라간은 융의 단검을 잡아 오른쪽 사내의 가슴에 콱 찍었다.

조금 전 융이 단검으로 찔렀을 때 이 사내의 피부는 깡! 소리를 내면서 단검의 진입을 거부했었다.

지금은 그러지 못했다. 하라간이 휘두른 단검은 너무나 손쉽게 사내의 가슴속에 박혀 들었다. 하라간은 그 상태에서 검을 아래로 쫘악 내리그었다.

"아악!"

마음 약한 클레이아가 두 손으로 얼굴을 가렸다.

레다가 숄을 활짝 펼쳐 클레이아의 앞을 가려 주었다.

부와악—

그사이 하라간의 단검은 사내의 가슴부터 사타구니까지 일직선으로 갈랐다.

친위대원들이 포목점 앞을 가로막아 사람들의 시선을 차단했다. 그래도 그 틈새로 사람들의 시선이 파고들었다.

"아앗, 살인이다."

"으헉, 검으로 사람의 배를 갈랐어."

"이걸 어째?"

지나가던 사람들이 기겁을 했다.

하라간은 사람들의 시선을 신경 쓰지 않았다.

단검으로 상체를 갈랐으면 당연히 피가 폭포수처럼 쏟아지고 내장이 흘러내려야 정상인데, 희한하게도 사내의 복부에서는 아무런 내용물이 흘러나오지 않았다. 대신 쩍 벌어진 가슴 안에서 하얗게 꿈틀거리는 벌레가 보였다. 길이는 약 30 센티미터 정도에 주름이 잔뜩 잡히고 털이 부숭부숭하게 돋아난 벌레였다.

땅 밑에서 불쑥 솟구친 투명한 촉수가 사내의 벌어진 가슴 안으로 파고들어 하얀 벌레를 톡 따 먹고 지나갔다.

"끄어—"

사내의 입에서 썩은 공기 빠지는 소리가 났다. 땅바닥에 흐물흐물 주저앉은 사내의 껍데기는 이내 한 줌의 물로 녹아 땅속으로 스며들었다.

하라간은 검을 허공으로 던져 한 바퀴 돌리고는, 왼쪽 사내의 가슴에 푹 꽂았다.

하라간이 배를 가르는 동안 이 두 번째 사내도 손가락 하나 까딱하지 못했다. 쩍 갈라진 사내의 배에서 피와 내장 대신 30 센티미터 길이의 새하얀 벌레가 보였다.

투명한 촉수가 벼락처럼 달려들어 벌레를 톡 따 먹었다.

"끄어어—"

그러자 두 번째 사내도 입에서 썩은 공기를 내뱉으며 흐물흐물하게 녹아내렸다.

하라간이 냉랭하게 쏘아붙였다.

"괴뢰 따위가 어디서 감히."

그 한마디가 레이나의 귀에 천둥처럼 꽂혔다.

'이자, 괴뢰에 대해서 알고 있다!'

레이나의 동공이 지진을 만난 듯 좌우로 흔들렸다.

하라간이 불쑥 다가가 레이나의 머리채를 휘어잡았다.

그보다 한발 앞서 레이나가 플라이 마법으로 도망치려 들었다. 이상하게도 몸이 말을 듣지 않았다. 하라간은 우악스럽게 레이나의 머리채를 잡아당겨 일으켜 세웠다.

"크읏."

머리카락이 통째로 뽑히는 듯한 고통에 레이나가 신음을 흘렸다.

빠각!

이어서 레이나의 눈앞에서 별이 번쩍했다. 하라간이 손바닥으로 상대의 이마를 강타한 탓이다. 순간적으로 레이나의 두개골이 1 센티미터의 틈을 벌리며 갈라졌다가 다시 달라붙었다. 레이나의 목뼈는 갈비뼈 안쪽으로 푹 꺼졌다가 용수철처럼 다시 튀어나왔다.

레이나는 머리가 빙글빙글 돈다고 느꼈다. 뇌진탕의 충격으로 잠시 눈앞이 캄캄했다.

하라간이 그런 레이나의 목을 붙잡아 오른쪽에서 왼쪽으로 와직 꺾었다. 레이나의 턱이 귀가 있던 곳까지 90도로 돌아가면서 목에서 우두둑 소리가 났다. 짧게나마 정신을 잃은 레이나가 바닥에 푹 고꾸라졌다가 다시 뛰어올랐다.

하마터면 레이나는 진짜로 정신을 잃을 뻔했다. 아니, 그 정도를 넘어서 뇌진탕으로 죽을 뻔했다.

가까스로 정신을 수습한 레이나는 전력을 다해 마나를 모았다. 그다음 젖 먹던 힘까지 쥐어짜서 블랭크 마법을 펼쳤다.

그 자리에서 팍 사라진 레이나가 포목점 지붕 위에 나타났다.

하라간이 그림자처럼 레이나에게 따라붙었다.

Chapter 4

"으헉!"

기겁을 한 레이나가 한 번 더 블랭크 마법을 펼쳤다.

이번엔 레이나가 건물 다섯 채를 뛰어넘어 길 건너편 지붕으로 옮겨 갔다.

하라간도 어느새 레이나의 곁에 바짝 따라붙었다.

"으악, 떨어져."

레이나는 정말 죽을 것만 같았다.

블랭크! 블랭크! 블랭크! 블랭크!

무려 네 번의 점프 끝에 레이나는 야시장 외각까지 도망쳤다.

하라간이 어느새 레이나의 코앞에 나타나 손을 뻗었다.

"하라간 님."

저 멀리서 잉그리드가 소리를 질렀다. 잉그리드의 몸이 들썩거리는 것으로 보아 본체를 드러내어 하라간을 쫓아올 생각인 듯했다.

하라간이 검지를 세워 좌우로 까딱거렸다.

[거기 그냥 있으시오. 백성들이 놀라니까 본체는 절대 드러내지 말고.]

막 본체로 현신하려던 잉그리드가 하라간의 말에 마음을 가라앉혔다. 그러면서도 잉그리드는 불안해서 발을 동동 굴렀다.

[하라간 님, 제가 도울게요. 도울 수 있어요.]

[아니. 그럴 필요 없소. 금방 처리하고 돌아올 테니 거기서 잠시만 기다리시오. 백성들 다치지 않게 기세를 억누르고 잠시만.]

[알겠습니다, 하라간 님.]

잉그리드는 순종적인 여인이었다. 하라간의 당부를 듣자 곧장 기세를 억누르며 조신하게 기다렸다. 그런데도 잉그리드의 전신에서 삐쭉삐쭉 솟구치는 사나운 기세가 친위대원들을 잔뜩 긴장시켰다. 잉그리드의 주변 기온도 3도나 상승했다.

하라간이 잉그리드와 뇌파를 주고받는 사이 레이나는 눈에 보이지 않는 곳까지 도망쳤다. 마법에 능한 레이나는 블링크와 은신 마법을 섞어 써서 흔적을 지웠을 뿐 아니라 플라이 마법과 헤이스트 마법을 함께 사용해서 눈 깜짝할 사이에 수 킬로미터 밖으로 몸을 뺐다.

하라간이 수도 남쪽으로 몸을 날렸다.

레이나가 도망친 방향은 서쪽인데, 하라간은 엉뚱한 곳으로 추적한 것이다.

슈와—

하라간의 움직임은 레이나의 마법 이동보다도 몇십 배는 더 빨랐다. 하라간의 발밑에서 건물 지붕들이 와락 가까워졌다가 휘익 멀어졌다. 높은 첨탑이 하라간의 코앞으로 다가왔다가 어느새 등 뒤 저 멀리 사라졌다.

그렇게 허공을 날듯이 달려간 하라간은 수도 외곽 남문 성벽마저 훌쩍 뛰어넘었다. 성벽을 지키던 병사들은 하라간을 포착하지조차 못했다.

광활한 초원 지대에 도착한 하라간은 손가락을 딱 튕겼다.

땅에 반쯤 파묻힌 늙은 여우의 시체가 꿈틀 움직였다. 하라간이 튕겨 낸 포자가 속에 박히자 여우의 시체는 어느새 민치로 변했다.

하라간이 손가락을 까딱거렸다.

이빨이 뾰족뾰족한 민치가 얌전히 다가와 하라간의 손에 머리통을 내맡겼다. 하라간이 민치의 머리카락을 꽉 붙잡았다.

후웅——

이윽고 민치의 몸이 레이나로 탈바꿈했다.

“어엉?”

레이나는 눈을 동그랗게 떴다. 그녀는 분명 서쪽 하늘을 가르며 높은 구름 위로 도망치던 중이었다. 그런데 눈을 한 번 깜빡이고 나니 전혀 엉뚱한 장소에 와 있는 것 아닌가.

레이나가 놀랄 사이도 없었다.

“왔어?”

레이나의 머리카락을 움켜쥔 하라간이 히죽 웃었다.

“이게 어떻게 된…… 크악!”

레이나가 막 상황 파악을 하려고 했을 때, 하라간이 상대의 머리통을 위로 쭉 들었다가 그대로 바위에 내리찍었다.

레이나는 안면으로 바위를 부수며 40 센티미터 깊이까지 틀어박혔다가 다시 위로 고개가 들렸다. 그런 레이나의 눈앞에서 하라간이 하얀 이빨을 드러내었다.

레이나는 정말 미칠 것만 같았다.

결국 레이나의 선택지는 하나만 남았다.

“크읏, 이 미친놈아. 네놈이 결국 재앙을 부르는구나.”

레이나의 얼굴이 흉악하게 일그러졌다. 그녀의 등 뒤에서 뻗친 흉포한 기운이 밤하늘 꼭대기까지 도달했다. 멀쩡하던 초원에 토네이도가 휭휭 불었다. 레이나의 머리카락은 하늘 높이 솟구쳐 펄럭거렸다. 레이나의 옷도 찢어질 듯이 펄럭이다가 상의가 먼저 벗겨지고 이어서 치마도 부스러졌다.

레이나의 육감적인 알몸을 보고도 하라간은 눈 하나 깜짝 안 했다. 오히려 기대 어린 눈빛으로 레이나의 변신을 지켜볼 뿐이었다.

이윽고 레이나의 얼굴이 길쭉하게 늘어났다. 레이나의 목에서 기포가 부글부글 끓어오르더니 새로운 머리가 불쑥불쑥 치솟았다. 레이나의 머리통 하나하나가 길이 1,000 미터에 다섯 갈래 뿔을 매단 드래곤의 얼굴 형태로 바뀌었다.

레이나의 어깨 위에는 그런 거대한 머리통이 무려 12개나 돋아났다.

원래 레이나, 아니 헤닝은 막키르샤의 끝자락에 서서 다즈키르샤로 진화하기 위한 벽을 살짝 넘보는 수준이었다. 그러다 마해 저 밑바닥의 끔찍한 존재의 그림자를 엿보고는 기겁을 하여 인간 세상으로 되돌아왔다. 그 후 헤닝은 막내며느리인 레이나의 육체를 차지하게 되었는데, 성별이 바뀌어 버린 이 극심한 변화가 의외의 기폭제가 되어 벽을 훽 뛰어넘어 버렸다. 막키르샤의 허물을 벗어던지고, 그토록 바라던 다즈키르샤로 진화한 것이다.

그 레이나가 지금 분노를 참지 못하고 본체를 드러내려는 순간이었다. 레이나의 머리통은 무려 12개로 분화하여 눈 깜짝할 사이에 엄청난 크기로 부풀었다.

가냘픈 레이나의 상체가 이 거대한 머리통들을 견뎌 낼리 없었다. 레이나의 육체가 무게를 버티지 못하고 풀썩 주저앉았다. 이윽고 몸뚱어리마저 거대하게 증폭되며 온 초원을 다 뒤덮었다.

부와악— 부와아아악—

레이나의 동체는 한눈에 다 보기 힘들 정도로 어마어마했다. 길이가 1,000 미터나 되는 머리가 무려 12개인데, 그 머리통보다 더 굵고 기다란 목도 똑같이 12개였다. 레이나의 몸체는 그 12개의 목과 머리를 모두 감당할 정도로 거대해져서, 어깨 너비만 무려 30 킬로미터, 어깨부터 꼬리까지 길이는 장장 60 킬로미터나 되는 초대형 괴물로 변했다.

마해에서도 가장 깊은 곳.

심해저 3층에 서식하는 키르샤의 최종 진화 형태!

막키르샤를 장난감처럼 찢어발길 수 있는 다즈키르샤의 등장이었다.

세상에 단 한 번도 나타난 적이 없었던 이 초대형 마물의 등장으로 인해 당장 지각에 변동이 생겼다. 군나르 왕국의 말랑말랑한 초원은 감히 이 초대형 마물의 몸무게를 버티지 못했다.

우르르릉

초원의 지반이 무려 60 킬로미터에 걸쳐서 지하 20 센티미터 깊이로 침하했다.

청색 비늘을 자랑하는 다즈키르샤는 머리통 하나당 3개씩, 총 36개의 메테오 같은 눈으로 하라간을 굽어보았다.

[쿠와르르르르르르르—]

[쿠와르르르르—]

[쿠와르르르르—]

[쿠와르르르르—]

12개의 머리가 각자의 포효를 터뜨렸다. 그 살벌한 포효들이 하라간의 조그만 뇌에 중첩되었다. 이 정도 뇌파를 받았으면 당장에라도 피를 토하고 고꾸라져야 정상인데, 하라간의 반응은 시큰둥했다.

"에이."

하라간이 혀를 찼다.

무려 30 킬로미터 상공까지 고개를 쭉 들었다가 어마어마한 속도로 머리를 내리꽂아 하라간의 코앞에 들이민 다즈키르샤가 잠시 어리둥절해 했다.

하라간의 반응이 예상 밖이었기 때문이다.

하라간이 새끼손가락으로 귀를 후볐다가 다즈키르샤를 향해 후우— 불었다.

그 가벼운 날숨 한 방에 다즈키르샤의 육중한 몸뚱어리가 늦가을 가랑잎처럼 휘청거렸다. 당황한 다즈키르샤가 가까스로 몸의 균형을 잡을 즈음, 하라간이 한마디를 덧붙였다.

"모처럼 만찬을 즐길까 했더니 이건 피라미잖아. 심해저 3층 제일 위쪽에서 물장구나 치고 노는 애새끼였어. 쳇."

이 나직한 중얼거림이 다즈키르샤의 귀에 천둥처럼 때려 박혔다.

다즈키르샤의 36개 눈이 하라간의 고요한 눈동자와 마주쳤다.

어딘지 모르게 익숙한 눈빛이다.

'어디서 봤지?'

다즈키르샤와 결합한 레이나가 잠시 기억을 더듬었다. 그러곤 이내 그녀의 뇌가 새하얗게 물들었다.

'으으읏. 마신이다. 마해에서 얼핏 보았던 바로 그 마신이다.'

레이나는 눈앞이 캄캄했다.

Chapter 5

심해저 3층은 다른 층에 비해서 깊이가 남달랐다. 심해저 3층의 가장 위쪽과 밑바닥 사이의 거리는 나머지 마해 전체를 다 합친 것보다 10배는 더 멀었다. 쉽게 말해서, 심해저 3층 가장 윗물에서 노는 마물과 3층 맨 밑바닥의 초거대 마물 사이의 격차는 연해 1층의 마물과 심해저 2층의 막키르샤 사이의 격차보다 10배 이상 난다는 뜻이었다.

다즈키르샤라고 해서 다 같은 다즈키르샤가 아님을, 레이나는 너무나 잘 알았다. 당장 크기만 보아도 상대가 되지 않았다. 레이나가 겨우(?) 60 킬로미터의 몸체를 지녔다면, 심해저 3층 밑바닥의 초거대 다즈키르샤는 꼬리 길이만도 대륙을 한 바퀴 빙 둘러 휘감을 수준이었다.

과거에 레이나, 아니 헤닝은 마해 밑바닥의 초거대 마물들을 보고 얼마나 놀랐는지 몰랐다. 그리고 그 초거대 마물들이 투명한 마신에 의해서 잡아먹히는 장면을 목격하고는 혼백이 쏙 달아났다.

물론 레이나가 목격한 것은 마신의 일부에 지나지 않았다. 심해저 밑바닥의 초거대 마물을 한입에 꿀꺽 삼킨 것은 마신의 본체가 아니었다. 마신이 가진 수억 개의 발, 그 발에 돋아난 무수히 많은 발가락들, 그 발가락 끝에 돋아난 헤아릴 수 없이 많은 솜털 한 가닥. 그 한 가닥의 촉수가 아가리를 쩍 벌려서 심해저 밑바닥의 초거대 마물들을 잡아먹었을 뿐이다. 세계가 탄생한 이래 마신은 단 한 번도 본체의 아가리를 벌려서 무언가를 먹어 본 적이 없었다.

그래서 마신은 늘 공허했다.

그래서 마신은 언제나 배가 고팠다.

큰 입을 쩍 벌려서 무언가를 한입 크게 베어 물어 보는 것이 마신의 소원이었다. 그 소원을 이루기 위해 마신은 기꺼이 하라간에게 복사를 허용했고, 급기야 하라간과 결합하여 지금은 과거의 몸체보다 두 배 이상 더 커졌다.

[아아아!]

레이나가 사시나무처럼 몸을 떨었다.

레이나의 주변 공기 질이 달라졌다. 레이나가 서 있는 곳을 중심으로 그 위쪽의 공기 밀도가 갑자기 급상승했다.

빈 허공에 돋아난 가느다랗고 미세한 촉수—하라간의 입장에서—가 아가리를 쩍 벌리고 다즈키르샤를 한입에 삼킬 준비를 했다.

하라간이 분홍빛 입술을 벌렸다.

"맛있는 먹이를……."

이때 이미 쩍 벌어진 투명한 촉수의 지름이 무려 100 킬로미터 크기로 확대되었다. 갓 다즈키르샤가 된 피라미 정도는 한입에 삼켜도 포만감이 느껴지지 않겠지만, 하라간은 우선 이 정도로 공복을 달랠 요량이었다.

딱딱딱딱딱.

딱딱딱딱.

다즈키르샤의 12개 턱이 위아래로 덜덜 떨렸다. 이빨 부딪치는 소리가 사방에서 입체감 있게 들렸다.

투명한 촉수가 그 위에서 침을 뚝뚝 떨어뜨렸다.

후와—

투명한 촉수가 다즈키르샤의 12개 머리통을 한입에 삼키며 감쌌다.

소스라치게 놀란 레이나가 결합을 풀고 다시 사람의 모습으로 돌아왔다. 투명한 촉수가 60 킬로미터나 되는 거대한 마물을 위에서부터 아래로 삼키는 속도와, 결합이 풀리면서 다즈키르샤가 다시 레이나의 몸으로 줄어드는 속도가 거의 엇비슷했다.

사람으로 돌아온 레이나가 허물어지듯 땅에 엎드렸다.

따악!

그런 레이나의 머리 위 1 센티미터 지점에서 촉수가 강하게 아가리를 다물었다. 빈 허공만 베어 물게 된 촉수가 다시 하늘로 용솟음쳤다.

"사, 사, 사, 살려 주세요."

레이나가 땅에 코를 처박고 뒤통수 위로 두 손을 내밀어 싹싹 빌었다. 레이나의 목소리는 알아듣기 힘들 정도로 덜덜 떨렸다.

"뭐?"

하라간이 얼굴을 찌푸렸다.

레이나가 흙바닥 위를 기어와 하라간의 발밑에 코를 처박았다.

"제발 살려 주세요. 흑흑흑. 죽고 싶지 않아요. 아니, 죽을 때 죽더라도 잡아먹혀서 죽기는 싫어요. 저는 정말 조그맣고, 볼품없고, 그래서 잡아먹으셔도 간에 기별도 가지 않으실 거예요. 게다가 저는 맛도 더럽게 없어요. 흐흐흑, 제발, 제발. 으흐흐흐흑."

레이나는 정말 서럽게 울었다.

"이 여자, 뭐야?"

하라간은 좀 더 깊게 이맛살을 찌푸렸다.

하라간이 다시 포목점 앞에 나타난 것은 약 20분 뒤였다.

하라간의 손에 머리끄덩이가 잡혀서 레이나가 질질 끌려왔다. 레이나의 몸뚱어리에는 넝마 같은 천이 대충 둘러져 있었는데, 그 천 사이로 뽀얀 알몸이 엿보였다.

"하라간 님."

새파랗게 얼굴이 질린 클레이아가 후다닥 달려왔다. 클레이아는 두려운 눈으로 잉그리드를 힐끗거렸다.

"그 여자를 잡으셨군요."

잉그리드도 달려왔다. 잉그리드는 경계 어린 눈빛으로 레이나를 째려보았다.

하라간은 클레이아의 안색부터 살폈다.

잉그리드가 기를 쓰고 제어하기는 했으나, 그래도 간간이 흘러나온 그녀의 기세가 클레이아의 심령에 타격을 주었다.

하라간이 클레이아를 품에 안고 토닥거렸다.

클레이아는 겨우 안정을 찾았다.

하라간은 똑같이 잉그리드도 품에 안고 토닥여 주었다. 덕분에 잉그리드도 서운한 마음을 품지 않았다.

살인 사건이 벌어졌다는 신고를 받고 치안대 소속 병사들이 달려왔다.

"무슨 일이야? 누가 누구를 죽였어?"

야시장의 치안을 담당하는 대장이 백성들의 어깨를 밀치며 포목점 안으로 들어왔다.

융과 테티가 치안대장의 앞을 막았다.

치안대장이 얼굴을 일그러뜨렸다.

"이것들은 또 뭐야? 너희들 어느 귀족가의 무사들이지?"

치안대장이 융의 가슴을 손으로 팍 밀쳤다.

융은 바위처럼 꿈쩍도 안 했다.

치안대장이 움찔했다.

'이크, 솔샤르구나?'

치안대장은 본능적으로 융의 실체를 파악했다.

'솔샤르를 호위 무사로 둘 정도라면? 어헉!'

치안대장의 턱이 저절로 위아래로 움직였다.

융이 그런 치안대장의 귀를 붙잡아 뭐라고 속삭였다. 깜짝 놀란 치안대장은 발목을 착 붙이고 180도 뒤로 돌았다. 그다음 경직된 목소리로 부하들을 재촉했다.

"다들 뭐하고 있나. 주변을 통제하고 백성들이 동요하지 않도록 이 일대를 봉쇄해. 그리고 이 안에 아무도 들여다보지 못하도록 막아랏."

"넵."

치안대 병사들이 후다닥 상관의 명을 따랐다.

Chapter 6

일이 커진 이상 여유롭게 야시장을 둘러보는 것은 불가능했다.

"이제 그만 돌아갑시다. 다음에 또 구경 나오지, 뭐."

하라간이 손을 슥슥 비비며 환궁을 입에 담았다.

클레이아가 고개를 주억거렸다.

"네. 그게 좋겠어요."

"대신 다음에 꼭 또 와요."

잉그리드는 아쉬운 듯 이 말을 덧붙였다.

"하하. 그럽시다. 다음에 또 나옵시다."

하라간이 껄껄 웃었다.

모처럼 계획한 사막 도시의 밤 풍경 구경은 그렇게 싱겁게 막을 내렸다.

친위대원들과 함께 환궁하던 중, 클레이아가 하라간에게 조심스럽게 말을 붙였다.

"하라간 님."

"왜 그러시오?"

"저 여인이 마음에 드시면 첩으로 들일까요?"

왕세자빈을 선정하는 일은 군나르와 하라간의 몫이었다. 군나르가 3명을 정해 주면, 나머지 왕세자빈은 하라간이 마음껏 골라도 되었다.

단, 그 신분만큼은 왕세자빈이 되기에 적합해야 했다. 최소한 고위 대신들의 딸, 혹은 타국의 왕녀만이 군나르 왕국의 왕세자빈이 될 수 있었다.

대신 첩은 신분에 구애받을 필요가 없었다. 낮은 지위의 귀족 여자도, 평민 여자도, 심지어 노예까지도 하라간이 원하기만 하면 얼마든지 첩으로 책봉하는 것이 가능했다.

이때 형식적으로나마 첫 번째 왕세자빈의 동의가 필요했다. 그래야 내궁의 기강이 잡히기 때문이다.

클레이아는 하라간이 레이나의 미모에 반했다고 생각했다.

'그게 아니라면 포목점의 주인을 저렇게 강제로 끌고 왕궁에 데려갈 이유가 없겠지. 아마도 하라간 님께서 한눈에 반하셨나 봐.'

이것이 클레이아의 짐작이었다.

비록 서운한 감정이 전혀 없지는 않았지만, 그래도 클레이아는 왕국의 제1 왕세자빈으로써 마음을 너그럽게 먹어야 한다고 스스로에게 되뇌었다. 하라간에게 "레이나를 첩으로 들일까요?"라고 물어본 것도 그런 마음가짐 때문이었다.

하라간이 쓴웃음을 지었다.

"뭔가 오해를 했나 보군. 그렇게 마음을 쓸 필요 없소."

"하오시면 저 여인은 왜……?"

"왜 왕궁에 데려가느냐고?"

하라간이 클레이아의 말을 중간에 끊었다.

클레이아가 사슴 같은 눈망울로 하라간을 바라보았다.

"네. 왜 왕궁에 데려가시나요?"

"그건 다른 이유가 있소. 저 여인을 그냥 내버려 두었다가는 우리 군나르 왕궁에 해가 될 수 있기 때문이지."

하라간이 에둘러 대답했다.

"네에? 왕궁에 해가 된다고요?"

클레이아가 눈을 동그랗게 떴다.

반면 잉그리드는 내심 고개를 주억거렸다. 잉그리드는 레이나를 처음 마주했을 때부터 무언가 꺼림칙했다. 물론 잉그리드는 레이나가 얼마나 무서운 존재인지 파악하지 못했다. 하라간이 레이나의 기세를 차단한 덕분이었다. 그래도 잉그리드는 레이나에게서 말로 설명할 수 없는 불길함을 느꼈다.

'역시 하라간 님은 사람 보는 눈이 정확하셔.'

잉그리드는 거듭 하라간에게 감탄했다.

두 왕세자빈을 친전에 들여보낸 뒤, 하라간은 레이나를 왕궁 북쪽 성벽으로 끌고 갔다. 황무지와 인접한 북쪽 성벽은 수리가 한창이었다. 얼마 전 스벤센 등이 쳐들어왔을 때 성벽 대부분이 허물어진 탓이었다.

하라간이 나타나자 수비대장과 공사 담당 시종이 후다닥 달려왔다.

"이 밤중에도 공사를 하나?"

하라간의 물음에 시종이 무릎을 꿇고 대답했다.

"왕궁의 성벽을 허물어진 채로 둘 수는 없었사옵니다. 한시라도 빨리 성벽을 다시 올려야 왕궁의 존엄이 훼손되지 않을 것이옵니다."

시종의 목소리에는 왕궁에 대한 충성심이 뚝뚝 묻어났다.

"좋구나. 내가 너의 얼굴을 기억해 두겠다."

하라간이 담당 시종을 칭찬해 주었다.

"황송하옵니다."

시종이 땅바닥에 이마를 찧으며 감격해했다.

하라간이 한마디를 덧붙였다.

"너의 충성심이 갸륵하나 오늘 밤은 잠시 공사를 중단하고 인부들을 물려야겠다."

시종은 그 이유를 묻지 않았다.

"명을 받들겠나이다. 당장 공사를 중단하고 아랫것들을 물릴 것이옵니다."

시종이 즉각 움직였다.

하라간은 수비대장에게도 같은 명령을 내렸다.

"수비병도 잠시 물려."

"넵."

수비대장도 기다렸다는 듯이 대답했다.

공사가 중단된 북쪽 성벽 위에는 이제 하라간과 레이나만 남았다.

하라간이 차가운 눈빛으로 레이나를 바라보았다.

레이나가 벌벌 떨면서 무릎을 꿇었다.

"제발 사, 살. 끅끅."

레이나는 살려 달라고 애걸하려고 했다. 그런데 너무 겁에 질리다 보니 목이 메었다. 말문이 트이지 않으니 살려 달라는 소리가 목구멍 밖으로 나오지 않았다.

하라간이 발끝으로 레이나의 이마를 건드렸다.

툭툭.

"야."

"네? 네네."

레이나가 소스라치게 놀라 몸을 웅크렸다.

얇은 천 하나로 알몸을 가린 레이나의 모습이 묘하게 유혹적이었다. 하지만 하라간은 별 감흥을 느끼지 못했다. 몸은 비록 여자지만 레이나에게서 느껴지는 기운은 남성 같아서였다.

하라간이 물었다.

"살려 주면, 너는 내게 무엇을 해 줄 수 있는데?"

"그건…… 으윽."

레이나의 얼굴에 곤혹스러운 빛이 스쳐 지나갔다. 그녀

는 하라간의 말뜻을 곡해했다. 잠시 망설이던 레이나가 솔직하게 사정을 털어놓았다.

“하라간 님께서 믿지 않으시겠지만 사실 저는 여자가 아닙니다. 비록 몸은 여자지만 영혼은 여자가 아니라는 말입니다. 그러니 제 몸뚱어리를 원하신다고 해도 차마 봉사를 해 드릴 수가…….”

“누가 그딴 걸 물었어?”

“네?”

“그거 말고. 너를 살려 주면 우리 군나르 왕국에 어떤 도움이 되는데?”

“네에?”

레이나는 다시 한 번 말문이 막혔다.

‘내가 군나르 왕국에 도움이 되느냐고? 왜? 나 따위가 뭐라고? 본인이 마신이면서? 그 권능에, 그 무력을 지녔으면, 그냥 마음만 먹으면 단 하루 만에 온 북부를 점령하고도 남을 괴물이잖아. 그런데 대체 무엇 때문에 나 같은 피라미의 도움이 필요하지?’

레이나가 알고 있는 하라간은 마해의 먹이 사슬 최상층에 위치한 괴물이었다. 그런 하라간이 본격적으로 나서면 북부의 그 누구도 막을 수 없었다.

“왜 대답이 없지? 넌 쓸모가 없는 존재인가?”

쓸모없느냐는 말을 입에 담으면서 하라간이 촉수를 드러내었다.

부와아아악!

황무지 위쪽 공기 밀도가 눈 깜짝할 사이에 급속도로 증가했다. 레이나가 황급히 손사래를 쳤다.

“아닙니다. 저는 쓸모가 많습니다. 저는 마법에 능하여 여러 가지 생활에 편리한 아이템을 제작할 수 있습니다. 군나르 왕국에 마법사를 양성하여 도움을 드릴 수도 있습니다. 그리고 또 학문을 전파할 수도 있습니다. 저는 정말 쓸모가 많습니다.”

레이나는 자존심을 모두 버렸다. 마침 달이 구름에 가려 사방에 어두웠다. 레이나는 이렇게 어두운 것이 참 다행이라고 여겼다. 만약 주변이 밝았으면 얼굴이 벌게진 것이 들켰을 것이다.

하라간이 반문했다.

“그래? 마법사를 양성할 수도 있고 마법 아이템 제작도 가능하다?”

“네. 할 수 있습니다.”

살아날 구멍을 발견한 레이나가 필사적으로 자신을 어필했다.

“좋아. 한번 믿어 보지.”

하라간이 미세하게 고개를 주억거렸다.

"헉헉. 감사합니다. 정말 감사합니다. 허허헉."

죽다 살아난 레이나는 하라간의 발밑에 엎드려 가쁜 숨을 몰아쉬었다. 레이나의 등판이 어느새 축축하게 젖어 버렸다.

제6화

벨커스의 영혼

Chapter 1

하라간은 레이나의 곁에 민치 하나를 붙여 두었다.

"이놈은 내가 네게 걸어 놓는 족쇄다. 그러니 절대 이놈을 떨어뜨리거나 따돌리려고 하지 마라. 그 즉시 넌 죽어."

하라간의 경고는 한겨울의 서릿발 같았다.

레이나가 황급히 고개를 끄덕였다.

"절대 따돌리지 않겠습니다. 제 곁에 꼭 붙여 두겠습니다. 제게 더 많은 족쇄를 붙여 주셔도 절대 불평하지 않습니다."

레이나는 하라간의 무시무시한 실체를 대충이나마 짐작하고 있는 유일한 사람이었다. 하라간의 경고가 아니더라도 그녀는 절대 하라간의 심기를 거스를 용기가 없었다.

'이 괴물이 화가 나면 우리 헤닝 왕국은 끝장이다. 그가 아가리를 쩍 벌리면 헤닝 왕국을 통째로 집어삼킬 수도 있어.'

레이나는 이런 경각심을 가졌다.

과거에 레이나가 마해에 머무르면서 진화에 몰두하던 시절, 그녀는 심해저 밑바닥의 다즈키르샤를 목격한 적이 있었다. 그 다즈키르샤는 덩치가 헤닝 왕국 전체 면적보다도 몇 배는 더 컸다. 그런데 그 초거대 마물도 마신에게는 한 입 거리였다. 레이나는 하라간이 역정을 내지 않도록 최선을 다해 노예 노릇을 할 생각이었다.

'그것만이 헤닝 왕국의 백성들을 지키는 길이야. 다른 선택의 여지가 없어.'

이것이 레이나의 판단이었다.

다만 레이나는 한 가지가 마음에 걸렸다. 하여 조심스럽게 운을 떼었다.

"참으로 송구스러운 말씀이나 한 가지 부탁이 있습니다."

"뭔데?"

하라간이 까칠하게 되물었다.

"이미 말씀드렸다시피 제 영혼은 남성입니다. 그런데 기구한 사연으로 인해 제 영혼이 며느리의 육신에 기생하게 된 것이지요."

레이나가 그동안의 사연을 짧게 요약하여 읊었다. 대신 자신의 막내아들과 장손자가 벌였던 골육상잔에 대해서는 자세한 언급을 회피했다. 그건 너무도 부끄러운 일이라 차마 말할 수 없었다.

하라간은 레이나의 사연에 귀를 기울였다.

"영혼이 새 몸에 들어왔다고? 그럼 본래의 영혼은 어떻게 되었지?"

하라간이 레이나의 사연에 관심을 보이는 이유는, 그도 비슷한 경험을 했기 때문이다. 지금 하라간의 몸에는 루잉과 하라간, 그리고 마신의 영혼이 하나로 뒤섞인 상태였다.

레이나의 경우는 상황이 조금 달랐다. 레이나가 씁쓸하게 대답했다.

"휴우우, 제 며느리의 영혼은 이미 나락으로 떨어지고 없습니다. 그래서 제가 이 몸을 차지할 수 있었습니다."

"계속해 봐."

하라간이 손가락을 허공에 대고 빙글빙글 돌렸다.

레이나가 조심스레 본론을 꺼냈다.

"그런데 제 며느리에게는 쌍둥이 아이가 있습니다."

"쌍둥이?"

"그렇습니다. 여자 쌍둥이입니다. 저는 며느리를 대신하여 그 아이들을 키우고 있었습니다. 그런데 오늘 급작스럽게 왕궁에 끌려오느라 그만 애들만 집에 남겨 두게 되었습니다."

"음."

하라간이 손가락으로 턱을 조몰락거렸다.

레이나가 빠르게 부탁의 말을 붙였다.

"저를 호위하는 가디언들은 이미 하라간 님의 손에 삭제를 당했지 않습니까?"

"가디언? 그 괴뢰들 말인가?"

다즈키르샤는 시체를 조작해서 불사의 가디언을 만들 수 있다. 레이나도 2명의 가디언을 만들어 이런저런 잡일에 부려 먹었다.

레이나가 냉큼 대답했다.

"네. 그 괴뢰들 말입니다. 그들은 오늘 세상에서 삭제를 당했고, 저 또한 이곳에 끌려와 자리를 비우게 되었습니다. 그러니 쌍둥이 아이들이 어찌 이 험한 세상을 살아갈 수 있겠습니까? 부디 자비를 베푸시어 제가 그 어린 것들을 돌볼 수 있도록 허락하여 주십시오."

레이나가 눈물을 흘리며 부탁했다.

"흐음, 그렇단 말이지?"

하라간은 잠시 생각에 잠겼다.

따져 보니 이건 손해가 될 일은 아니었다. 만약 쌍둥이들을 왕궁에 데려온다면 그 아이들이 레이나를 속박하는 또 하나의 족쇄가 될 것 같았다. 하라간은 흔쾌히 고개를 끄덕였다.

"집이 어디지? 내가 사람을 보내 그 아이들을 데려오겠다."

"그건!"

레이나는 무슨 말을 하려다가 입을 다물었다. 솔직히 레이나는 쌍둥이를 직접 데려오고 싶었다. 하지만 하라간이 그녀를 순순히 보내 줄 것 같지 않았다. 결국 레이나는 하라간에게 집 주소를 밝힐 수밖에 없었다. 또한 자포자기하는 심정으로 집 주변에 설치해 놓은 마법 트랩(Trap: 덫)의 해제 방법도 털어 놓았다.

하라간이 게브의 환관 몇 명을 호출했다.

지엄한 명을 받은 환관들이 레이나의 쌍둥이 딸들을 데려오기 위해 출발했다.

'젠장. 이제 꼼짝없이 이 괴물의 포로가 되었구나.'

빠르게 움직이는 환관들의 뒷모습을 보면서 레이나는 무거운 한숨을 내쉬었다.

레이나가 하라간의 손아귀에 떨어질 즈음, 골드 라이온은 토레 왕국을 벗어나 부쿤 대산맥의 가장 깊숙한 계곡에 도착했다.

"허억, 허억, 허억."

지금 골드 라이온의 심정은 말이 아니었다. 골드 라이온의 고통스러운 얼굴에선 연신 가쁜 숨소리가 흘러나왔다.

봉인석의 제작자이자 뛰어난 대마법사인 화이트 사망.

어쌔신들의 대부 크레슨트 사망.

남부 연합과 북부를 오가며 전령 역할을 한 마운틴 고우트 사망.

변종 마물을 키워 낸 다크 블랙 사망.

이렇게 핵심 인물 넷이 죽었다. 8인의 은둔 수호자 가운데 이제 서열 2위인 골드 라이온과 3위인 레드 베어(Red Bear: 붉은 곰), 4위인 데스 로즈, 그리고 수호자들의 정신적 지주인 벨커스만 남았을 뿐이다.

"으흐흐. 화이트가 죽었어. 크레슨트도 죽었어. 마운틴 고우트도 죽고 다크 블랙도 사망했다고. 으흐흐흐흐. 이 못난 늙은이만 남겨 놓고 그렇게 다 떠나 버리면 어쩌란 말이냐? 으흐흐흑."

비애가 잔뜩 섞인 골드 라이온의 웃음은 어느새 흐느낌으로 변했다. 골드 라이온은 넋 나간 사람처럼 휘청휘청 발걸음을 옮겨 계곡 아래로 내려갔다.

안개가 잔뜩 끼어 한 치 앞도 볼 수 없는 계곡 아래에 조그만 동굴이 하나 자리했다. 마법진이 설치되어 사람들의 눈에 띄지 않는 동굴이었다. 골드 라이온은 익숙한 몸짓으로 마법진을 통과하여 동굴 안으로 들어갔다.

Chapter 2

동굴 벽에는 지하수가 흘러 축축했다. 바닥도 울퉁불퉁하여 걷기에 불편했다.

"으흐흐, 으흐흐흐."

골드 라이온은 금방이라도 쓰러질 것처럼 비틀거리며 발걸음을 옮겼다. 중간에 몇 번을 넘어지고, 또 구르기도 했다.

그래도 골드 라이온은 발놀림을 멈추지 않았다.

동굴의 길이는 얼추 3 킬로미터가 넘었다. 골드 라이온이 동굴을 통과하기까지는 꽤나 오랜 시간이 걸렸다. 그의 부상이 워낙 심하고 정신이 혼미하여 제대로 속도가 나지 않았다. 그렇게 꾸역꾸역 걸어가 도착한 곳이 조그만 정원이었다.

동굴의 끝자락, 천장이 뻥 뚫린 광장에는 신비로운 정원이 하나 가꿔져 있었다. 정원 안에는 온갖 희한한 나무가 심어졌고, 정체불명의 동물들이 돌아다녔다.

밤하늘에서 쏟아지는 은은한 달빛이 정원을 비추었다. 계곡 전체가 안개로 뒤덮인 것과 달리 이 공간엔 안개가 없었다. 덕분에 정원의 아름다운 풍경이 눈에 잘 보였다.

털썩.

골드 라이온이 정원 앞에 무릎을 꿇었다.

"크흐으윽."

골드 라이온의 눈에서 억눌렀던 눈물이 한꺼번에 쏟아져 나왔다. 여기까지 걸어오는 동안 골드 라이온은 계속 흐느끼기만 했을 뿐 서럽게 울지는 않았다. 그런데 벨커스의 정원에 도착하자 꾹 참아 왔던 감정이 한꺼번에 폭발했다.

"크흐흑, 크흐흐흐흑. 으허어어엉."

그 서러운 감정의 소용돌이에 반응이라도 하듯, 신비로운 정원 정중앙에서 분수가 솟구쳤다.

쪼르륵 하늘로 솟구친 물줄기는 다시 아래로 떨어지며 둥근 궤적을 그렸다. 그 물줄기로부터 파생한 물안개가 정원 중심부를 휘감으며 뿌옇게 차올랐다.

"으흐흐흑, 스승님."

골드 라이온이 짓무른 눈을 들어 물안개를 올려다보았다.

분수에서 생성된 물안개는 이윽고 허공에서 뭉쳐 흐릿하게 사람의 형태를 갖추었다. 그 물안개가 골드 라이온을 향해 손을 뻗었다.

[이게 어찌 된 일이냐?]

골드 라이온의 뇌에 뇌파가 울렸다.

[스승님, 이 어리석은 제자를 벌해 주소서. 크으으흐흑. 이 어리석은 제자 때문에 남부의 영웅들이 다 죽었습니다.

크흐으윽. 끅, 끅, 끅.]

골드 라이온이 어깨를 들썩였다.

골드 라이온의 뇌에 다시금 뇌파가 울렸다.

[이게 어찌 된 일이냐고 묻지 않느냐?]

[크흑. 제자의 어리석음 때문에 다 죽었습니다. 화이트가 죽고, 크레슨트가 죽고, 다크 블랙이 죽고, 마운틴 고우트가 죽었습니다. 다 죽었습니다. 키르샤의 발에 짓밟히고, 발톱에 썰리고, 꼬리에 얻어맞아 모두 다 비참하게 죽었단 말입니다. 크흐흑. 그런데도 이 어리석은 제자만 꾸역꾸역 살아서 돌아왔습니다. 크흐흐흑, 이제 이 일을 어찌하면 좋습니까?]

골드 라이온이 쥐어짜듯 고백했다.

물안개로 이루어진 사람이 잠시 침묵했다.

골드 라이온이 다시 하소연을 했다.

[제발 이 어리석은 놈에게 길을 알려 주십시오. 스승님, 대체 이 일을 어쩌면 좋겠습니까? 스승님의 대업을 망친 제가 무엇을 어떻게 사죄하면 되겠습니까? 흐흐흐흑.]

[너희가 키르샤와 싸웠더란 말이냐?]

물안개가 물었다.

골드 라이온이 힘없이 고개를 끄덕였다.

[그렇습니다. 저희가 어리석게도 키르샤와 싸웠습니다. 키르샤는 말 그대로 악마였습니다. 그 막강한 악마를 상대하

기엔 저희들은 너무도 무력했습니다. 제 그릇된 판단 때문에 남부의 영웅들이 몰살을 당했단 말입니다. 크와아아악.]

[그렇게 잘 알면서 왜 그런 무모한 짓을 벌였느냐? 내가 너에게 분명히 경고하였다. 일반 마물과 키르샤는 격이 다르다고 똑똑히 경고하였어. 그런데 왜 그런 무모한 싸움을 벌여?]

물안개가 언성을 높였다.

골드 라이온이 고개를 좌우로 흔들었다.

[저도 싸우고 싶지 않았습니다. 그런데 상황이 제 뜻대로 돌아가지 않았습니다. 천계의 서신장 도릭스가 저희를 전투에 끌어들였기 때문입니다. 저는 차마 서신장의 압박을 거부하지 못했습니다.]

그 말에 물안개가 펄쩍 뛰었다.

[뭣? 서신장이 너희를 끌어들였다고?]

[그렇습니다. 서신장 도릭스도 그 악마와 함께 싸웠습니다.]

[그런데도 아이들이 넷이나 죽었어? 서신장이 너희들을 방패막이로 이용했단 말이냐? 아니면 키르샤를 잡기 위한 미끼로 내던진 게야?]

물안개가 얼핏 노여움을 드러냈다.

[그건 아닙니다. 서신장이 저희들을 이용하려 든 것은 사실이나, 제대로 이용하기도 전에 그부터 죽었습니다. 아니,

악마에게 잡아먹혔습니다.]

[뭐엇?]

어찌나 놀랐던지 물안개가 정원 전체에 좌악 흩어졌다가 다시 응집했다. 골드 라이온 바로 앞까지 다가온 물안개는 그 뿌연 손을 뻗어 골드 라이온의 어깨를 잡았다.

[그게 참말이냐? 서신장 도릭스가 키르샤에게 잡아먹혔다고?]

골드 라이온이 눈물범벅인 눈으로 물안개를 올려다보았다.

[크흐흐흑, 제자가 똑똑히 보았습니다. 그 악마가 서신장 도릭스를 제 눈앞에서 잡아먹었습니다. 그다음 남부의 영웅들을 처참하게 도륙했습니다. 저는 무기력하게 아무것도 하지 못했습니다. 저는 정말 무능한 놈입니다. 흐흐흑.]

[허어! 서신장을 잡아먹었다고? 그건 불가능하다. 키르샤 정도로는 서신장을 거꾸러뜨리는 것이 불가능해. 그렇다면 막키르샤? 아니야. 막키르샤도 서신장과 맞서 싸울 수는 있지만 이기지는 못해. 서신장을 붙잡을 수도 없어. 그렇다면 다즈키르샤란 말인가? 심해저 가장 밑바닥의 그 초거대 마물들이 북부에 이미 현신해 있었어? 으으으으읏.]

물안개가 휘청거렸다.

정원을 지나 다시 분수까지 되돌아간 물안개는 축 늘어져 중얼거렸다.

[욘, 이 멍청한 친구야. 800년 전에 네가 벌인 어리석은 행동이 우리 모두를 파국으로 몰아넣는구나. 네가 마해 가장 밑바닥의 초거대 마물들을 인간 세상에 불러들였어. 그들이 기어이 인간 세상에 기어 올라오도록 만들었다고. 이 죄를 어찌 갚을 셈이냐? 이 멍청한 친구야.]

물안개는 그렇게 욘을 원망하다가 골드 라이온을 다시 돌아보았다.

골드 라이온은 바닥에 축 늘어져 고개를 떨구었다. 그렇게 절망에 물든 제자의 모습이 보기 싫었는지 물안개가 호통을 쳤다.

[이노옴, 골드 라이온!]

[스승님?]

골드 라이온이 맥없이 고개를 들었다.

그런 골드 라이온의 뇌에 천둥소리가 울렸다.

[어서 정신을 차리지 못할까!]

[스승님.]

[그렇게 넋을 놓을 때가 아니란 말이다. 심해저 3층의 다즈키르샤가 이미 북부에 현신했으니 얼마 지나지 않아 천계와 마해 사이에 혈투가 벌어질 것이니라. 인간계는 그 틈새에 끼어 큰 고통에 휩싸일 것이 뻔하니 우리가 그 사태를 막아야 한다. 마해의 초거대 마물들을 다시 심해저로 돌려보내

고 우리 세상을 지켜야 할 것이다. 이 벨커스, 그 일념 하나로 무려 800년을 버텼느니라. 세월을 이기지 못하여 육체가 붕괴하고, 영혼만 남아 물과 결합하고, 이 동굴 속 정원을 벗어날 수도 없는 속박의 신세가 된 채로 무려 800년을 버텨왔단 말이다. 그런데 네가 벌써 기운을 잃으면 어떻게 한단 말이냐? 실체가 없이 혼만 남은 나 벨커스를 대신하여 네가 인간계를 구해야 하느니라. 다시 일어나거라, 나의 제자여.]

물안개가 처절하게 외쳤다.

물안개의 정체는 바로 벨커스.

800년 전 마해의 존재를 세상에 알린 욘 아르네의 친구이자, 8인의 은둔 수호자 가운데 으뜸인 그 벨커스가 모습을 드러내었다.

골드 라이온이 벨커스의 영혼 앞에 엎드려 서럽게 흐느꼈다.

[으흐흑, 스승님, 제자는 자신이 없습니다. 제자는 능력이 부족합니다. 제가 어찌 스승님의 그 원대한 대업을 이룰 수 있겠습니까? 저는 부족하고 어리석은 인간입니다. 흐흐흑.]

[그런 소리 하지 마라. 내게 그런 나약한 모습을 보이지 말란 말이다.]

벨커스의 영혼이 절규하듯 소리를 질렀다. 하늘에서 쏟아지는 달빛이 분수의 물줄기에 맞아 위태롭게 일렁거렸다.

Chapter 3

우르릉, 우르릉, 우르르릉.

지름이 수십 미터나 되는 커다란 원통 유리관 안에서 연신 우렛소리가 울려 댔다. 번쩍번쩍 전하도 뛰놀았다.

우렛소리를 내는 장본인은 다름 아닌 아쿤이었다. 축 늘어진 아쿤의 목과 등 뒤에는 수많은 관이 연결된 상태였다.

지금 아쿤은 온전한 사람의 모습이 아니었다. 절반은 인간, 절반은 키르샤가 섞인 반인반수의 형태.

그나마도 온전하지가 않았다. 아쿤의 신체 절반 가까이가 뭉그러진 터라 보기에 끔찍했다. 우선 아쿤의 왼쪽 상반신은 너덜너덜한 걸레처럼 찢겨 나갔다. 하반신은 아예 사라지고 없었다. 두 눈도 이미 터져 버렸다. 얼굴에도 길게 찢긴 상처가 보였다. 온몸의 피부는 화상으로 뒤덮였다.

이 정도면 거의 죽은 시체라고 보아도 무방할 정도였다. 북부의 아홉 군주 가운데 한 명인 아쿤이 빈사 상태에 빠진 셈이다. 만약 아쿤의 등과 목에 꽂힌 관 다발을 통해 대량의 혈류가 공급되지 않는다면, 그리고 이 유리관 안에 가득 차 있는 치유 액체의 도움이 없다면 아마도 그는 이미 숨이 멎었을 것이다.

축 늘어진 아쿤의 입에서 뽀글뽀글 기포가 올라왔다.

"그래도 숨은 쉬는군. 아직 죽지는 않았어."

거대한 유리관 밖에서 여인의 음성이 들렸다.

누군가가 그 말에 대답했다.

"아라크 님, 지금 아쿤은 겨우 숨만 붙어 있을 뿐입니다. 되살리기 쉽지 않습니다."

아라크라 불린 여인이 뒤를 돌아보았다.

온몸에 붕대를 칭칭 감은 미이라가 여인의 앞으로 다가왔다. 꽉 조인 붕대를 통해 굴곡진 몸매가 도드라져 보였다.

이 미이라가 바로 잉그리드의 손에서 아쿤을 빼내 온 당사자였다.

아라크가 미이라 여인에게 시선을 떼어 다시 유리관을 바라보았다. 미이라 여인은 아라크의 한 발 뒤에서 공손히 시립했다.

아라크가 무덤덤하게 뇌까렸다.

"아쿤은 우리가 공들여 키운 개였어."

놀랍게도 아라크는 일국의 군주인 아쿤을 '개'라고 격하시켜서 표현했다.

"그렇습니다."

미이라 여인도 아라크의 말에 고개를 끄덕여 동조했다.

아라크가 말을 이었다.

"물론 아쿤 본인은 제가 잘나서 진화에 성공했다고 착각하겠지. 하지만 사실은 내가 아쿤의 몸속에 성스러운 침을 박고 시술을 하여 튠더 키르샤로 거듭나게 만들어 주었다고. 그렇게 공을 들여서 개를 키웠는데, 이제 써먹을 만하니까 이 꼴이 되었단 말이지."

아라크는 여기서 잠시 호흡을 끊은 뒤, 낮게 으르렁거렸다.

"누구야? 누가 그랬어?"

"화염의 막키르샤였습니다."

"그래. 막키르샤였겠지. 튠더 키르샤는 키르샤들 중에서도 몇 손가락 안에 꼽힐 만큼 전투력이 뛰어난 종족이잖아? 그런 녀석을 이렇게 병신으로 만들어 버릴 정도라면 분명 막키르샤였겠지. 그런데 그 막키르샤가 누구냐고. 오드야?"

아라크의 입에서 북부 최강자 오드가 언급되었다.

미이라 여인이 고개를 가로저었다.

"오드는 아닙니다."

"그럼 누군데?"

"북부의 아홉 군주는 아니었습니다."

"그걸 어떻게 확신하지? 군주급이 아니라면 대체 누가 튠더 키르샤인 아쿤을 이런 병신 꼴로 만들 수 있겠어?"

순간적으로 아라크의 회색빛 눈동자 안에 황금색 테두리

가 떠올랐다. 그 테두리가 눈동자 안에서 기괴하게 이글거렸다.

화륵!

이것은 죽음의 눈, 사안(死眼).

마주하는 순간 상대에게 죽음의 낙인을 찍어 버리는 절대 권능이다.

"큿."

미이라 여인이 아라크의 사안을 받아 내지 못하고 크게 휘청거렸다.

츠츠츠츠—

아라크가 사안을 거두어 주었다.

"헉헉헉."

미이라 여인은 양손으로 무릎을 짚고 가쁜 숨을 몰아쉬었다.

아라크의 사안에 5초만 노출되면 죽는다. 잉그리드와 맞서 싸울 만큼 무력이 강한 미이라 여인도 겨우 5초를 간신히 버틸 뿐이다. 저 막강한 키르샤도 이 눈앞에선 3초, 혹은 4초를 버틸까 말까 하다. 아라크의 사안은 그만큼 무시무시한 권능이었다.

아라크는 미이라 여인이 호흡을 제대로 가다듬을 때까지 기다려 주었다.

거의 5분간 헐떡거리던 미이라 여인이 겨우 몸을 가누었다.

아라크가 다시 물었다.

"화염의 막키르샤가 군주가 아니라고 확신하는 이유는?"

"그는 여성체였습니다."

"여성체?"

아라크의 호기심을 보였다.

미이라 여인이 힘차게 고개를 주억거렸다.

"그렇습니다. 분명 여성체였습니다. 북부의 아홉 군주들 가운데는 여자가 없지 않습니까?"

"호오오, 여성체 막키르샤가 새로 등장하셨단 말이지? 북부의 군주들을 제치고 벌써 심해저 2층 레벨의 진화자가 나왔단 말이야? 오드 말고도?"

아라크는 '오드가 이미 막키르샤가 되었다.' 라는 전제로 말을 꺼냈다.

미이라 여인도 오드의 진화 사실을 이미 알고 있다는 듯이 대답했다.

"그렇습니다. 제가 상대한 화염의 막키르샤는 분명 오드가 아니었습니다."

"그녀의 무력 수준은?"

미이라 여인이 잠시 망설이다가 대답했다.

"저보다 강했습니다."

"당연히 너보다 강했겠지. 너보다 약했다면 분명 그 막키르샤를 이곳으로 붙잡아 왔을 것 아냐?"

아라크는 당연하다는 듯이 쏘아붙였다.

미이라 여인이 고개를 푹 숙였다.

"죄송합니다."

"뭐가 죄송한데?"

"약해서 죄송합니다."

이렇게까지 말하니 더는 미이라 여인을 윽박지를 수 없었다. 아라크는 잠시 침묵했다가 약간의 칭찬을 던져 주었다.

"그래도 아주 밀리지는 않았나 보네. 아쿤을 빼내 온 것을 보면 말이야."

"제가 막키르샤보다 약한 것은 사실이지만, 그래도 막키르샤의 손에 죽을 정도는 아니었습니다. 그리고 제가 조금만 더 일찍 현장에 도착했더라면 아쿤도 저렇게까지 망가지지는 않았을 겁니다."

아라크가 다시 유리관 안을 돌아보았다. 그러곤 혀를 찼다.

"쯧쯧쯧. 애써 키운 개가 아주 병신이 되었네. 병신이 되었어. 우리 속담에 개를 때리면 주인이 나온다고 했는데,

이거 내가 본격적으로 나서야 하나?"

독백을 하는 동안 아라크의 회색빛 눈동자에 다시 황금색 테두리가 돋아났다.

화륵!

숨 막히는 죽음의 기운이 주변을 순식간에 잠식했다. 그 기운에 휩쓸려 유리관 안의 아쿤이 입술을 푸들푸들 떨었다.

아라크가 사안을 다시 거둬들였다.

무의식중에 헐떡거리던 아쿤도 겨우 안정을 되찾았다.

아라크가 입을 열었다.

"그런데 말이야, 아쿤이 군대를 일으켜 룬드 왕국으로 쳐들어갔다고 했지?"

"그렇습니다. 제가 막키르샤의 손아귀에서 아쿤을 빼내온 장소가 바로 룬드 왕국 남쪽 지방이었습니다."

미이라 여인이 바로 대답했다.

아라크가 고개를 까딱거렸다.

"그렇다면 혹시 그 막키르샤가 룬드 왕국 소속일까?"

아라크의 의심이 룬드 왕국에 쏠리는 것은 어쩌면 당연한 일이었다.

Chapter 4

미이라 여인이 맞장구를 쳤다.

"가능성은 충분합니다. 룬드에게는 3명의 공주가 있다고 들었습니다. 그 공주들 가운데 한 명이 막키르샤로 진화했을 수도 있습니다."

아라크가 코웃음을 쳤다.

"흥! 그랬다면 룬드가 죽고 그 공주가 군주가 되었겠지. 마해의 마물들이 어디 부모 형제를 따지던가? 마물들은 강한 자가 곧 진리야. 만약 공주가 막키르샤로 진화했다면 그 즉시 룬드를 죽이고 왕위를 차지해야 하는 것 아냐?"

"효성이 지극한 공주라면 패륜을 자제할 수도 있지 않겠습니까? 아니면 룬드가 공주들 가운데 한 명에게 승계를 했을 수도 있습니다."

미이라 여인은 마물의 승계에 대해서도 잘 아는 듯이 대답했다.

아라크가 그 말을 곰곰이 곱씹었다.

"오호! 승계란 말이지? 그럴 수도 있겠군. 룬드의 마물을 승계받은 공주가 천재 중의 천재라 막키르샤로 진화를 했을 수도 있겠어. 멈."

아라크는 미이라 여인을 '멈' 이라고 불렀다.

멈(Mum)의 본명은 크리센써멈(Chrysanthemum: 국화).

이는 가을에 피는 꽃을 의미하는데 크리센써멈이라는 이름이 길고 발음이 어려워 아라크는 본명 대신 '멈'이라고 줄여서 부르곤 했다.

"넷."

미이라 여인, 즉 멈이 머리를 90도로 숙여 대답했다.

아라크가 명을 내렸다.

"이 시간부로 룬드 왕국에 대한 첩보 수집을 레벨 5로 격상한다."

"명을 따르겠습니다. 이 시간부로 룬드 왕국에 대한 첩보 수집 레벨을 2단계에서 5단계로 상향 조정하겠습니다."

첩보 수집 레벨 1단계란, 대상 왕국의 정보 길드 서너 곳에 의뢰해서 가장 느슨하게 일반적인 정보만 모으는 수준이었다.

첩보 수집 레벨 2단계는 대상 왕국에 아라크 직속 요원들을 10명 이내로 파견하여 좀 더 강하게 정보를 취하는 수준이었다.

첩보 수집 레벨 3단계는 요원의 수를 100명 이상으로 대거 늘려서 대상 왕국의 정보를 저인망이 훑듯이 모두 쓸어모으고, 여차하면 살인이나 고문까지 벌여서 강제로 정보를 쥐어짜는 것을 의미했다.

첩보 수집 레벨 4단계는 좀 더 적극적인 공작이 동원되었다. 예를 들어 상대 왕국의 주요 대신이나 왕족을 납치하여 아군 요인으로 바꿔치기하고, 이를 통해 내부의 고급 정보까지 모두 빼낼 때 사용했다.

마지막으로 첩보 수집 레벨 5단계는, 아라크의 직속 부하 4인방이 투입되는 단계를 의미했다.

지금까지 룬드 왕국은 2단계로 분류되어 요원 10명만 파견했다. 룬드 왕국이 북부의 타 왕국들에 비해 상대적으로 중요도가 떨어졌기 때문이다.

그런데 이번에 레벨 5로 단계가 급상승했다.

아라크의 명령이 떨어진 이상 아라크의 직속 부하 4인방 가운데 멈이 룬드 왕국으로 직접 날아갈 것이고, 파견 요원들도 100명 이상으로 수가 늘어날 것이다.

지난 수백 년간 북부의 아홉 왕국 가운데 레벨 5단계가 적용된 곳은 총 두 곳뿐.

오드 아르네 솔샤르가 다스리는 아르네 왕국은 가장 먼저 첩보 수집 레벨 5단계가 적용되었다. 그곳에는 4인방 가운데 맏이인 에이프러컷(Apricot: 매화, 살구)이 침투한 상태였다. 줄여서 '에이프'라는 애칭으로 불리는 맏이는 오드 왕국에 침투한 지 벌써 400년이 넘었다.

두 번째로 5단계가 적용된 곳은 헤닝 왕국이었다.

여기는 4인방 가운데 둘째인 오키드(Orchid: 난초)가 담당이었다. 아라크는 150년 전에 오키드를 헤닝 왕국으로 보냈다.

그다음엔 한동안 파견이 없었다. 거의 150년 동안 이들 두 왕국만 레벨 5단계로 지정되었다.

그러다 최근에 한 왕국이 추가되었다. 대륙 북서쪽에 신인이 재림했다는 소문이 퍼지자 아라크는 즉각 반응했다. 직속 부하 4인방 가운데 막내인 뱀부(Bamboo: 대나무)를 군나르 왕국에 급파하여 상황 파악에 나섰다.

이렇게 3명이 자리를 비웠는데, 이제 4인방 가운데 셋째인 멈까지 아라크의 곁을 떠나게 되었다. 멈은 그 점을 염려했다.

"저희 자매들이 모두 아라크 님의 곁을 떠나게 되어 송구스럽습니다. 다시 뵈올 때까지 부디 강녕하십시오."

멈은 천천히 무릎을 꿇어 아라크에게 작별의 인사를 올렸다.

아라크가 대수롭지 않게 인사를 받았다.

"어디 먼 길 떠나는 사람처럼 말하네? 저 서쪽의 군나르 왕국도 아니고, 룬드 왕국은 코앞이잖아. 해협만 하나 건너면 룬드인데 뭘 그렇게 진지하게 굴고 그래. 그냥 편하게 다녀와."

딴은 그러했다.

아라크가 머무는 에룬 왕국은 대륙에서 조금 떨어진 동쪽의 초대형 섬이었다. 그곳에서 해협을 건너면 바로 룬드 왕국이었다.

"알겠습니다, 아라크 님."

멈이 무릎을 펴고 일어나 자리에서 물러났다.

실내엔 아라크만 홀로 남았다.

"으음."

아라크는 유리관 안을 물끄러미 응시했다. 유리관 표면에 아름다운 30대 여인의 얼굴이 비쳤다. 아라크의 얼굴이 반사된 것이다.

그런데 지금 아라크는 본인의 얼굴을 보고 있지 않았다. 유리관 속 아쿤을 보는 것도 아니었다. 아라크의 눈에 맺힌 대상은 이 자리에 없는 제3의 존재였다.

"때가 무르익고 있습니다."

아라크가 붉은 입술을 놀렸다.

"벌써 막키르샤가 등장하였으니 이제 다즈키르샤가 나타나는 것도 시간문제입니다. 마해의 마물들은 늘 허기가 지고 공복에 시달리는 존재들이 아닙니까? 이곳 인간 세상에 맛난 먹이가 널렸다는 낌새를 눈치채면 우르르 몰려나오겠지요. 그다음은 천계와의 대전쟁이 시작될 겁니다. 결국 마해 가장 깊은 곳에 웅크리고 있는 마신도 참지 못하고 모습을 드러낼 것이고요."

이렇게 독백하면서 아라크는 고개를 들어 천장을 올려다보았다. 아라크의 눈은 복잡하게 관 다발이 연결된 천장에 고정되었지만, 실제로 그녀가 보고 있는 것은 천장이 아니었다. 아라크는 건물 지붕을 뚫고 저 하늘 높은 곳을 향해 시선을 던졌다.

"마신이 나타나기를 기다리시지 않았습니까? 마신을 인간 세상으로 끌어내라고 저를 이곳에 내려보내신 것 아닙니까? 조만간 그 명을 완수할 수 있을 것 같습니다."

아라크는 하늘을 향해 이렇게 보고를 올린 다음, 아주 작은 목소리로 덧붙였다.

"그러니 곧 존안을 뵈올 수 있겠지요. 저는 그날만 기다리고 있습니다."

죽음의 여제 아라크가 진심을 담아 독백했다.

제7화

카롤 왕국

Chapter 1

12월 하순.

한 해가 저물어 가는 시기라 거리는 바쁘게 움직였다. 상인들은 대목을 맞아 물건을 잔뜩 진열해 놓고 손님을 맞았다. 카롤 왕국 수도 번화가에 위치한 여관들도 손님들로 북적거렸다. 중키에 딸기코인 여관 주인은 양손에 맥주잔을 10개나 들고는 테이블 사이를 바쁘게 움직였다. 대개의 여관 듯이 그러하듯이 이 여관도 숙박업과 술집을 겸해서 운영했다.

"자자, 그만 떠들고 잔이나 한번 부딪치자고."

"그래. 쭉쭉 들이켜. 이 더러운 세상 술이나 빨다가 가자고."

“다들 쭈욱, 쭉.”

손님들이 왁자지껄하게 떠드는 가운데 여관 문이 삐꺽 열렸다.

“어서 옵쇼.”

딸기코 여관 주인이 꾸벅 인사를 하다 말고 눈을 찌푸렸다. 낡은 로브로 얼굴을 가린 난쟁이 노인이 들어섰기 때문이다.

‘쳇. 이런 대목에 혼자 온 손님이라니. 반갑지도 않다고.’

여관 주인이 원하는 것은 4명 정도 우르르 몰려와서 술과 안주를 잔뜩 팔아 줄 손님들이었다. 저렇게 혼자 와서 테이블만 차지하는 손님은 반갑지 않았다.

‘게다가 난쟁이잖아. 저 체격에 먹으면 얼마나 먹겠어? 기껏해야 맥주 두세 잔 홀짝이다가 가겠지. 치잇. 재수도 없구나.’

속으로는 이렇게 불평을 했지만, 여관 주인은 활짝 웃는 낯으로 손님을 대했다.

“어서 옵쇼. 밖이 춥지요? 노인장, 우선 이곳 따뜻한 자리에 앉아 몸부터 녹이시지요.”

난쟁이 노인이 주인장의 안내에 이끌려 외진 자리에 착석했다. 주인장의 말과 달리 그리 따뜻한 자리는 아니었다.

"자아, 무얼 드시겠습니까?"

여관 주인이 주문서를 들고 물었다.

"흑맥주 한 잔."

노인은 딸랑 맥주 한 잔만 시켰다.

주인이 입술을 푸들거리다가 다시 친절하게 물었다.

"그럼 식사는요?"

"식사는 필요 없소."

"그럼 안주는요? 주방 화덕에서 오리고기가 맛있게 구워지고 있는뎁쇼."

"안주도 필요 없소."

난쟁이 노인은 지친 듯이 대꾸했다.

여관 주인이 계속해서 오리고기를 권했다.

"어허, 오늘따라 오리고기가 아주 노릇하게 구워졌다니까요. 추운 몸을 녹이고 뱃속을 뜨뜻하게 채우려면 오리고기가 아주 그만입죠."

"아니. 배는 고프지 않으니 흑맥주만 주시오."

난쟁이 노인은 끝내 주인의 권유를 뿌리쳤다.

주인은 코 평수를 넓혀 벌렁거리다가 두 눈을 꽉 감고 울화를 참았다.

"여기 15번 테이블에 흑맥주 한 잔."

여관 주인이 주방을 향해 성난 음성으로 소리쳤다.

주방에서 일하던 여관 안주인이 창으로 고개를 불쑥 내밀었다.

"흑맥주 한 잔? 그게 다야?"

"그래. 그게 다야."

딸기코 여관 주인이 소리를 빽 지르고는 씩씩거리며 카운터로 갔다.

"쳇."

안주인은 도끼눈으로 난쟁이 노인을 노려보다가 다시 주방 안으로 얼굴을 감췄다.

여관 주인 부부의 홀대에도 불구하고 노인은 눈 하나 깜짝하지 않았다. 그저 피곤한 몸짓으로 탁자에 팔을 기대어 흑맥주가 나오기를 기다렸다.

낡은 로브 사이로 노인의 금발 머리가 엿보였다. 가닥가닥 머리카락을 땋은 노인의 정체는 골드 라이온이었다.

사자왕 메로베의 아버지이자, 지금 카롤 왕국을 다스리는 줄리앙 왕의 할아버지인 골드 라이온이 무려 몇십 년 만에 고향을 방문했다.

타악!

여관 주인이 골드 라이온 앞에 흑맥주 한 조끼를 세차게 내려놓았다. 맥주 거품이 넘쳐 테이블을 적셨다.

"옛소. 흑맥주 한 잔."

여관 주인이 불퉁거리는 음성으로 말했다.

골드 라이온은 귀찮다는 듯이 손짓을 한 다음, 맥주 한 모금을 들이켰다. 그러면서도 로브를 벗지도 않았다.

"쳇."

딸기코 여관 주인이 툴툴거리며 자리를 비켰다.

골드 라이온은 맥주를 꿀꺽꿀꺽 들이켠 다음 슬며시 쓴 웃음을 지었다.

"세월이 지났어도 고향의 맥주 맛은 그대로구나."

아득한 세월을 더듬는 듯한 음성으로 한마디를 내뱉은 뒤, 골드 라이온은 스승 벨커스의 당부를 떠올렸다.

[은둔의 수호자들을 다시 결집해야 한다. 너와 레드 베어, 그리고 데스 로즈만으로는 대업을 이룰 수 없어. 남부 연합의 영웅들을 다시 모아라. 그리하여 우리 은둔 수호자를 다시 일으켜 세워라. 그것이 네가 할 일이니라.]

부쿤 대산맥에 속박된 벨커스의 영혼은 골드 라이온에게 이렇게 명령했다.

[알겠습니다, 스승님.]

골드 라이온은 그 명에 따라 남부 연합에 내려왔다.

부스럭거리며 종이쪽지 하나를 꺼내 든 골드 라이온은 그 안에 적인 영웅 후보자들의 이름을 들여다보았다.

1. 비딕 발루아 대공.

— 발루아 왕국 오를레앙 발루아 대제의 친형

— 몽크

— 마나의 벽 2단계 이상, 혹은 이미 3단계에 도달했을지 모른다는 첩보가 있음

2. 샤를르 위그 대제.

— 위그 왕국의 왕

— 마법사

— 마나의 벽 2단계 이상, 혹은 이미 3단계에 도달했을지 모른다는 첩보가 있음

3. 페펭 마고 왕.

— 마고 왕국의 왕

— 마법사

— 마나의 벽 2단계

4. 클로테스 성녀.

— 홀리랜드의 성녀

— 신관

— 마나의 벽 1단계

5. 림 & 람 형제.

— 바야크 왕국의 사령관 (쌍둥이 형제)

— 기사

— 둘 다 마나의 벽 1단계

6. 콘 맥클라우드 공작.

— 맥클라우드 왕국의 루이 맥클라우드 왕의 사촌 동생

— 기사

— 마나의 벽 1단계

7. 보투르 후작.

— 카롤 왕국의 후작이자 군단장

— 기사

— 마나의 벽 1단계

8. 기온 백작.

— 카롤 왕국의 근위기사단장

— 기사

— 마나의 벽 1단계

9. 루잉 백작.

— 카롤 왕국의 레드 라이온 기사단장

— 기사

— 마나의 벽 1단계

종이에 적힌 영웅은 림과 람 형제를 포함하여 총 10명이었다.

Chapter 2

벨커스의 추종자들, 달리 8인의 은둔 수호자라 불리는 전대의 영웅들은 북부의 솔샤르와 맞서 싸우면서 언제 죽을지 모르는 위험을 감수해 왔다. 그들은 늘 죽음을 염두에 두어야 했다. 그러면서도 다른 한편으로는 조직의 미래를 대비할 수밖에 없었다.

결국 방법은 하나였다. 8인의 은둔 수호자들은 만일의 경우를 대비하여 남부 연합의 후배들 가운데 수호자가 될 법한 후보들을 골라서 미리 명단을 만들어 놓았다. 지금 골드 라이온이 보고 있는 종이가 바로 그 명단이었다.

골드 라이온은 명단 아래쪽부터 시작하여 위로 하나씩 짚어 올라갔다.

'루잉 백작…… 정말 안타깝구나. 어리석은 내 아들 메로베가 불륜에 빠져 카일을 죽였고, 그 뒤를 이어 백작이 된 루잉도 결국 바야크 장벽을 지키다가 전사했다지? 휴우우우, 그러고 보면 우리 카롤 왕가가 드뷔시 가문에 정말 큰 빚을 졌어. 쯧쯧쯧.'

골드 라이온은 5년 전 루잉의 죽음 소식을 들었다. 하지만 루잉이 어떤 마음으로 죽었는지, 줄리앙 왕과 배덕녀 실비아가 루잉에게 어떤 짓을 했는지는 알지 못했다. 그저 뛰어난 검수가 젊은 나이에 요절한 것이 안타까웠을 뿐이었다.

이어서 골드 라이온의 눈이 위로 올라갔다.

'8번, 기온 백작. 내가 마지막으로 기온을 보았을 때는 한창 파릇파릇한 청년이었는데. 그 아이가 훌륭하게 성장하여 마나의 벽 1단계에 도달하였다니 참으로 기특한 일이다.'

속으로 이렇게 중얼거린 골드 라이온은 펜을 들어 기온 백작의 이름에 줄을 쭉 그었다.

~~8. 기온 백작~~

골드 라이온은 쭉 그어진 기온의 이름을 물끄러미 내려다보았다. 그러다 천천히 고개를 가로저었다.

'기특하기는 하지만 기온은 안 돼. 그를 은둔의 수호자로 선발할 수는 없다고. 누군가는 줄리앙의 곁을 지켜 줘야 하니까.'

골드 라이온이 후보자 명단에서 기온을 제외한 이유는 줄리앙 때문이었다. 근위기사단장인 기온을 빼앗아 갔다가 줄리앙에게 피해가 갈까 봐 걱정한 것.

대의를 위해 스스로를 희생한 골드 라이온이지만, 그래

도 핏줄을 생각하는 마음은 깊었다. 역시 피는 물보다 진하고 팔은 안으로 굽는 법이었다.

골드 라이온의 눈이 7번에서 멎었다.

'보투르 후작이라? 소문을 듣고 한번 몰래 살펴본 기억이 나는군. 재능이 무척 뛰어난 녀석이었어. 카일 드뷔시 다음으로 뛰어난 인재였지. 하지만 성품이 그렇게 좋아 보이지는 않았는데. 부귀영화를 포기하고 은둔의 수호자가 될 인물이 아니야. 녀석은 늑대와 같아.'

골드 라이온은 보투르를 박하게 평가했다. 이어서 골드 라이온이 살펴본 것은 6번에 적힌 콘 맥클라우드 공작이었다.

맥클라우드 왕국은 바야크 왕국과 함께 최전방에 서서 솔샤르들의 남하를 저지하는 방패 왕국이었다. 그리고 콘 맥클라우드 공작은 그 방어선을 진두지휘하는 총사령관에 해당했다.

'아무리 급해도 그렇지, 방어선 유지에 진땀을 흘리는 총사령관을 빼 올 수는 없지. 그랬다가는 맥클라우드 왕국이 위험해져. 이런 상황이니 콘 맥클라우드 공작이 수호자를 자청할 리도 없고.'

명단 5번에 적힌 림과 람 형제도 마찬가지였다.

'이들 쌍둥이 형제가 자리를 비우면 바야크 장벽이 위태로워지지. 이들도 곤란해.'

~~5. 림 & 람 형제~~

~~6. 콘 맥클라우드 공작~~

~~7. 보투르 후작~~

종이 위에 연달아 3개의 줄이 그어졌다.

"휴우우, 쉽지 않구나."

골드 라이온은 더 위쪽으로 눈을 돌렸다.

'홀리랜드에 천족이 강림했지? 그렇다면 클로테스 성녀도 이미 천족으로 탈바꿈했을 게야. 아아아, 정말 안타깝구나. 남부의 영웅들이 이렇게 빠지고 저렇게 빠지니 어디서 4명을 채워서 8인의 은둔 수호자를 다시 결성한단 말인가?'

~~4. 클로테스 성녀~~

골드 라이온은 4번에도 선을 쭉 그었다.

3번도 문제였다.

'마고 왕국엔 천계의 여왕이 강림했어. 그 와중에 페펭 마고가 죽었다는 소리도 들었고. 쯧쯧쯧. 그는 장차 우리의 뒤를 잇기에 충분한 재목이었는데, 참으로 안타깝구나.'

~~3. 페펭 마고 왕~~

종이에 그어지는 가로 선의 수가 점점 늘어났다. 이에 비례하여 골드 라이온의 이마 위 주름도 점점 수가 늘었다.

'샤를르 위그 대제. 그 아이라면 화이트의 빈자리를 대체하고도 남지. 소문이 사실이라면 샤를르는 거의 내 수준에 도달했어. 그러니 어떻게든 샤를르를 설득해야 해. 왕좌를 후대에 넘겨주고 은퇴한 다음, 은둔의 수호자에 가입하도록 설득해야 한다고. 그렇지 못하면 우리 은둔 수호자의 미래는 없어.'

골드 라이온이 이렇게 단언할 만큼 샤를르 위그 대제는 중요한 인물이었다. 남부 연합을 통틀어서 북부의 군주들과 맞서 싸울 수 있는 사람은 불과 세 손가락 안에 꼽을 정도였다.

골드 라이온.

샤를르 위그 대제.

비딕 발루아 대공.

'샤를르 위그 대제만큼이나 중요한 사람이 바로 비딕 대공이지. 어쩌면 샤를르보다 비딕이 더 중요할 수도 있어.'

비딕은 발루아 왕국의 대공이었다. 원래 그는 선친의 뒤를 이어 왕위에 올라야 할 인물이었으나, 수도의 길에 심취해 스스로 왕관을 벗어던졌다.

그 때문에 비딕의 동생 오를레앙이 발루아의 왕이 되었다. 비딕은 옥좌를 버릴 정도로 수도의 길에 매진한 결과 마나의 벽 3단계에 도달했다. 종이쪽지에는 비딕이 2단계 이상이라고 적혀 있지만, 사실 비딕은 이미 3단계에 올라선 지 오래였다.

골드 라이온은 그 사실을 아주 잘 알았다.

'비딕은 무조건 영입 1순위야. 비딕 대공과 샤를르 대제. 이 2명은 무조건 채워 넣어야 해.'

10명의 후보자 가운데 2명을 골라낸 뒤, 골드 라이온은 처음부터 명단을 다시 훑었다.

화이트, 크레슨트, 다크 블랙, 마운틴 고우트.

8인의 은둔 수호자 가운데 죽은 자가 4명이었다. 그러니 조직을 재건하려면 4명을 다시 채워야 했다. 스승인 벨커스도 4명을 다시 채우라고 명했다.

'결국 어떻게든 2명을 더 쥐어짜야 하겠구나. 비딕 발루아 대공과 샤를르 위그 대제 외에도 2명을 더 선발해야 해.'

Chapter 3

'으으음. 누구를 추가해야 하나?'

골드 라이온이 손가락으로 탁자를 톡톡 두드렸다.

3번의 페펭 마고는 이미 죽었을 테니 제외.

4번의 클로테스 성녀도 이미 천족이 되었을 것이 뻔하니 제외.

골드 라이온은 5번에서 한참을 망설였다.

'림과 람 형제 가운데 한 명을 빼도 괜찮을까? 쌍둥이 가운데 한 명이 빠져도 바야크 장벽을 지켜 낼 수 있을까? 끄으음.'

아무래도 쉽지 않을 것 같았다.

그렇다고 다른 방책도 없었다. 골드 라이온은 크게 한숨을 내쉬었다.

'휴우우우우, 어쩔 수가 없구나. 둘 중 한 명은 무조건 뽑아야겠어.'

한참을 고민하던 골드 라이온은 쌍둥이 가운데 아우인 람을 선택했다.

5. 림 & 람 형제

샤라락—

골드 라이온이 손가락을 튕기자 펜으로 그은 선이 거짓말처럼 사라졌다. 골드 라이온은 '람'의 이름을 손끝으로 부드럽게 쓰다듬었다.

'미안하지만 어쩔 수가 없다. 람. 네가 인간족의 미래를 위해 희생을 해 주어야겠어.'

비딕, 샤를르, 람.

이제 세 사람이 선정되었다. 빈자리를 채워 넣으려면 아직도 한 명이 부족했다.

'콘 맥클라우드 공작을 빼낼 수는 없어. 그럼 동부의 맥클라우드 왕국이 무너질 게야. 그리고 기온 백작도 뺄 수 없지. 줄리앙 녀석의 곁에 누군가는 필요해.'

그렇다면 남은 한 사람은 보투르 후작뿐이었다. 골드 라이온은 보투르가 이미 공작이 되었다는 사실을 알지 못했다.

'마음에 썩 드는 것은 아니지만 어쩔 수 없구나. 보투르, 그 아이를 만나서 설득해야겠어. 인간족을 위해서 그의 희생을 강요해야지.'

이제 새로운 명단이 완성되었다.

'비딕 발루아, 샤를르 위그, 람, 보투르.'

골드 라이온은 이 4명 가운데 우선 보투르 후작부터 만날 생각이었다. 골드 라이온이 이런저런 고민을 하는 사이 테이블 위에선 흑맥주가 맛없게 김이 빠져 갔다.

카운터 옆에서 딸기코 여관 주인이 마뜩잖은 표정으로 골드 라이온을 노려보았다.

'저 난쟁이 늙은이가 맥주를 시켜 놓고 뭘 하는 거야? 흑맥주가 더 발효할 때까지 기다릴 셈인가? 후딱 마시고 자리나 비켜 주면 좋으련만.'

참다못한 여관 주인이 쿵쿵 소리를 내며 골드 라이온에게 다가갔다.

"이보슈, 손님."

"응? 나 말인가?"

생각을 방해받은 골드 라이온이 고개를 들었다.

"지금 손님 땜에 다른 손님들을 두 팀이나 그냥 돌려보냈단 말이오. 연말에 한창 바쁠 때 이렇게 주문도 하지 않고 자리만 차지하고 있으면 어떻게 하자는 거요? 나는 흙 파서 장사하냔 말이오. 크응. 크으응."

딸기코 주인은 연적을 눈앞에 둔 멧돼지 수컷처럼 뜨거운 콧김을 내뿜었다.

골드 라이온이 사과를 했다.

"어어, 그런가? 이거 미안하게 되었소. 흑맥주값이 얼마요?"

"동전으로 3개만 주쇼."

"3개? 술값이 많이 올랐구먼."

동전 3개면 꽤 비싼 가격이었다. 그동안 물가 상승률을 감안해도 무척 비쌌다. 골드 라이온은 품을 뒤적이면서 '이자가 지금 내게 바가지를 씌우나?' 라고 의심했다.

여관 주인이 버럭 목청을 높였다.

"컹! 오르긴 뭘 올랐다고 그러쇼? 동전 세 닢 받아서 그중 두 닢을 세금으로 뜯겨야 하는데 지금 누구 놀리는 거요?"

"뭣? 세 닢 중 3분의 2가 세금이라고?"

골드 라이온은 정말로 깜짝 놀랐다. 그가 메로베에게 왕위를 물려줄 때 분명히 유훈을 남겼다.

"백성들이 어려우니 세금은 물건값의 20 퍼센트가 넘지 않도록 하라."

이곳이 골드 라이온의 당부였다.

메로베는 그 유훈을 평생 따랐다. 술과 보석 같은 사치품에는 20 퍼센트, 일반 상품은 10 퍼센트, 곡식은 5 퍼센트의 세금만 부과하였으며, 왕실의 재정을 아껴서 백성들에게 누가 되지 않도록 조심했다. 골드 라이온은 멀리서 이 소식을 듣고는 무척 흡족해했다.

'이자가 지금 내게 거짓말을 하는 것인가? 아니면 줄리앙이 300 퍼센트라는 말도 안 되는 세금을 부과했단 말인가?'

이런 의심의 눈초리가 불쾌했는지 여관 주인이 주변 손

님들에게 응원을 청했다.

"손님들, 여기 이 노인장이 내게 따져 물으십니다. 흑맥주 한 잔에 동전 세 닢이 비싸다면서 항의를 하는 셈이죠. 그래서 제가 대답해드렸습니다. 세 닢 가운데 두 닢은 세금이라고 똑똑히 말씀드렸죠. 그런데 이 노인장이 제 말을 믿지 않는 눈치입니다요. 어디 제 말이 틀렸습니까?"

"거 노인장이 세상 물정을 잘 모르시네."

"이웃 발루아 왕국에서 오시기라도 한 거요? 술에 붙는 세금이 300 퍼센트로 폭등한 지가 언제인데 그걸 의심하쇼?"

"이 사람 보게나. 그나마 지금이니까 300 퍼센트지. 내년이면 400 퍼센트로 또 오른다는 소리가 있어. 그 소식을 듣고 우리가 오늘 여기에 와서 술을 퍼마시는 것 아냐. 내년이면 세금이 무서워서 술도 먹지 못할 테니까. 퉤엣."

사람들이 여기저기서 목청을 높였다.

그러고 보니 사람들의 표정이 상당히 딱딱했다. 1년을 마무리하면서 기분 좋게 술잔을 기울이는 것이 아니라, 울분을 풀 곳이 없어서 술을 퍼마시는 분위기였다.

'이게 어찌 된 일이란 말인가? 우리 카롤 왕국이 왜 이 모양이 되었어?'

골드 라이온이 당황했다.

골드 라이온은 여관 주인을 조심스레 떠보았다.

"이보시오, 주인장. 사실 나는 카롤 왕국 사람인데 물건을 사고파느라 20년 넘게 바야크 왕국에 가 있었다오. 그러다 모처럼 고향에 돌아온 것인데, 그동안 왜 그리 세금이 늘은 게요?"

여관 주인이 풀 죽은 목소리로 대답했다.

"왜긴 왜겠소. 왕명으로 세금을 올리라고 하니 올라가는 것이지."

"왕명? 메로베 선왕께서 승하하셨다는 소식은 내가 멀리서도 들었다오. 그렇다면 지금의 전하께서 술에 붙는 세금을 올리신 게요?"

"어디 술에 붙는 세금만 올랐겠소? 철근, 목재, 가구, 도구, 심지어 생선과 곡식까지 모두 올랐다오. 그나마 이곳 번화가에 사는 손님들은 자기 땅이 있고 수입이 있어 버틸 수 있으니까 술이라도 사 마시는 거지, 지방에 나가 보쇼. 난리도 아뇨."

여관 주인은 힐끗힐끗 주변 눈치를 보며 이렇게 대답했다.

손님들 가운데 털보 한 명이 언성을 높였다.

"주인장. 사실을 말하는데 뭘 그렇게 눈치를 보쇼? 우리들 중에 누가 왕궁에 신고라도 할까 봐 그러쇼? 어디 할 테면 하라고 그래. 나는 오늘 1년간 대장간에서 벌어들인 수입의 태반을 세금으로 빼앗기고, 남은 돈으로 여기서 술을 퍼마시는 거요. 남은 돈을 술로 다 날려 버린 다음 콱 죽어 버릴 생각이란 말요. 그러니까 누가 나를 신고하려거든 하쇼. 어차피 죽을 목숨, 그 미친 줄리앙 왕 앞에 끌려가서 죽어도 그만이지. 퉤에에."

털보의 말이 기폭제가 되었다.

"나도 마찬가지야. 오늘 세금을 왕창 뜯기고 나서 분을 풀 곳이 없어서 여편네와 싸우고 술집에 나온 거라고. 나도 신고해. 제기랄."

"젠장. 선왕께선 성군이셨는데, 어쩌다 그 아들은 저 모양인지."

"5년 전인가? 루잉 백작님께서 전사하신 것이 망조의 시작이었어. 내가 귀족가에 물건을 납품하다가 엿들은 말인데, 루잉 백작님께서 너무 뛰어나시고 선왕의 총애를 받다 보니 지금의 줄리앙 왕이 루잉 백작님을 질투하여 전쟁터로 내몰았다고 하더라고. 그렇게 충신을 죽인 다음 보투르 공작 같은 간신을 끌어들이니 나라 꼴이 요 모양이지."

골드 라이온은 해머로 뒤통수를 얻어맞은 기분이었다.

'줄리앙이 폭정을 일삼는다고? 내 손자 줄리앙이 루잉을 질투하여 죽였다고? 보투르는 그 인물됨이 늑대와 같아 메로베가 지방으로 보낸 것인데, 줄리앙이 그런 보투르를 곁에 두고 공작의 작위까지 내렸단 말인가? 허어어.'

골드 라이온은 다리에 힘이 풀려 서 있을 수가 없었다. 다시 의자에 털썩 주저앉았다.

Chapter 4

그때였다. 누군가 던진 말이 골드 라이온의 귀를 자극했다.

"처음부터 짜고 친 포커 아니야? 줄리앙 왕과 보투르 공작이 루잉 백작님을 질투하여 전쟁터로 내몰고, 거기서 무슨 수작을 부려서 죽인 것 아니냐고."

"뭐? 자네 그게 무슨 소리야? 줄리앙 왕이 루잉 백작님을 죽였다고? 북부의 마물들과 싸우다 장렬하게 전사하신 것이 아니고?"

이런 질문이 나왔다.

처음 말을 꺼냈던 자가 곧바로 맞받아쳤다.

"장렬하게 전사하시기야 하셨지. 하지만 그 이면에 다른 수작이 숨어 있었다고. 그렇지 않다면 어떻게 이렇게 아귀가 탁탁 맞겠어? 루잉 백작님이 돌아가시자마자 변경을 지키던 보투르 공작이 수도로 진격해서 올라왔다고. 그 직후에 루잉 백작님이 키워 낸 드뷔시 가문의 정예 기사단을 보투르 공작이 빼앗았지?"

"맞아. 그랬지."

누군가가 맞장구를 쳤다.

"그리고 얼마 후에 루잉 백작님을 아끼시던 노먼 공작님이 반역자로 몰려서 처형을 당하셨단 말이야. 선왕 전하를 곁에서 모시던 기온 백작님은 멀리 귀향을 가셨고, 루잉 백작님의 드뷔시 가문은 완전히 쪼그라들었다고. 그다음 왕국의 중요한 보직들을 보투르 공작과 그 일당들이 꿰차 버린 거야. 이게 말이나 돼? 이미 뒤에서 음모가 서 있지 않았다면 기다렸다는 듯이 이렇게 일이 벌어졌을 것 같아? 모두 다 음모야. 줄리앙 왕과 보투르 공작이 사악한 계획을 세운 거라고."

콰쾅!

사내 말이 벼락이 되어 골드 라이온의 가슴을 헤집었다.

'대체 이게 무슨 소리냐? 내 아들 메로베가 불륜을 저지르고 카일 드뷔시 백작을 죽게 만들었건만, 그것 때문에 내가 데스 로즈를 볼 면목이 없어 발만 동동 구르건만, 이번엔 내 손자가 드뷔시 가문에 무슨 일을 저지른 게야? 루잉을 죽이고, 드뷔시의 기사단을 강탈하고, 기온을 귀향 보내고 노먼 공작을 처형한 것으로도 모자라서 왕국까지 말아먹어? 크으으으윽. 이놈.'

골드 라이온이 두 주먹을 부르르 떨었다.

그러는 동안 술집의 손님들은 점점 더 격앙된 목소리로 줄리앙을 욕하고 보투르를 비난했다.

"줄리앙은 왕도 아니야."

"보투르 공작은 간신 중의 간신이라고."

골드 라이온은 그 소리가 듣기 괴로워 자리를 박차고 나왔다.

땡그렁, 땡그렁, 땡그렁.

테이블 위에 동전 세 닢이 떨어졌다.

골드 라이온이 던진 동전을 여관 주인이 쓸어 담았다.

골드 라이온은 문을 거칠게 박차고 거리로 나왔다.

"후으읍."

차가운 밤공기가 골드 라이온의 폐부로 빨려 들었다.

그래도 답답함이 가시지 않았다.

처음에 골드 라이온은 왕궁에 쳐들어갈 생각이었다. 당장 줄리앙을 찾아가 사실 여부를 확인하고 싶었다.

그런데 용기가 나지 않았다.

'만약 사실이면? 백성들의 말이 사실이면 어떻게 하지? 내 손으로 줄리앙을 징벌할 수 있을까? 아니야. 줄리앙에게도 무슨 사연이 있을지도 몰라. 보투르, 그 늑대 놈부터 찾아가자.'

이렇게 생각한 골드 라이온은 보투르 공작의 저택을 먼저 방문하기로 결심했다.

중간에 또 한 번 마음이 바뀌었다.

'기온 백작이 귀향을 갔다면 줄리앙의 곁에 아무도 없지 않은가. 기온이 귀향에서 풀려나 되돌아와도 줄리앙에 대한 원망이 가득할 게야.'

골드 라이온의 뇌에 이런 생각이 퍼뜩 깃들었다. 백성들의 원망이 크니 언제 반란이 일어나도 이상할 것이 없는 상황이었다. 골드 라이온은 그 점도 염두에 두었다.

'이런 시기에 보투르처럼 뛰어난 검수가 줄리앙의 곁에 있다면 그 무력이 무서워서라도 반역이 일어나지 않겠지. 하지만 만약 내가 보투르를 때려죽인다면? 그 늑대 같은 녀석의 행동이 구역질 나서 죽여 버리기라도 한다면? 그럼 줄리앙은 어떻게 되지?'

골드 라이온은 끝내 혈육에 대한 미련을 버리지 못했다. 결국 골드 라이온은 보투르 공작을 죽여 버리게 될까 봐 두려워서 한 번 더 방향을 틀었다.

골드 라이온이 찾아간 곳은 결국 드뷔시 백작가였다.

백작가의 경비는 의외로 허술했다.

'뛰어난 기사들을 모두 보투르에게 빼앗겼다고 하더니 그 말이 사실인가 보구나. 쯧쯧쯧. 데스 로즈가 아끼고 사

랑했던 가문이 어찌 이렇게 몰락했단 말인고.'

골드 라이온은 건성으로 경비를 서는 사병들을 손쉽게 따돌렸다. 그다음 백작가 깊숙한 곳으로 스며들었다.

골드 라이온은 과거에 데스 로즈의 저택을 방문한 적이 있었다. 하여 어디로 가야 하는지 파악이 쉬웠다.

백작 가문의 안채.

골드 라이온은 몽크의 법력을 이용해 2층 창문으로 휙 날아올랐다. 램프의 불빛이 새어 나오는 이곳은 백작의 전용 서재였다. 과거에 데스 로즈는 이 서재를 무척 애용했다.

'휴우, 데스 로즈에게 너무 미안하구나.'

골드 라이온은 속으로 이렇게 용서를 빌면서 창문 안을 들여다보았다.

서재 중앙에 벽난로가 눈에 들어왔다. 벽난로 위를 장식한 명검들과 드뷔시 가문의 문장이 뒤를 이어서 골드 라이온의 눈에 잡혔다.

벽난로에서는 타닥타닥 장작이 타들어 갔다.

새하얀 손이 두툼한 장작을 잡아 벽난로에 휙 던져 넣었다.

'누구지?'

골드 라이온은 손의 주인을 유심히 살폈다.

매끈한 손.

뽀얀 살결.

화려한 금발.

매력이 철철 넘치는 이 여인은 실비아 드뷔시 백작 부인이었다. 골드 라이온은 한눈에 그녀의 정체를 알아보았다.

'늘씬한 체형은 데스 로즈를 빼닮았구나. 이목구비는 제 어미를 판박이 했고.'

실비아의 어머니는 미아 드뷔시였다. 메로베 왕과 바람이 나서 남편인 카일 드뷔시를 죽도록 만든 배덕녀 말이다.

골드 라이온은 실비아에게 연민을 느꼈다.

'따지고 보면 나는 저 아이에게 용서를 빌어야 한다. 내 아들 메로베 때문에 저 아이는 부친을 잃었어. 그리고 내 손자 줄리앙 때문에 남편까지 저승으로 보내야 했지. 내가 저 아이의 눈물을 닦아 주어야겠다. 보투르, 그 늑대가 더는 괴롭히지 못하도록 내가 후견인 역할을 해 주어야지.'

창문 밖에서 골드 라이온이 이런 결심을 할 때, 서재 문을 열고 중년의 여인이 들어왔다.

Chapter 5

실비아의 눈이 바짝 치켜 올라갔다.

"왜 또 여기를 들어와요? 나는 어머니와 이야기하고 싶지 않아요.”

그 말에 골드 라이온의 눈이 번쩍 뜨였다.

‘어머니? 그렇구나. 저 중년 여인이 미아 드뷔시구나.’

미아가 슬픈 얼굴로 딸에게 다가왔다.

실비아가 손바닥을 내밀었다.

“싫어요. 다가오지 마세요. 더 이상 어머니의 잔소리도 듣기 싫어요.”

“실비아, 제발 내 말 좀 들으렴. 이곳은 위험해. 그러니 나와 같이 마고 왕국으로 가자. 네 할머니께서는 마고 왕국의 왕족 출신이셔, 그곳에 가면 너와 내가 충분히 살 수 있을 게다.”

미아의 말은 사실이었다. 실비아의 할머니인 데스 로즈는 마고 왕국의 공주였다. 골드 라이온은 속으로 미아를 응원했다.

‘그래. 미아가 한때 잘못된 선택을 했다만, 그래도 지금은 현명해졌구나. 보투르의 마수를 피해서 마고 왕국에 가는 것도 나쁘지 않아.’

그러다 곧 생각이 바뀌었다.

‘아니지. 마고 왕국에 천계의 여왕이 강림했잖아? 까딱하다가는 미아와 실비아가 강제로 천족이 될 수도 있어. 뼈만 남은 천족.’

골드 라이온이 이런 고민을 하고 있을 때, 실비아가 버럭 소리를 질렀다.

"어머니! 어머니는 양심도 없어요? 마고 왕국이 어디라고 거길 찾아가요? 돌아가신 할머니의 영혼이 퍽도 어머니와 저를 반기겠네요. 어머니가 아버지를 독살했잖아요. 연하남과의 불륜이 들통 나자 그 불륜남을 보호하기 위해서 오히려 아버지를 죽였잖아요. 그런데 할머니의 영혼이 어머니를 받아 주겠어요? 아들을 죽인 배덕녀를 받아 주겠느냐고욧."

실비아가 주먹을 꽉 쥐고 악을 썼다.

"아아, 실비아."

미아가 손으로 이마를 짚었다.

창밖의 골드 라이온도 깜짝 놀랐다.

'헉! 그 사실을 실비아가 알고 있었구나. 그런데 이게 무슨 소리인가? 미아가 연하남과 불륜이었다고? 메로베는 분명 미아보다 나이가 많은데?'

미아가 눈물을 흘렸다.

"흐흑, 미안하구나. 과거에 엄마가 정말 큰 잘못을 저질렀어. 엄마는 마고 왕국으로 갈 자격도 없어. 그걸 알면서도 엄마는 이렇게 말할 수밖에 없어. 실비아, 제발 카롤 왕국을 떠나야 해. 여긴 위험해."

실비아가 깔깔대고 웃었다.

"오호호호! 위험하다고요? 나도 알아요. 내가 지금 어떤 상태인지 나도 알고 어머니도 알잖아요. 내가 말했잖아요. 얼마 전에 내가 보투르 그 개새끼에게 겁탈당할 뻔했다고요. 내가 사랑했던 줄리앙 오빠가, 아니 줄리앙 그 개새끼가 나를 보투르에게 팔아먹었다고요. 나는 이제 아무것도 없어요. 기사단도 없고, 남편도 없고, 힘도 없어요. 보투르가 나를 끌고 가서 겁탈해도 나는 그냥 당할 수밖에 없어요. 줄리앙 그 개자식이 나를 창녀처럼 팔아먹어도 나는 줄리앙의 뺨을 후려칠 수도 없다고요. 나는 줄리앙의 얼굴도 볼 수 없는 처지예요. 오호호호호."

실비아가 자신의 머리카락을 쥐어뜯었다.

미아가 달려와 딸을 꽉 끌어안았다.

"으흐흑, 실비아. 이 불쌍한 것."

"아악! 싫어. 저리 갓."

실비아가 미아의 가슴을 마구 때렸다. 얼굴에도 주먹질을 했다.

눈에 피멍이 들면서도 미아는 딸을 꼭 껴안았다.

"으흐흑, 이 불쌍한 것."

"저리 가. 이제 와서 위해 주는 척하지 말고 저리 가라고. 그 연하남에게나 가 버렷. 으아아아악."

실비아가 발광을 했다.

미아는 끝까지 딸을 놓지 못했다.

결국 실비아가 포기했다. 실비아는 눈 화장이 흉하게 번진 상태에서 독한 눈빛으로 미아를 노려보았다.

"하아, 하아, 하아. 좋아요. 그럼 이제 말이나 해 줘요. 내가 묻는 말에 솔직하게 대답하면 나도 어머니의 말을 들을게요."

"뭐든 말할게. 엄마가 뭐든 다 털어놓을게. 흐흐흑. 제발 내 말에 귀를 기울여 줘. 이곳은 위험해."

"첫 번째 질문. 누구예요?"

실비아가 표독하게 모친을 노려보았다.

미아가 당황했다.

"누구냐니?"

"그 연하남 말이에요. 엄마가 진심으로 사랑하여 아버지마저 독살하게 만든 그 마성의 불륜남이 누구냐고요."

"그건!"

미아는 선뜻 대답하지 못했다.

실비아가 피식 비웃었다.

"그럴 줄 알았어요. 어머니, 아니 엄마는 늘 내게 무언가를 숨겼죠. 그러면서 나에게는 무조건 엄마 말만 들으라고 하잖아요? 이유도 제대로 설명하지 않으면서."

"메로베!"

미아가 반사적으로 소리를 질렀다.

실비아의 눈이 휘둥그레졌다.

“누구요? 엄마, 아니 어머니. 지금 뭐라고 했어요? 메로베라고요? 설마 선왕 전하를 말씀하시는 거예요?”

메로베라는 이름을 듣는 순간 골드 라이온은 머리카락이 쭈뼛 섰다.

미아가 실비아 앞에 엎드려 울었다.

“으흐흐흑, 으흐흑. 미안해. 정말 미안해. 엄마가 사랑한 분은 바로 선왕이셨어. 흐흐흑. 선왕이셨다고. 그런데 그 말을 차마 할 수가 없었어. 그래서 그냥 연하남이라고 둘러댄 거야. 흐흐흑.”

“아하하. 아하하하하. 선왕이라고요? 선왕과 바람을 피셨다고요? 그러니까 뭐예요. 성군으로 이름을 날린 선왕께서는 사실 신하의 부인과 놀아난 거네요? 그리고 둘이서 그 충신을 독살했고요? 오호호호홋! 역시! 역시 피는 못 속여. 나는 과연 엄마의 딸이네요. 내가 저지른 행동들이 엄마의 행동과 완벽하게 똑같네요. 왕과 바람을 피우고. 남편을 죽이고.”

실비아가 미친년처럼 웃었다.

골드 라이온은 충격에 충격이 더해져서 입을 쩍 벌렸다.

‘메로베와 미아가 카일을 독살했어. 그런데 줄리앙과 실비아도 똑같이 루잉을 죽였다고? 왕이 신하의 아내를 탐하고, 충신을 죽이고. 어허허허허. 이러고도 왕국이 멀쩡하면 그게 더 이상하지. 어허허허허.'

골드 라이온은 두통으로 머리가 쪼개질 것 같았다.

실비아가 미아의 어깨를 꽉 붙잡았다.

"아하하하하. 그럼 이제 두 번째 질문을 할게요. 마고 왕국으로 도망치자고 하는 진짜 이유가 뭐예요? 어머니는 선왕과 바람을 피우고도 멀쩡히 여기서 살았잖아요. 그런데 왜 나는 도망쳐야 해요?"

"실비아, 메로베 왕께선 선한 분이셨어. 비록 이 엄마와 함께 큰 잘못을 저지르기는 하셨지만, 그래도 커다란 나무와 같은 분이셨어. 하지만 줄리앙은 아니야."

"그건 나도 알아요. 줄리앙이 개자식이라고 내가 말했잖아요. 그 개자식이 나를 보투르에게 팔아먹었다는 이야기도 했잖아요. 그게 뭐 어때서요? 내가 보투르에게 몸이라도 판들, 뭐가 달라지겠어요? 어차피 나는 더러운 창녀잖아요. 우직한 남편을 버리고 바람을 피운 더러운 몸뚱어리잖아요. 내가 이렇게 더러운데, 내가 이렇게 남자 보는 눈이 없는데, 이 몸뚱어리에 개새끼 한 마리를 더 태운다고 해서 뭐가 달라지겠어요? 다음에 또 보투르가 내게 집적거리면 나는 아예 보투르와 자 버릴 지도 몰라요. 줄리앙 그 개자식이 나를 창녀처럼 내돌리니까 나도 진짜로 창녀가 되어야죠."

실비아가 이렇게 자학했다.

미아가 딸을 꽉 끌어안았다.

"실비아, 흐흐흑."

이번엔 실비아도 저항하지 않았다. 미아의 품에 안겨 눈물만 뚝뚝 흘렸다.

그러다 실비아가 눈에서 독기를 품었다.

"오호호홋. 그런데 어머니. 줄리앙 그 개 후레자식이 과연 저만 내돌렸을까요?"

"그게 무슨 소리니?"

"그 비굴하고 멍청한 후레자식이 과연 저만 팔아먹었겠느냔 말이에요. 보투르는 줄리앙을 장난감처럼 취급하고 있어요. 그리고 줄리앙은 보투르가 무서워서 권력도 내주고, 애인인 나도 내주었고, 왕권도 다 주었지요. 그런데 왕비라고 멀쩡할 것 같아요? 오호호호호호."

미아가 깜짝 놀랐다.

"헙! 설마 왕비를 보투르에게 내주었단 뜻이니?"

"100퍼센트 확실해요. 오호호호호."

실비아가 깔깔대고 웃었다.

미아가 털썩 주저앉았다.

"그럴 수가."

"이건 벌이에요. 아버지와 루잉이 메로베 선왕과 줄리앙에게 내리는 벌이라고요. 이제 카롤 왕국의 대는 끊겼어요. 두고 보세요. 지금의 왕비가 낳는 아이가 과연 카롤 왕실의 씨앗일까요? 아니면 보투르의 자식일까요? 오호호호호."

실비아의 눈에서 광기가 줄줄 흘렀다.

Chapter 6

"크으읏."

창문 밖의 골드 라이온은 잇새로 신음을 토했다.

'때려죽일 테다. 보투르 이놈을 당장 찢어 죽일 테다.'

골드 라이온이 막 자리를 뜨려고 할 때 실비아의 말이 들렸다.

"내가 말했죠? 보투르가 원하면 그에게 안길 생각이라고요. 줄리앙이 나를 창녀 취급했으니 진짜로 창녀가 될 거라고요. 그런데 뭐가 위험하다는 거예요? 나는 더 이상 보투르가 두렵지 않아요. 줄리앙 그 후레자식은 더더욱 두렵지 않다고요. 나는 여기서 살겠어요, 마고 왕국엔 절대 안 가요. 나는요, 나는, 흐흐흑, 할머니의 고향을 더럽히고 싶지 않아요. 흐흐흑. 나처럼 더러운 몸뚱어리로 마고 왕국까지 더럽히기 싫다고요. 흐흐흑."

실비아가 서럽게 흐느꼈다.

미아가 퍼뜩 정신을 차렸다.

"그 때문이 아니야. 보투르나 줄리앙 때문에 도망치자는 것이 아니라고."

"그럼 뭐예요? 대체 왜 도망을 쳐요?"

"실비아, 내 말 잘 들어."

미아가 딸의 얼굴을 두 손으로 붙잡았다. 그러곤 충격적인 발언을 쏟아 놓았다.

"네 남편 말이다."

"그가 왜요?"

"루잉이 살아 있을지도 몰라."

콰광!

실비아의 귓속에서 천둥이 쳤다.

자리를 뜨려던 골드 라이온도 깜짝 놀라 다시 되돌아왔다.

실비아가 되물었다.

"그게 말이 돼요? 루잉은 바야크 장벽 너머로 뛰어들었다가 전사했단 말이에요."

"장벽을 넘어가기는 했지. 하지만 전사했다는 증거는 없어."

미아가 단호하게 말을 받았다.

실비아가 다시 반박했다.

"그게 같은 말이잖아요. 어머니, 지금까지 장벽을 넘어 북부로 들어간 사람 가운데 살아 돌아온 사람이 있나요? 아무도 없어요. 남부 연합의 그 누구도 마물들이 득실거리는 악마의 땅에서 살아 돌아올 수는 없다고요. 게다가 루잉이 실종된 지 벌써 5년이 되어 가요. 만약 루잉이 살아 있다면 이미 이곳에 왔겠죠."

"실비아, 너 루잉이 출전하던 날 그에게 목걸이를 걸어 주었다며?"

"넷?"

실비아가 움찔 놀랐다.

미아가 딸의 손을 잡았다.

"그렇게 놀랄 것 없다. 이 어리석은 엄마는 네 아버지에게 극독을 먹였어. 거기에 비하면 네가 저지른 일은 아무것도 아니야. 그 목걸이가 어떤 목걸이였니? 치유의 목걸이였니? 아니면 분노의 목걸이였니?"

치료 성력이 축복된 목걸이라면 아무런 문제가 없었다. 하지만 그날 실비아가 루잉의 목에 걸어 준 것은 분노 성력이 담긴 목걸이였다. 적을 만났을 때 몸 안의 모든 에너지를 폭발시켜 적들을 참살하고 자신도 죽게 만드는, 그런 목걸이.

실비아가 말문을 열지 못했다.

미아가 대신 대답했다.

"실비아, 너는 루잉에게 분노 성력이 담긴 목걸이를 걸어 주었어. 그리고 홀리랜드의 고위급 신관들은 그 목걸이의 행방을 추적할 수가 있지."

"아아아!"

실비아가 사시나무처럼 몸을 떨었다.

미아가 말을 계속했다.

"엄마의 외가가 홀리랜드 출신인 것은 알고 있지? 루잉은 정말 대단하더구나. 어쩌면 그는 네 아버지를 뛰어넘었던 것 같아. 북부의 짐승들이 사는 땅 깊숙이, 정말 깊숙이 들어갈 때까지도 분노 성력이 사용되지 않았어. 다시 말해서 루잉은 목걸이의 힘을 빌리지 않고도 그 깊은 곳까지 쳐들어갔다는 뜻이야."

실비아는 루잉이 카일을 넘어섰다는 말에 충격을 받았다.

'루잉이 그렇게나 뛰어났어?'

골드 라이온도 그 점에만 주목했다.

반면 미아는 다른 점에 더 신경을 썼다.

"왜 그랬을까?"

"뭐가요?"

"5년 전, 루잉이 왜 그렇게 북부 깊숙이 쳐들어갔을까? 바야크 장벽을 지키기 위해서라면 적당히 마물들과 싸우다가 후퇴해야 정상이잖아? 마물들에게 좀 더 타격을 주려는 목적이라면 다른 동료들과 기사들을 더 많이 이끌고 북진해야 하잖아? 그런데 루잉은 그러지 않았어. 단독으로 질주하여 미친 듯이 마물들 사이로 파고들었지. 마치…….”

실비아가 모친의 말을 끊었다.

“마치 죽기라도 원하는 사람처럼요. 어머니의 말을 듣고 보니 루잉이 진짜로 죽기를 원했나 보네요.”

“그가 왜 그랬을까?”

백작이라는 높은 지위.

기사들의 존경을 한 몸에 받는 상황.

왕세자의 검술 스승.

아름다운 부인까지.

당시 루잉은 모든 것을 손에 쥔 행운남이었다. 그런 루잉이 마물들 사이에 뛰어들어 자살을 시도한다는 것은 말이 되지 않았다.

이유는 단 한 가지였다. 실비아는 넋을 놓고 대답했다.

“알고 있었군요. 제가 줄리앙과 바람을 피운다는 사실을 루잉이 알고 있었어요. 아아아!”

실비아가 부들부들 몸을 떨었다.

실비아는 다급한 목소리로 미아를 독촉했다.

“그래서, 그래서 어떻게 되었어요? 분노 성력 목걸이가 어떻게 되었느냐고요?"

"북부 깊숙한 곳에서 폭발했지."

"그럼 끝 아닌가요? 루잉이 결국 죽은 거잖아요. 흐흐흑, 어머니가 아버지를 독살했던 것처럼, 결국 루잉도 제가 준 목걸이 때문에 죽었잖아요. 흐흐흑."

갑자기 죄책감이라도 들었는지 실비아가 펑펑 울었다.

미아가 고개를 가로저었다.

"분노 성력 목걸이는 분명 폭발했어. 그런데 그 성력이 완전히 흩어지지 않았어."

"그게 무슨 소리예요?"

"당시 루잉이 분노 성력의 영향을 받아 모든 에너지를 폭발시킨 것은 확실해. 하지만 죽지는 않았어. 큰 부상을 입은 것은 분명한데, 영혼이 소멸되지는 않았다고. 그래서 성력이 완전히 흩어지지 않고 북부에 남아 있는 거야."

미아가 확신을 갖고 말했다.

제8화

배덕과 혼란과 응징의 밤

Chapter 1

실비아가 도리질을 했다.

"불가능해요. 어떻게 사람이 북부에서 살 수 있어요? 그곳은 오로지 마물들만 서식하는 악마의 땅이라고요. 사람은 살 수 없어요."

남부 연합 사람들은 북부에 대해서 잘 알지 못했다. 북부에는 마물이 가득하여 인간은 살 수가 없다고 배웠기 때문이다.

사실은 북부에 솔샤르와 일반 인간이 섞여 살지만, 그 사실은 알려지지 않았다. 8인의 은둔 수호자들이 진실을 철저하게 차단한 탓이었다.

미아가 고개를 가로저었다.

"나도 루잉이 어떻게 살아남았는지 모르겠구나. 어쩌면 마물들이 루잉을 동료로 받아 준 것 아닐까? 아니면 네 말대로 루잉이 이미 죽었는데 목걸이에 이상이 생겼을 수도 있고."

미아가 자신 없다는 말투로 대답했다.

반면 창밖의 골드 라이온은 루잉의 생존을 확신했다.

'루잉이 살아 있었구나. 북부는 사람이 살 수 없는 곳이 아니야. 솔샤르들 틈에 섞여서 얼마든지 살아남을 수 있어. 그러니까 루잉도 지금 북부 어딘가에서 숨을 죽이고 살아 있는 게야. 아내와 줄리앙에게 복수의 칼을 갈면서 부상을 치료 중이겠지. 끄으으응.'

미아가 말을 이었다.

"물론 루잉이 죽었을 수도 있어. 그럴 확률이 더 커. 하지만 그가 살아 있을 가능성이 10 퍼센트, 아니 1 퍼센트는 된단다. 어쩌면 그는 지금 북부 어딘가에 숨어서 부상을 치료 중일지도 몰라."

"으으으으으."

실비아가 턱을 덜덜 떨었다.

미아가 실비아를 꼭 끌어안았다.

"얘야. 내가 말했지? 메로베 선왕과 줄리앙은 다르다고. 선왕은 내게 버팀목이 되어 주었지만 줄리앙은 너를 버렸어. 그와 마찬가지란다. 네 아버지 카일은 사실 겉만 강하고 속은 약한 사람이었어. 그는 사실 내게 너무나 헌신적이었어. 당시에 내가 어리석어서 그것을 몰랐을 뿐이야. 전쟁터로만 떠도는 네 아버지가 너무나 미워서 불륜을 통해 그 외로움을 달래려고 했을 뿐이야. 네 아버지는 그토록 헌신적인 사람이라 나의 잘못을 알고도 나를 벌하지 않았어. 하지만 루잉은 달라."

미아가 죽은 남편에 대한 그리움으로 눈물을 흘리며 말했다.

실비아도 함께 울었다.

"알아요. 루잉은, 루잉은, 그 멍청이도 내게 헌신적이었어요. 무뚝뚝하기는 했지만 나를 믿고 다른 여자에겐 눈도 돌리지 않았어요. 하지만 그 멍청이는 아버지와 달라요. 겉이 강한데 속은 더 강해요. 한번 적으로 여기면 피도 눈물도 없어요. 한번 마음이 떠나면 두 번 다시 기회를 주지 않는다고요. 으흐흐흐흑."

"그래. 그게 루잉이다. 만약 네 아버지가 되살아나셔서 지금의 왕실 꼬락서니를 본다면 분명 보투르 공작의 목을 베겠지만, 보투르에게 부역한 반역자들 가운데 상당수는 마음이 약해서 용서해 주실 게다. 당연히 줄리앙 왕도 잘 설득하여 왕 노릇을 계속하도록 보필하겠지. 하지만 만약 루잉이 이 땅에 되돌아온다면 그의 처리 방법은 전혀 다를 것이다. 그는 분명…….”

실비아가 모친의 말을 또 가로챘다.

“그는 분명 보투르 가문의 전원을 찢어 죽일 거예요. 어른, 아이, 노인, 여자, 가리지 않고서, 심지어 그 집안의 강아지 한 마리 남기지 않고 도륙할 거예요. 그리고 보투르에게 부역한 가문들은 모두 멸족시키겠죠. 그 수가 1,000명이건 10,000명이건 상관없어요. 루잉은 카롤 왕국 전체에 피 칠갑을 하는 한이 있더라도 반역에 조금이라도 가담한 자들은 모두 처벌할 거예요. 그리고 당연히 줄리앙의 목도 베겠죠. 아버지는 불과 같아서 화를 버럭 내시고는 곧 꺼지시지만, 루잉은 화를 낼수록 차갑게 얼어붙어서 그 냉기가 끝끝내 풀리지 않는 사람이에요.”

“잘 아는구나.”

실비아가 벌벌 떨다가 미아를 올려다보았다.

“어머니, 정말 루잉이 살아 있을까요?”

“가능성은 1 퍼센트 정도로 본단다. 희박하기는 하지만, 그래도 만약을 대비해야지.”

“그래서 제게 마고 왕국으로 도망치자고 하셨군요.”

“그랬단다.”

미아가 딸의 얼굴을 빤히 보았다.

실비아는 한참을 숙고하다가 고개를 끄덕였다.

"알았어요. 어머니의 말에 따를게요."

미아의 얼굴이 밝아졌다.

"그게 정말이니?"

"네. 저는 루잉에게 정말 큰 죄를 지었지만, 루잉 손에 죽고 싶지는 않아요. 어머니도 아버지에게 큰 죄를 지었지만, 아버지 손에 죽고 싶지는 않았을 것 아니에요."

실비아는 이렇게 말했다.

그건 사실이 아니었다. 미아는 진심으로 카일에게 미안해했으며, 딸이 무사히 세상을 살아간다는 것을 확인한 뒤에는 카일의 무덤을 찾아가서 자결할 생각이었다.

메로베와 줄리앙은 비슷한 짓을 저질렀지만, 뒤처리 방법은 달랐다. 한 명은 애인의 명예를 지켜 주고 버팀목이 되어 주었지만, 다른 한 명은 본인이 살기 위해 애인을 팔아넘겼다. 두 부자는 성격이 완전히 딴판이었다.

카일과 루잉은 유사하게 뒤통수를 맞았지만, 뒤처리 방법은 달랐다. 한 명은 부인이 타 준 독약을 먹고 순순히 죽어 주었지만, 다른 한 명은 운명의 여신에게 뜻을 묻고 복수를 다짐했다. 이들 장인과 사위도 겉으로는 비슷해 보이지만 속은 완전히 딴판이었다.

미아와 실비아도 마찬가지였다. 둘은 비슷한 방법으로

남편의 뒤통수를 쳤지만, 뒤처리 방법은 달랐다. 미아는 딸이 무사하다는 것만 확인되면 남편에게 속죄하며 죽을 결심을 했다. 실비아는 루잉에게 미안함을 느끼지만, 그래도 루잉의 손에 죽기는 싫었다. 이들 모녀도 서로 다른 선택을 하는 셈이었다.

사람이 비슷한 환경에 처한다고 해서 그 행동마저 일치하는 것은 아니었다. 그리고 이 원칙은 골드 라이온에게도 적용되었다.

벨커스는 이 세계를 위해 자신의 모든 것을 온전히 바쳤다.

벨커스의 제자 골드 라이온도 스승에 못지않게 희생정신이 강했다. 단지 그 희생정신보다 혈육에 대한 정이 조금 더 앞설 뿐이었다.

이 차이가 남부 연합의 운명을 갈랐다.

'지금 은둔 수호자를 선발하는 것이 문제가 아니다. 자칫하다가 우리 카롤 왕국이 통째로 무너지게 생겼어. 우선 보투르부터 처리하자. 그 늑대 놈이 감히 카롤 왕실의 씨를 바꾸도록 내버려 두어서는 안 돼. 그다음 루잉이 살아 있는지 살펴야겠다. 자칫하다가 복수심에 불타는 루잉 때문에 카롤 왕국의 대가 끊길 수도 있어.'

골드 라이온의 뇌에서 이제 은둔 수호자 선발은 3순위로 밀렸다.

1순위는 보투르 공작 처리.

2순위는 루잉의 생존 여부 파악.

드뷔시 백작가를 떠난 골드 라이온은 곧장 보투르를 찾았다.

아쉽게도 공작의 대저택에는 보투르가 없었다. 분노한 골드 라이온이 보투르의 심복을 꿇어 앉히고 그의 두개골에 손가락을 콱 박아 넣었다.

"켁."

심복이 눈과 입에서 피를 흘렸다.

골드 라이온은 몽크에게 전수되는 비법을 사용하여 심복의 뇌를 훑었다.

"이노옴, 지금 왕궁에 들어갔구나."

왕궁은 오롯이 왕의 것이었다. 낮에는 대신들이 드나들며 왕과 정사를 논하지만, 이 깊은 밤중에 신하가 왕궁에 입궐하는 일은 흔치 않았다. 골드 라이온의 귓가에 실비아의 저주가 맴돌았다.

"오호호홋. 어머니. 줄리앙 그 개 후레자식이 과연 저만 내돌렸을까요? 그 비굴하고 멍청한 후레자식이 과연 저만 팔아먹었겠느냔 말이에요. 줄리앙은 보투르가 무서워서 권력도 내주고, 애인인 나도 내

주었고, 왕권도 다 주었지요. 그런데 왕비라고 멀쩡 할 것 같아요?"

실비아는 이렇게 악다구니를 썼다.

공작의 저택을 지나 카롤 왕궁으로 날아가면서 골드 라이온은 어금니를 악물었다.

"아니야. 아니라고. 그럴 리 없어. 크우읏."

골드 라이온의 두 눈이 횃불처럼 무섭게 타올랐다. 그는 탁소 키르샤에게 동료들을 잃었을 때보다 지금이 더 분노한 것 같았다.

Chapter 2

실비아의 예상은 정확했다.

골드 라이온이 몽크들에게 전해지는 신법으로 카롤 왕궁에 잠입했을 때, 그의 귀에 들리는 것은 하늘이 무너지는 소리였다. 그의 눈에 비친 것은 땅이 꺼지는 장면이었다.

화려하게 치장된 왕비의 방.

"허억, 허억, 좋군. 정말 감촉이 좋아. 으흐흐."

젊은 사내보다 몸이 더 탄탄한 보투르가 왕비의 침대 위에서 거칠게 허리를 놀렸다.

"아흐흑, 제발 그만. 제발 그만둬요. 흐흐흑."

왕비가 보투르의 가슴을 밀쳤다.

이 정도의 미약한 저항이 마나의 벽 1단계를 넘어선 보투르 공작에게 통할 리 없었다. 보투르는 오히려 왕비의 저항에 희열을 느끼며 더욱 깊숙이 몸을 결합했다.

왕비가 수치심에 몸부림쳤다. 분노에 몸부림쳤다.

고개를 왼쪽으로 돌린 왕비의 눈에는 남편이 보였다.

이건 남편이 아니었다. 인간 이하의 저능아였다. 침대 옆에 꿇어앉아 입에 재갈을 문 채 눈물만 뚝뚝 흘리고 있는 병신. 저능아. 그 저능아가 자신의 남편이라는 사실이 왕비는 못내 분했다. 왕비의 눈에서 화염이 쏟아졌다.

줄리앙은 차마 그 눈을 바라보지 못하고 외면했다.

'병신 새끼.'

왕비의 입술이 이렇게 말했다.

"으읍."

줄리앙은 억장이 무너지는 기분이었다.

줄리앙이 신음을 흘리자 보투르가 돌아보았다.

"뭐야?"

보투르가 침대에서 내려와 줄리앙에게 다가왔다.

줄리앙이 두려움에 부들부들 떨었다.

"사람 기분 잡치게 왜 방해를 해? 전하, 미쳤어?"

"으읍."

입에 재갈을 문 줄리앙이 필사적으로 도리질을 했다.

보투르가 줄리앙의 뺨을 때렸다.

"전하, 미쳤냐고? 엉? 왜 기분 잡치게 흥을 깨냐고?"

짜악, 짜악, 짜악.

찰진 소리가 연달아 들렸다. 줄리앙의 얼굴은 이내 시뻘겋게 부풀었다.

보투르가 줄리앙의 멱살을 잡았다.

"왕실이 안정되려면 빨리 후계 구도가 자리를 잡아야 하잖아. 그래서 전하가 밤일을 열심히 해야 한다고 내가 충언을 올렸잖아. 그런데 전하의 아랫도리가 영 병신이라 일이 되지 않잖아. 그래서 전하가 내게 뭐라고 했어. 짐이 영 자신이 없으니 충신인 보투르 공이 좀 도와주시오. 이렇게 말했어, 안 했어?"

"으읍."

세상에 그렇게 말할 왕은 없었다. 줄리앙이 아무리 비겁하다고 해도 그렇게 말하지는 않았다.

하지만 줄리앙은 보투르가 꾸며 낸 말을 "거짓말."이라고 반박할 용기가 없었다. 그랬다가는 쥐도 새도 모르게 목이 잘려서 죽을 것 같았다.

꽉!

보투르가 줄리앙의 뺨을 세차게 후려쳤다.

줄리앙의 몸이 옆으로 부웅 떠서 벽에 머리를 처박았다.

"악!"

왕비가 깜짝 놀라 손으로 입을 막았다.

보투르가 발가벗은 왕비를 힐끗 돌아보더니 줄리앙에게 다가갔다.

"으으읍, 읍읍."

줄리앙이 이마에서 피를 흘리며 신음했다.

보투르는 줄리앙 앞에 쪼그려 앉아 재갈을 벗겼다. 그리고 다시 물었다.

"전하, 전하가 나에게 그렇게 말했잖아. 왜? 내가 거짓말을 하는 것 같아?"

"아, 아니. 아니오."

줄리앙이 흔들리는 동공으로 이렇게 대답했다.

"아아."

왕비의 얼굴에 절망이 어렸다.

보투르가 히죽 웃으며 왕비를 돌아보았다.

"들으셨지요? 왕비마마. 왕께서 제게 그렇게 하명하셨답니다. 왕실의 대를 잇는 일이 영 어려우니 도와 달라는 게지요. 으하하하하."

그 절망적인 말을 들으면서 왕비를 혀를 깨물려고 했다.

하지만 왕비는 죽을 수도 없었다. 왕비의 가문이 멸족을 당할까 두려워서였다. 또한 줄리앙에 대한 분노와 복수심이 왕비를 자포자기하게 만들었다.

왕비는 보투르 공작을 통해 똑똑히 들었다. 줄리앙와 실비아 사이에 벌어진 불륜. 둘이 공모하여 루잉 백작을 죽인 일.

이에 대한 분노가 왕비의 마음을 무너뜨렸다. 왕비는 복수심에 불타서 보투르에게 몸을 허용했고, 그 후 밤마다 보투르의 방문을 받았다.

보투르는 사악한 늑대였다. 왕비의 침실을 찾을 때마다 줄리앙을 끌고 와서 괴롭혔다. 이건 줄리앙에 대한 고문이기도 하지만 왕비에 대한 고문이기도 했다. 왕비는 매일 밤 수치심과 분노로 괴로워했다.

줄리앙이 펑펑 울었다.

쫙!

보투르가 줄리앙의 따귀를 한 번 더 후려쳤다.

"시끄럽게 울긴 왜 울어? 전하, 미쳤어? 죽고 싶어?"

"끄윽, 끅, 끅."

겁이 난 줄리앙 손으로 입을 막고 억지로 울음을 참았다.

보투르가 히죽 웃으며 일어섰다.

"그래. 그렇게 말을 잘 들어야지. 그래야 살 수 있지. 그럼 전하는 거기서 기다려. 내가 전하의 명을 받들어 이 카롤 왕국의 후계 구도를 탄탄하게 만들어 줄게. 흐흐.”

보투르가 건들건들 침대로 다가왔다.

왕비가 두 눈을 꽉 감았다.

‘죽자. 복수고 뭐고 다 필요 없으니 그만 죽자.’

왕비가 죽음을 결심했다.

그것도 모르고 보투르가 침대에 올라와서 왕비를 끌어안았다.

그런데 갑자기 보투르의 손이 사라졌다. 왕비를 붙잡으려던 보투르의 팔뚝이 빈 허공만 훑고 지나갔다. 사라진 손목 부위에서 피가 폭포수처럼 쏟아졌다.

“까아악!”

왕비가 찢어져라 비명을 질렀다.

보투르는 영문을 몰라 두 눈만 껌뻑거렸다.

그런 보투르의 눈에 키가 작은 노인이 보였다.

콰쾅!

활짝 열린 창문 밖에서 천둥이 쳤다. 번쩍, 떨어진 번개가 침실 안을 환하게 밝혔다. 덕분에 보투르의 동공에 노인의 얼굴이 제대로 맺혔다.

희미하게 보투르의 기억 한구석을 차지하고 있는 얼굴이다. 왕실을 드나들 때마다 초상화를 통해 목격한 얼굴이다.

예전에 보투르는 이 얼굴이 그려진 초상화를 올려다보면서 감격해하곤 했다.

"서, 설마!"

보투르가 입을 쩍 벌렸다.

보투르가 인식하지도 못하는 사이에 그의 사타구니 사이 물건이 사라졌다. 뚝 잘린 물건이 하얀 침대보 위에서 펄떡거렸다.

"으아아아악!"

보투르가 찢어져라 비명을 질렀다.

카롤 왕국 역사상 가장 강한 검수.

어떻게 죽는지도 모르고 상대를 죽인다고 알려진 절대자.

사자왕 메로베의 아버지이자, 카롤 왕국을 반석 위에 올려놓았던 과거의 절대자가 돌아왔다. 보투르의 머릿속이 완전히 하얗게 변했다. 그런 보투르의 두 다리가 어느새 잘려서 몸과 분리되었다.

시간 정지.

그리고 절단.

골드 라이온은 단 한 번도 펼치기 어려운 자신의 권능을 벌써 세 차례나 반복하여 발휘했다. 1초씩 짧게 끊어서 반복 사용.

'그 결과 몸속 마나가 폭주하는 한이 있더라도 참지 못

하겠노라.'

골드 라이온이 분노로 이빨을 딱딱 맞부딪쳤다.

콰콰쾅!

창밖에서는 한 번 더 벼락이 떨어졌다.

같은 시각.

먼 북쪽 군나르 왕궁 친전에서는 한창 열풍이 몰아닥쳤다.

"아아아, 하라간 님 사랑해요."

"저도요. 저도 사랑해요."

클레이아와 잉그리드는 하라간에 양옆에 매달려 간절하게 사랑을 고백했다. 오늘은 잉그리드가 룬드 왕국으로 되돌아가기 바로 전날이었다. 님을 떠나는 아쉬움에 마음이 급해진 잉그리드는 밤이 늦도록 하라간의 사랑을 갈구했다. 클레이아도 그 마음을 이해하여 잉그리드의 뜻에 협조해 주었다.

하라간도 구름 위를 노니는 기분이었다.

운명의 안배란 실로 교묘하여, 하라간이 천국을 오갈 때마다 실비아와 줄리앙은 가장 깊은 고통의 구렁텅이에 내동댕이쳐져야만 했다.

〈다음 권에 계속〉